버섯의 독백

버섯의 독백

우메자키 하루보 지음 | 홍부일 옮김

茸の独白

연암서가

옮긴이 홍부일

서강대학교 철학과를 졸업하고 현재 일본 근대 문학 번역에 힘쓰고 있다. 옮긴 책으로 『핫키엔 수필』, 『노라야』, 『환담·관화담』, 『부부단팥죽』 등이 있으며 한일 간 문학 교류 중 특히 경술국치 시기 이후 문인들 간의 교류를 현대 한국어로 옮겨 보려 노력하고 있다.

버섯의 독백

2022년 3월 20일 제1판 1쇄 인쇄
2022년 3월 25일 제1판 1쇄 발행

지은이 우메자키 하루오
옮긴이 홍부일
펴낸이 권오상
펴낸곳 연암서가

등록 2007년 10월 8일(제396-2007-00107호)
주소 경기도 고양시 일산서구 호수로 896, 402-1101
전화 031-907-3010
팩스 031-912-3012
이메일 yeonamseoga@naver.com
ISBN 979-11-6087-095-4 03830

값 15,000원

옮긴이의 말

패전 후 황폐해진 문단에 화려하게 등장한 신진작가들을 일컬어 차례차례 제1차 전후파, 제2차 전후파, 제3의 신인으로 불렀습니다. 저 숫자들이 정확하게 무엇을 의미하는지, 심지어 전후파 작가들의 공통적인 특질이 무엇인지 정확히 밝혀낼 수 있는 사람은 아무도 없습니다. 하지만 아주 대략적으로 전후파 작가는 장편 위주의 중후하고 관념적인 소설을 주로 썼고 제3의 신인의 경우 일상의 소재를 택해 단편 위주로 소설을 썼다고 말하곤 합니다. 이 수필집의 주인공 우메자키 하루오를 이 중 어디로 분류할 것인가는 당대 문인과 연구가들에게도 골치 아픈 문제였습니다. 「사쿠라지마」나 「환화」 같은 전쟁체험을 기반으로 한 소설로도 유명하나 「낡은 집의 봄가을」, 「바지락」 같은 일상 배경 풍자소설도 결코 빼놓을 수 없습니다. 결국 우메자키 하루오는 '제1차 전후파 작가이나 제3의 신인의 선구자로서 가교역할을 했던 작가'로 소개되는 것 같습니다. 관념과 일상을 누비며 작품 활동을 이어간 작가라는 의미일 겁니다. 수필집 『버섯의 독백』, 그리고 이 책과 함께 출간하게 된 소설집 『낡은 집의 봄가을』은 전후파보다는 제3의 신인 쪽에 가까운 글들을 모은 책입니다. 이 수필집은 그중에서도 더욱 가볍게 읽을 수 있는 글들로 구성되어있습니다.

다만 그렇다 해도 대략 육칠십여 년에 달하는 시간적 간극을 아예 무시할 순 없겠죠. 연대가 뒤죽박죽 섞여 있는 수필들은 규슈 후쿠오카에서 어린 시절 기억, 대학에 다니기 위해 도쿄로 상경해 우울증에 허덕이며 방황하던 나날의 기록, 가장 꽃다운 나이에 해군으로 징용되어 당했던 부조리한 경험들, 그곳에서 맞이하게 된 패전 소식, 죽음과 비도덕에 무감각해진 전후 사회 혼란상과 이후 고도성장기를 살아가지만 여전히 전쟁의 상처에서 벗어나지 못한 자신의 모습까지, 시간의 폭이 상당히 넓습니다. 시간대뿐만 아니라 소재도 각양각색입니다. 하루에 12시간씩 자는 게으름에 관한 이야기, 그렇게 이불 속에서 논하는 자신의 소설 창작방법과 문학관, 사카구치 안고의 「타락론」을 연상시키는 날카로운 사회 진단, 개, 고양이, 개미, 매미, 초롱아귀에 이르는 동물관찰기까지. 산만하지 않도록 이어지는 수필끼리 묶고 또 전집 분류에 따라 시와 수필과 소설을 나누어 구성하였음을 미리 밝힙니다.

얼마 전에 읽은 어느 소설가의 수필집에서 작가 본인이 자신의 수필집을 '자기 전에 읽는 책'으로 소개하더군요. 이 책도 그런 종류의 책이 아닐까 싶습니다.

주바십에 거듭 말씀드리듯 별달리 어려운 내용의 글은 없습니다. 하지만 이와 별개로 글 속에 스며들어 있는 '상징'을 음미해보시는 건 어떠실지 소심하게 권해봅니다. 우메자키 하루오는 풍자소설의 달인이었습니다. 그의 소설은 기발한 일화와 상징들로 가득해 독자의 마음을 약 올리듯 살살 간지럽히곤 합니다. 이 수필집 속 몇몇 글도 그러한 혐의를 짙게 풍깁니다. 가령 「청진기」나 「어느 추운 날」 같은 글은 처음 읽으면 앞뒤가 전혀 연결되지 않는 것처럼 느껴져 당혹스럽기까지 합니다. 직접 옮긴 저 또한 처음 읽었을 땐 이런 글도 잡지에 실어준 건가 싶기까지 했습니다. 하지만 퇴고 관계상 읽고 읽고 읽고 또 읽을수록 이음새가 점점 드러나기 시작해 퇴고를 진행할수록 신이 나기까지 했습니다. 실제 일본 독자들의 감상을 찾아봐도 간혹 몇몇 독자들이 마치 숨겨진 보물을 제일 먼저 찾아낸 양 씨익 웃으며 '놀라운 통찰력이다!'하고 외치고 있었습니다. 그래서 도대체 가볍게 읽으란 건지 무겁게 읽으란 건지 저조차 혼란스럽지만 이러한 묘한 감각이 전쟁소설과 일상소설, 풍자소설을 아우르던 우메자키 하루오의 매력이라고 저는 생각합니다.

수필에서 보이는 단상이나 일화들은 『낡은 집의 봄가을』

속 소설들과 수월히 이어집니다. 가령 「에고이즘에 대하여」, 「세대의 상흔」 같은 수필은 단편 소설 「바지락」과 이어지며, 「한인망상」, 「고양이와 개미와 개」는 「낡은 집의 봄가을」과, 「거처는 기운을 옮긴다」는 「범인범어」와, 「어느 한때」, 「이즈카 주점」은 「미끼」, 「돌제에서」등과 이어집니다. 이 수필집의 말미에도 전반부 수필들과 이어지는 짤막한 소설들이 실려 있습니다. 『식물들의 사생활』로 유명한 이승우 소설가는 소설을 형상화, 눈에 보이지 않는 관념을 눈에 보이도록 육화(肉化)시키는 작업이라고 말합니다. 옮긴이로서 수필과 소설 번역을 동시에 진행하며 그 사이를 독자분들보다 먼저 부지런히 누비는 동안 이 말이 계속 떠올랐습니다. 마치 이 책 속 수필들이 딱딱한 뼈대처럼, 그리고 이어지는 소설들이 피와 살을 갖춘 더운 육신처럼 느껴졌습니다. 둘 다 제 나름의 역할이 있겠죠. 우메자키 하루오는 풍자소설의 달인이자 '육화'의 달인이었다고 생각합니다. 물론 수필만 읽으셔도 되고 소설집만 읽으셔도 괜찮습니다. 하지만 수필과 소설을 함께 읽으면 1 더하기 1이 3이 되고 4가 되고 5가 되는 기적의 계산법을 몸소 체험하실 수 있으시리라 생각합니다.

그동안의 소설 번역은 될 수 있으면 횡와(橫臥), 온오(蘊奧) 같은 생소한 한자어는 우리말로 풀어 번역했지만 이번 수필집에선 시대 차이를 감안해 표준대국어사전을 참조하며 한자어 그대로 남겨두었습니다. 더불어 글이 끝나는 곳마다 발표 시기와 지면을 적어두었습니다. 이 글들이 쓰인 1945년부터 1965년까지는 일본이 패전 직후 전후 사회, 연합국 점령기, 고도성장기를 순식간에 통과한 역동의 시기입니다. 그리고 이에 따라 우메자키 하루오의 생각과 관심사도 조금씩 이동하는 것을 책 속에서 확인할 수 있습니다. 각각의 글마다 어느 글이 먼저고 어느 글이 더 뒤인지를 확인하는 것도 재밌겠다는 생각이 듭니다. 더 이상 읽는 시대가 아니라는 말이 심심찮게 들려옵니다. 어쩔 수 없다는 생각이 들면서도 역시나 쓸쓸한 심사를 감출 수 없습니다. 무언가를 읽는다는 건 단순히 자음과 모음을 결합해 의미를 건져내는 행위가 아닌, 누군가를 이해해보려고 적극적으로 노력하는 행위라고 생각합니다. 그 훌륭하신 인품으로 번역상 흠결 또한 너그러이 품어주시길 바랍니다.

홍부일 씀

차 례

일러두기

_ 인명과 지명 등은 대개 외래어표기법을 준수하였으며 고유명사의 경우 현재 통용되는 용어로 번역하였습니다.

_ 작품 내 괄호 주석과 강조 표시는 전부 저자가 남긴 표기이며, 각주는 옮긴이가 붙인 주석입니다.
다만 괄호 속 한자, 연도, 단위 환산은 옮긴이가 이해를 돕기 위해 붙인 주석입니다.
한자의 경우 작품명, 게재지 등 고유명사는 일본식 한자로 표기하였습니다.
환산 기준은 다음과 같습니다.
자尺=30.3cm, 치寸=3.03cm, 문文=2.4cm, 분分=0.3cm,
간間=1.8m, 정町=109m, 관貫=3.75kg, 돈쭝匁=3.75g.

_ 이 작품집 속 작품은 오늘날 관점에서 보면 다소 부적절한 부분이 보이지만 저자 자신에게 차별 의도는 없었으며 작품 자체가 지닌 문학성과 예술성 그리고 저자가 이미 고인이라는 사정을 고려하여 최대한 원문 그대로 번역하였습니다.

서른두 살

서른두 살이 되었는데
아직도 이런 짓이나 하고 있다

두 장[•] 방에서 먹고 자고
소설을 쓴다며 어깨에 힘주고 있지만
변변한 글도 못 쓰는 주제에
나이 어린 신진작가 험담만 한다

아내도 없고 주변머리도 없어
외식권 식당[••]에서 퍼석퍼석 밥알을 씹고
저물녘 돌아오면 불결한 눈물 눈꺼풀에 고여
창문 밖 하늘을 멍하니 올려다본다

가끔은 도저히 견딜 수 없어
알코올 따위를 달다는 듯 홀짝이며

• 疊; 일본 다다미 방의 넓이를 나타내는 단위로 두 장은 대략 한 평 정도.

•• 패전 후 식량부족으로 인해 정부가 배부하던 외식권으로 식사를 할 수 있던 식당.

결국에는 만취해
벌거벗고 춤을 추곤 한다

고야[•]나 도미에[••]도
이렇게 흉측한 남자는 그리지 않았다

걸레라든지로 태어났다면 좋았을 텐데
인간으로 태어나 버려선
서른두 살이 되었는데
나는 아직도 이런 짓이나 하고 있다

(1966. 3. 「문예文芸」 사후 발표)

• 스페인 화가인 프란시스코 고야로 인간의 어두운 면을 주로 그림.

•• 프랑스 화가이자 판화가인 오노레 도미에로 서민 풍자화의 선구자.

나를 말하다

좋아하는 것　만취 무위

싫어하는 것　어린이 사람많은곳 병

※

미흡하나마 여태껏 문학을 버리지 않고 내가 살아온 건 내 안에 숨어있는 비대한 자부심 때문이다.

내가 selected few라는 의식이 문학으로부터 나의 일탈을 줄곧 막아주었다.

※

어떤 사람들 나를 가리켜 뻔뻔하다 말한다. 혹 그러하외다.

※

내가 남들에게 강요하거나 충고하지 않는 건 남들이 내게 그러지 않았으면 하기 때문.

※

내가 속물이라는 의식, 그 어떤 후안무치한 짓도 저지를 수 있다는 생각, 이만큼 내게 기운을 북돋아 주는 건 없다.

※

신주쿠 아사히 정 등 그런 음침한 골목에서 식사하거나 걸어 다니는 데 한없는 기쁨을 느낀다. 어제는 그곳에서 담배(긴시•) 열 개비 7엔 50전에 사서 그중 두 개비를 다른 남자에게 1엔 50전에 팔았다.

(1966. 3.「문예文芸」사후 발표)

• 金鵄: 전설상의 황금색 새로 당시 담배 브랜드 이름.

나태의 미덕

학교를 나와 사 년 정도 말단 관직 생활을 한 적이 있다. 굉장히 한가한 곳인 데다 내가 으쌰으쌰 일해 입신양명하고자 하는 마음이 없었고, 상사도 내 무능함을 간파해 제대로 일을 부여하지 않았고, 아침 출근부에 도장을 찍으면 그 뒤론 더는 대개 할 일이 없다. 점심식사가 업무다운 업무로 퇴근 시간까지 멍하니 앉아 있는다. 미지근한 탕에 들어가 있는 듯한 나날이었다.

하지만 나는 이런 생활이 고통스럽지 않았다. 나는 천성이 가만히 있는 걸 아주 좋아해 빨빨거리며 돌아다니는 건 그다지 좋아하지 않는다. 외부로부터 자극을 체질상 좋아하지 않는 것이다. B, C급 전범의 수기에, 이제 이런 불합리한 세계는 싫으니 내세엔 조개나 다른 무언가로 태어나고 싶다는 말이 적혀있어 나를 감동시켰는데 물론 나는 내세에도 인간으로 태어나고 싶지만 무슨 일이 있어도 인간 이외의 동물이어야 한다면 역시 조개류가 좋다. 식물이라면 우선 이끼류. 광물이라면 깊은 산속 폭포 같은 것으로 태어나고 싶다. 폭포 등은 부지런히 일하는 것처럼 보이지만 바라본 바로는 전혀 변화가 없는, 요컨대 바위와 바위 사이로 물을 늘어뜨리고 있을 뿐이란 얘기다. 분주해 보여도 실은 멍하니 게으름을 피우고 있다는 데 이루 말할 수 없는 정취가 있다. 나는 폭포가 되고 싶다.

관직 시절 나는 매일 관청에서 멍하니 시간을 보냄으로써 급료를 받았다. 지금은 자기 부담으로 멍하니 시간을 보내고 있다. 그저 멍하니 있기만 하다 보면 입에 풀칠도 못 한다는 결점이 있지만 멍하니 어디에도 얽매이지 않는다는 점에 순수성이 있다. 나는 요새 매일 여덟 시경 일어나 아침밥을 먹고 그 뒤 다시 이불 속으로 기어들어 눕는다. 멍하니 뭔가를 생각하거나 책을 읽곤 한다. 오후 한 시 꾸물꾸물 일어나 점심을 먹고 다시 허겁지겁 이부자리로 기어든다. 세 시경 마지못해 일어나서 책상 앞에 앉아 여섯 시 즈음까지 일을 한다. 그 뒤 석간 따위를 읽으며 아홉 시경까지 저녁 식사 및 음료를 섭취한다. 아홉 시 반에는 어느덧 쿨쿨 잠든다. 절대로 근면한 생활이라곤 할 수 없다. 전형적인 게으름뱅이의 생활이다. 하지만 자기 부담으로 게으름을 피우는 이상 누구에게도 뒤에서 손가락질 당할 이유는 없다. 나는 자주적으로 게으름을 피우고 있는 것이다.

그런 식으로 다소 자랑하듯 어떤 사내에게 말했더니, 그건 비타민B군 부족 및 간 장애로 게을러진 거지 자주적이라는 둥 입을 놀리고 있냐며 혼쭐이 났다. 과연 그렇게 볼 수도 있는 건가.

하기야 난 어느 쪽인가 하니 일이 닥쳐올수록 게을러지는 경향이 있다. 일이 한가할 땐 비교적 착실히 일하며 이불 속으로 기어들기만 하지 않고 매미를 잡으러 나가거나 거리로 나가곤 한다. 이는 당연한 이야기로 일이 있어야만 게으름을 피운다는 것이 성립하지 일이 없는데 게으름을 피운다거나 하는 게 성립할 순 없다. 다시 말해 일이 나를 게으르게 만드는 것이다.

여기까지 쓰면서 표제를 '나태의 미덕'으로 달기로 마음먹었지만 어쩐지 논리가 뒤죽박죽이라 어느 부분이 미덕인 건지 알 수 없게 되어버렸다. 실은 이 표제는 내가 자주적으로 선택한 것이 아니고 그런 제목으로 쓰라고 지시받은 원고이다. 어째서 내가 '나태의 미덕'에 대해 써야 하는가. 그렇게 반문하자, 일전에 이토 세이가 신문에 문예 시평을 실었는데 거기서 당신에 대해 게으름뱅이라고 써 두어서, 라는 대답. 그렇게 썼단 말인가 하고 바로 꺼칠꺼칠한 낡은 신문을 끄집어내 살펴보니 게으름뱅이가 아닌 한인(閑人)이라고 쓰여있다. 게으름뱅이와 한인은 크게 다르다. 아무래도 이상하다는 생각이 들었다. 나 자신으로서도 게으름뱅이라고 불리는 것보다 한인이라고 불리는 쪽이 기분이 좋다. 나는 '한가함의 미덕'이라는 글을 써야 했던 셈이다.

(1957. 게재지 불명)

박쥐의 자세

저는 게으름뱅이입니다. 게으름뱅이라기보단 어떤 상황에서나 편한 자세를 취하고 싶어하는 성격입니다. 요사이 그렇게 된 것이 아닌 천성이 그렇습니다. 하지만 편한 자세라 한들 볕을 향해 엎드려있는 고양이 같은, 그러한 무위는 좋아하지 않습니다. 소년 시절에 본 적이 있는데 바람 부는 가지에 거꾸로 매달려있는 박쥐 같은 형태. 그런 형태를 좋아합니다. 또 급류 한가운데서 흐름을 거스르며 정지해있는 물고기의 형태. 그러한 박쥐나 물고기는 바람과 물을 적당한 자극으로 느끼면서 자신의 자세를 유지하고 또 즐기고 있음이 분명합니다. 아니, 즐기고 있는지 어쩐지 알 수 없지만 그런 자세가 그들에게 있어 가장 편한 형태임은 확실할 테죠. 적당한 자극, 이 말도 웃기네요. 좀 더 좋은 표현이 있다면 좋겠습니다만.

저는 매일, 밤에는 열 시간 남짓 자고 낮잠을 두 시간 정도 잡니다. 깨어있는 시간은 열두 시간이 채 안 됩니다. 깨어있을 땐 식사를 하거나 책을 읽거나 거리를 돌아다니거나, 그 여가에 아주 적은 양의 일을 합니다. 소설을 쓰는 건 저에겐 고통입니다. 즐겁게 쓴 적은 단 한 번도 없죠. 아주 미세하게 남아있는 잔열 같은 무언가에 부채질을 해대 간신히 활활 타오르게 하는 식입니다. 그리고 그것을 문학이라 부르며 극심한 고통과 수치심을 느낍니다. 제가 인공적으로 힘을 주고 있다는 점, 거짓말을 쓰고 있다는 점, 그 외 여러 가지 점에서 꾹 참고 견디기 힘들 정도의 부끄러움을 느낍니다.

저는 지금 제가 살아가는 방식엔 어느 정도의 만족과 체념을 하고 있습니다. 하지만 소설 쪽은 그렇지 못합니다. 점점 쓴다는 것이 거북해져 가는 상황입니다. 최근에는 특히 그렇습니다. 어떻게 해서든 제 일을 편한 지경까지 이끌어 가고 싶습니다만 그러나 그러기 위해 노력하는 저 자신을 그려보면 그것 또한 역시나 부끄럽군요. 부끄럽다기보다도 거북합니다.

스스로를 적당히 뒤흔들 것. 이 적당한 진폭을 측정하는 것이 어렵죠. 그리고 그 후 작업입니다. 다른 사람들은 어떤 방식으로 하고 있는 걸까요.

(1949. 4. 「군조群像」)

우울한 청춘

나는 어린 시절 작문이 서툴렀다. 소학교 중학교 때도 작문이 어려웠다. 지금이야 요령도 터득해 다소 능숙해지기도 했지만 당시에는 글을 짓는다는 것이 어떠한 것인지 잘 이해가 되지 않았다. 어린 시절 능숙하게 글을 짓는 것과 훗날 소설 쓰는 일을 하게 되는 건 일반적으로 아무 연관도 없는 걸까. 지금 상기해보면 어렸을 때 작문이 능숙했다는 건 대개 조숙아였던 셈, 조숙아의 특징 중 하나는 남의 흉내를 잘 낸다는 것이다. 나는 여러 가지 점에서 만숙인듯하다. 지금 내 주위에 당시 지어냈던 작문이 약간 남아있는데 꺼내서 읽어보아도 대단히 어설프고 부끄러울 법한 것들이라 차마 타인에게 보여줄 수 없기 때문에 내 사후엔 곧장 소각시키기로 예정되어있다. (요시쓰네• 도 야시마 전에서 죽음을 무릅쓰고 약궁(弱弓)을 챙겨 돌아왔다. 그런 마음과 같은 것이다)

나는 소년 시절 책(소설류)을 읽을 수 없었다. 집이 엄하기도 했고 그다지 가계상황이 넉넉하지 않았기 때문이다. 수입은 있었던 듯하나 집에는 남자만 여섯인 형제가 있다. 내겐 지금 두 명의 아이가 있는데 이 둘 대신 남자아이 여섯이 싹싹쓱싹 엄청나게 먹어치운다면 나 또한 역시 죽는소리를 하며 좋아하는 술도 끊게 될 것이다. 나는 지금에서야 당시 아버지와 어머니의 노고에 강한 동정을 느낀다.

그래서 나는 소설류를 읽고 싶어 안달이 났지만 마음껏 읽을 수 없었다. (읽을 수 없었기 때문에 그렇다면 이라는 이유로 훗날 쓰는 쪽으로 선회했던 건가. 아니 설마!) 친구들에게서 빌려와 숨겨놓고 탐독하거나 일요일엔 도서관에 가서 손에 닿는 족족 빌려와 읽곤 했다. 손에 닿는 족족이라 어떤 것들이었는지 더는 잘 기억이 나지 않는다. 소위 '순문학'이라고 불릴 법한 것들은 아니었던 것 같다. 나는 중학생 시절까진 아직 문학에 뜻을 품지 않은 상태였다. 평범하고 몸이 약하고 눈에 띄지 않는 중학생이었다.

언제였나 전후, 소설을 쓰기 시작했던 즈음 고향으로 돌아갔다가 거리에서 중학교 동급생들과 우연히 마주쳤다. 그 급

• 源義經; 헤이안 시대의 무장인 미나모토노 요시쓰네. 치열했던 야시마 전투 중 바다에 활을 떨어뜨리자 이런 약궁을 적이 습득하면 비웃음을 당하며 미나모토가의 치욕이 될 것이라며 적의 공격을 무릅쓰고 활을 주워 돌아옴.

우가 말했다.

"너하고 동성동명인 소설가가 요새 유명하더라. 동성동명이라니 신기하지 않아?"

이럴 경우, 그거 나야 하고 말하기 다소 힘든 점이 있다. 어물쩍 말을 돌리며 그곳을 떴다. 지금도 그는 동성동명의 다른 사람이라고 생각하고 있을지 모른다.

나는 중학교 땐 그다지 학업 성적이 좋지 못했다. 입학했을 당시엔 위에서 사분의 일 근처에 있었지만 졸업할 땐 이백 명 중 구십몇 등으로 떨어져 있었다. 머리는 그렇게 나쁘지 않았지만 공부를 좋아하지 않았다. 요컨대 게으름뱅이(아직까지 그 경향이 다분히 남아있다)였던 것이다. 나는 나가사키 상고나 오이타 상고에 들어가 샐러리맨이라도 되어야 하나 하고 막연히 생각하고 있었다. 가계 사정 관계도 있어 대학에 갈 수 없음을 알고 있었기 때문이다.

그런데 졸업하는 해 선달이 되어 대만에서 회사를 경영하던 백부가 학비를 내줄 테니 고등학교•에 가지 않겠냐고 말해왔다. 그리하여 수험 준비에 돌입했다. 수험까지 삼 개월, 나는 정말로 열심히 공부했다. 내 일생을 돌이켜 그렇게 공부했던 시기는 없다. 앞으로도 더는 없으리라 생각한다. 여하튼

• 당시는 중학교가 현재의 중고등학교를 합친 5년제, 고등학교가 현재의 대학교 초급과정에 해당하는 상급 교육과정이었음.

구십몇 등이라 남들보다 몇 배는 더 공부하지 않으면 합격할 수 있을 리 없다.

그 당시 일기가 주위에 남아있는데 대단히 센티멘탈한 일기로(이것도 소각 예정이다) 그중 한 구절에 만약 5고•에 들어간다면 시 공부를 하고 싶다는 등 쓰여있다. 고등학교에 갈 수 있다는 생각이 든 순간 약간 문학에 뜻을 품게 된 것이리라.

그렇게 쇼와 7년(1932년) 순조로이 제5고등학교 문학과 입학이 허가되었다. 시험은 그다지 잘 보지 못했으니 턱걸이로 입학했던 게 틀림없다. 그곳에서 시를 쓰기 시작했다. 동급생으로 시모타 세이지 등이 있어 그들의 자극도 있었을 것이다. 당시 5고에는「류난龍南」이라는 잡지가 연 3회 발행되어 문예부 위원으론 3학년에 나카이 마사후미와 도이 히로유키, 2학년에 가와키타 미치아키와 시바 시로가 있었고, 나는 부지런히 시를 투고했으나 좀처럼 게재되지 못했다. 잘 쓴 시가 아니었기 때문이리라 생각한다.

2학년이 되어서야 겨우 게재되게 되었다. 그렇게 문예부 위원이 될 수 있었다. 위원이 되면 대개 자기 맘껏 이라는 식이라 매호 게재인 셈이다. 그즈음「류난」도 주위에 약간 남아있지만 이것도 대부분 소각 예정이다. 요시쓰네의 활 같은 부

• 현재의 구마모토대학.

류로 인정상으로도 잘 썼다곤 할 수 없다. 요컨대 아직 시혼이 무르익지 않아 유치한 것들이다.

시에 몰두해서가 아닌 예의 게으른 습관으로 인해 3학년이 되려 할 즈음 결국 낙제를 했다. 어느 주간지에 시바 시로가 연달아 낙제하여 내 아래 학년이 되었다는 식으로 쓰여있었는데 그렇지 않다. 나도 낙제했기 때문에 항상 내가 아래 학년이었다. 동급생이 될 가능성은 있었지만 그 순간 그는 퇴학당하게 되었다. 그러나 낙제라는 것은 몸으로 타격이 전해졌다. 백부가 학비를 내주지 않을지도 몰랐기 때문이다. 몸이 아팠다거나 하여 엄마가 얼버무려 간신히 학비는 지속되고 나는 한시름 놓았다. 그래서 그 뒤로 공부에 몰두하게 되었는가 하면 그렇지도 않다. 또다시 낙제하면 학비가 끊길 거라는 확실한 예감이 들었지만 도저히 학업에 몰두할 기분이 들지 않았다. 공부에 힘써 무엇이 되는 걸까 하는 식의 막연한 생각이 들어 그것이 나를 게으르게 만들었다. 그렇다고 시인으로 날리고 싶다든가 소설가가 되고 싶다는 생각도 그다지 없었다. 물론 그럴 자신도 없었다.

학생 생활은 본래 좀 더 즐겁고 보람 있어야 하지만 나에겐 그런 것이 없었다. 학생 생활을 돌아보면 언제나 나에겐 우중충한 기분이 따라붙는다. 청춘기에 있곤 하는 우울증, 그것이 줄곧 나와 이어져 있던 것 같다. 좀 더 심각했다면 분명 신경쇠약으로 치료 대상이었을 테지만 병이라고 이름 붙일

만큼 심각하진 않았기 때문에 도리어 그것이 나를 불행하게 만들었던 것 같다. 나는 지금도 청춘을 풍요로이 즐기는 청년 남녀를 보면 주체할 수 없을 정도의 선망과 함께 옅은 적개심을 느끼곤 한다.

낙제하기 전의 학급은 분위기가 밝고 놀기를 좋아하는 무리가 많았지만 그 뒤의 학급은 어딘가 어두워 나로서는 그다지 정을 붙일 수 없었다. 낙제했다는 뒤틀린 심사도 있었을지 모른다. 기노시타 준지 등이 있었지만 그는 그 무렵 수재라서 (지금도 수재겠지만) 문학에 관심은 없어 보였다. 이전 학급 무리가 졸업해버리자 나는 더욱더 고독해져 학교에 다니는 것이 괴로웠다.

나는 교토대 경제학과에 갈 생각이었다. 하지만 졸업 직전 도쿄대 영문과에 입학했던 시모타 세이지에게서 편지가 와, 도쿄대에 오지 않겠나, 도쿄대에서 동인잡지를 만들 계획이다 라고 말해왔기 때문에 내 마음이 움직였다. 영문은 힘들고 국문 쪽이 재밌다는 시모타의 이야기를 듣고 곧 도쿄대 국문과를 지원해야겠다는 결심이 섰다. 뭐가 됐든 나는 편한 쪽이 좋다. 그즈음 도쿄대학 문학부는 무시험으로, 국문과에서 떨어져도 2지망으로 돌릴 수 있다. 그 점도 마음에 들었다.

그렇게 간신히 5고를 졸업했다. 졸업시험 성적이 나빠 나를 졸업시켜야 할지 말지 교수회의에서 삼십 분이나 옥신각신했다는 이야기를 나중에 듣고 나는 오싹 소름이 끼쳤다. 거기서 낙제했다면 내 일생은 어떻게 되었을지 알 수 없다. 또 다른 참혹한 코스를 더듬거렸을 게 틀림없다. 마침 그 졸업시험 즈음 도쿄대에서는 2.26 사건이 일어났다. 그해 3월 나는 상경하여 동경하던 (이라 할 정도도 못 되지만) 각모(角帽)를 머리에 얹는 데 성공했다.

그리하여 학문에 부지런히 힘쓸 마음이 생겼는가 하면 그 정반대로, 고등학교는 삼분의 이 이상 출석하지 않으면 낙제라는 규정이 있었지만 대학에는 그것이 없다. 이 좋은 점을 이용해 한동안 출석하지 않자 어쩐지 나가는 것이 부끄러운 듯한 기분이 들어 결국 대학에 있는 동안 시험날 말고는 하루도 출석하지 않았다. 뭐든지 계기라는 것이 중요한데 그 계기를 잃어버린 만큼 나는 배움의 온오(蘊奧)를 지극히 할 기회를 놓쳐버렸다. 지금 생각해도 안타깝다. 그래서 나는 대학을 나왔어도 지능 수준은 고졸 상태에 머물러 있다 해도 좋은 셈이다.

그런 이유로 나는 고교 시절 동급생 친구는 있지만 대학 동급생 친구는 없다. 그나마 이자와 준이 있을 따름이다. 그 또한 대학 졸업시험 때 알게 되었는데 나는 강의에 출석하지 않아 노트를 가진 것이 없었다. 누군가의 소개로 이자와의 하숙집을 방문해 어떤 참고서를 읽어야 하는지 가르침을 구하러 갔던 기억이 있다. 훗날 이자와를 알고 있는 이에게 그때 일을 이야기하자 이자와 따위한테 가르침을 구하다니 어지간히 궁지에 몰렸었나 보군 하고 어이없어했던 걸 보아 이자와 또한 그다지 수재 쪽은 아니었던 것 같다.

그리고 동인잡지는 쇼와 11년(1936년) 6월에 나왔는데 동인은 열 명 정도, 제목은 「기항지」라고 한다. 그 제1호에 나는 「지도」라는 스무 장 정도의 글을 실었다. 그즈음 가이조샤(改造社)에서 나온 잡지 「문예」 동인지 비평란에, 주위에 없어 정확한 문구는 까먹었지만 "번지르르한 유사 로맨티시즘을 버려라"하는 식의 비평이 실렸다. 뭐 그 정도 작품으로 단어만 가지고 적당히 만들어낸 어설픈 산문시 같은 소설이었다. 악평을 받아 기분이 나빴는가 하면 전혀 그렇지 않았고 대잡지가 내 작품을 거두어들인 데 오히려 기쁨을 느꼈다. 보잘것없는 글이다. 「기항지」는 2호로 망했다.

학교에 나가지도 않고 잡지도 망하고 그 시절의 나는 도대체 뭘 하고 있었던 걸까. 한가함을 주체하지 못하며 가난하기만 했다. 학비는 남들만큼 받고 있었지만 나라는 남자는 천성이 인색한 주제에 이상한 곳에서 낭비하는 구석이 있다. 하지만 세상의 낭비가라는 놈들은 대개 인색한 반대면을 지니기 마련이다. 하숙집에서 뒹굴뒹굴 소설책을 읽거나 야사쿠사에 가서 할인을 받아 영화나 아차라카• 극을 보거나 부족한 돈을 탈탈 털어 싸구려 술을 마시거나 또 안 좋은 병에 걸려

• 쇼와 초기에 유행한 서민 익살극.

고생을 하거나 등등.

게다가 나에겐 그 우울 상태가 주기적으로 찾아왔다. 우울 상태 시기에는 피해망상도 동반했다. 하숙집 복도 모퉁이에 식모들이 모여 내 험담을 하고 있다. 하숙집 사람들도 내 험담을 하고 있다. 한밤중에 나는 식모를 불러 그렇게 나만 가지고 괴롭히지 말아 달라고 눈물을 흘리며 부탁한 적도 있다. 또 그런 망상으로 화가 치밀어 하숙집에서 일하던 할머님을 때려 다치게 해 사박 오일 동안 유치장에 들어갔던 적도 있다. 지금이니까 그게 망상이었다고 인지하지만 당시엔 진심이었다.

이러한 상태는 체질적으로 허약한 내 신체로부터도 유래했겠지만 학자금을 받으면서 학교에 나가지 않는다는 자책, 또 장래에 대한 불안에서도 발생했던 게 틀림없다. (물론 다른 상황도 있었지만)

그런 상태로 이 년이 지나 이래선 안 된다, 역시 나는 소설을 써야 한다 하고 결심해 두 달가량에 걸쳐 육십 매 정도의 소설을 썼다. 「풍연風宴」이라는 소설이다. 고마고메 센다기 정의 맨션에서 이를 썼는데 쓰는 데 고생을 했다. 혼고의 시모타 세이지의 하숙집 따님이 병으로 죽었다. 그것을 힌트 삼은 것으로 줄거리는 대강 정해져 있었지만 어떤 방식으로 써야 할지 알 수 없다. 그래서 괴로워한 나머지 나는 우선 마지막 부분을 쓰고 거기서부터 중간 부분을 쓰고 거기에 서두

부분을 싹둑 써 붙였다. 거꾸로 써갔던 셈이다. 나는 지금껏 소설을 꽤 써왔지만 이런 방식으로 썼던 건 이 한 편이 유일하다. 처음부터 술술 써 내려가기엔 아직 솜씨가 미숙했던 것이리라.

써서 완성하긴 했지만 잡지를 가진 게 없어 발표할 곳이 없다. 친구 중 「문예」 편집자를 알고 있는 이가 있어 그가 그곳까지 들고 가 주었지만 곧장 퇴짜를 맞았다. 그래서 마음을 굳게 먹고 직접 「와세다문학」에 들고 갔다. 편집자는 아사미 후카시, 물론 나와는 초면이었다.

후에 아사미 씨가 쓴 바에 따르면 나는 감색 기모노에 서지 하카마를 말쑥하게 입고 있었다고 하지만 내겐 그런 기억이 없다. 서지 하카마 같은 걸 가지고 있었던 기억이 없으므로 누군가에게서 빌렸던 걸지도 모른다. 회견 중 무릎을 꿇고 앉아있었다고 하니 그즈음 나는 비교적 예의 바르고 착실했던 듯하다. 굳어있었던 것 같기도 하다. 다행히 그 작품은 아사미 씨의 눈에 들어 쇼와 14년(1939년) 8월호 「와세다문학」에 게재되었다. 반향은 거의 없었다. 다음 호 「와세다문학」 시평에 무기력한 생활을 그려내 지나치게 어둡다 라는 식의 비평이 실렸을 뿐이다. 아주 열심히 쓴 만큼 나는 다소 실망했다. 그래서 다음 작품을 쓸 기운을 잃고 지금은 쇼치쿠 촬영소에 있는 노자키 마사로와 밤이면 밤마다 붙어서 영화만 보고 돌아다녔다. 실제로 그즈음은 영화를 자주 보아 눈도 높

아져 있었다. 노자키는 그 뒤 쇼치쿠에 들어갔는데 나도 조감독이 될 생각으로 기누타에 있는 도호 촬영소에 시험을 치러 갔던 적이 있다. 시험관이 내게 말했다. 급료는 어느 정도를 바라는가. 나는 대답하여 왈. 생활이 가능할 정도로 원한다. 시험관들은 얼굴을 맞대고 논의를 나누다가, 그렇다면 도호 본사에서 일하는 건 어떤가. 내가 왈. 본사는 싫습니다. 실제 제작일에 종사하고 싶습니다.

그런가요. 그럼 조만간 연락을, 이라 하길래 나는 돌아왔는데 조만간 불합격 편지가 왔다. 굶게 되더라도 해보고 싶다는 열의가 없으면 이 일은 어렵다는 듯하다. 게다가 조감독이란 상당히 중노동이라 만약 채용되었다 하더라도 나는 폐라든지 뭔지를 망가뜨려 중도에 쓰러지든 관두든 하는 지경에 이르렀을 것이리라 생각한다.

대학에는 사 년간 머물렀다.

강의에 나가지 않고 시험만 치르려 하니 도저히 삼 년은 무리다. 사 년 정도는 걸린다.

혼자서 멋대로 일 년을 늘렸기 때문에 학자금을 계속 내달라고 하기가 어렵다. 스스로 내겠다며 돌려드리고 아르바이트 생활에 돌입했다. 반년은 어찌저찌 고학생(?) 생활을 이어갔지만 졸업 논문도 써야 하고 결국 육 개월째에 백부에게 울며 매달려 학자금을 부활시켰다.

그리고서 취직시험 계절에 돌입했다.

나는 정말 수도 없이 취직시험을 쳤다. 각 신문사, 방송국, 출판사, 게다가 전기(前記)촬영소 등. 전부 떨어졌다. 아무래도 나는 시험에 약하나.

딱 한 군데, 마이니치신문만은 통과했다. 열네 명 채용에 든 것인데 거기엔 조건이 있었다. 열네 명 중 상위 성적 일곱 명만 본사 근무, 하위 일곱 명은 지방지국 근무. 아쉽게도 나는 하위 일곱 명 조에 들었던 것이다. 나는 고뇌했다.

우선 나는 차별당하는 것이 기분 나빴고 지방으로 내려가는 것도 귀찮고 즐겁지 못했다. 뭐가 어쨌든 도쿄에 머무르고 싶은 마음이 강했다. 그래서 결국 거절해 버렸지만 그때 마음을 굳게 먹고 입사하기로 했다면 나도 지금쯤 어느 부서의 차장 정도는 되었으리라, 아니면 신문기자 출신 작가로서 풍부한 경험을 살려 다채로운 활동을 이어갔을지도 모른다. 하지만 신문기자라는 일도 격무라 내 건강이 버틸 수 있었을지 어쩔지.

졸업 논문은 「모리 오가이론」. 당시 모리 오가이에게 끌리기도 했지만 무엇보다 시일이 부족하고 학문에 약하다는 결점으로 인해 짜임새가 허술했다. 그래도 이는 내가 지금까지 쓴 유일한 논문이다. 학교에 보존되는 건 도저히 용납할 수 없어 졸업과 동시에 바로 가지고 돌아왔다. 그런 데는 빈틈이 없다. 그 논문은 종전 후까지 주위에 있었지만 그 뒤 정신이

팔린 사이 어디론가 사라져 버렸다.

한 해 전 대학을 졸업한 시모타 세이지가 도쿄도 교육국에서 근무하고 있어 나는 그의 주선을 통해 그곳으로 기어들어갔다. 교육국 교육연구소라는 곳이다. 교육과는 연이 없는 나라서 일에는 열중하지 못하고 늘 방계 취급을 당하곤 했다. 한가하기로 치면 극단적으로 한가한 자리로 그 당시엔 그런 말이 없었지만 요즘 말로 치면 '세금도둑'에 가까울 것이다. 당시를 회상할 때마다 '도민 여러분들'께 죄송하다는 생각이 든다.

지금은 간사이에 정신병원 원장으로 있는 모리무라 시게키가 권하여 「염炎」이라는 동인잡지에 참가해 「미생微生」이라는 소설을 발표했다. 일하는 이의 생활상 괴로움을 쓴 것인데 이것도 반향은 전무. 벌써 그 무렵엔 문학도 국책 노선에 따라야 했기 때문에 내가 쓴 것 따위가 문제가 되거나 할 리 없다. 도청에서 나온 「도직원문화」라는 잡지에도 단편 하나를 썼다.

여기까지 쓰고나서 다시 처음부터 읽어보니 아무래도 정말 중요한 부분을 빠뜨린 채 글을 쓰고 있다. 요점을 제외하고 쓰고 있다는 느낌이 강하다. 나도 모르게 얼버무린 점도 있지만 의식적으로 생략한 점도 있다. 나는 잡문은 못 쓰지 않지만 나 자신의 과거를 있는 그대로 쓰는 건 서투르다. 잡문이라면 거짓말이 섞이지만 자전이니 이력서니 하는 것은 데포르메가 불가능하다. 데포르메가 불가능하기 때문에 이 소품문은 요점을 제외한 것으로 메꾸는 경향이 있다. 사실 나의 과거 따위는 소설 재료로 다루고 싶다.

그 뒤로 어떻게 되었는가 하면 어떤 사정으로 교육국을 그만두고 가와사키의 군수회사로 들어갔다. 그 회사도 즐겁지 않아 병이라 칭하고 쉬는 동안 해군에서 소집영장이 왔다. 쇼와 19년(1944년) 5월이다. 쇼와 17년에도 소집영장이 왔는데 그땐 당일 귀가하게 되었다. 육군의 쓰시마 포형대이다. (나중에 듣기로 오니시 교진도 나와 함께 끌려가 종전 때까지 쓰시마에서 고생했다고 한다) 그랬기 때문에 이번에도 아마 당일 귀가겠지 하고 낙관하며 따로 짐도 처분하지 않고 어슬렁어슬렁 사세보를 향해 나섰다.

내 예상은 너무 물렀다. 보기 좋게 합격하고 말았다. 너무 물렀던 건 그뿐만이 아니다. 해군의 실체에 대한 예상도 그러했다. 해군은 육군과 달리 신사적이라 지내기 편할 것으로 생각했는데 이것이 얼토당토않은 착각이었다. 입단하자마자 바로 깨닫고 엄청난 곳에 왔음을 직감했지만 이미 늦은 상태다. 힘들다고 하여 전역을 청원할 순 없다.

입대한 다음 날 이런저런 구별작업을 한 뒤 일부 병사(훈련을 받지 않아도 이미 병사다)는 당일 해병단을 향해 출발해 떠났다. 행선지는 사이판이다. 이것이 6월 2일로 미군이 사이판 공격에 나선 건 이 주 뒤인 6월 14일이다. 그래서 그들은 도중에 격침되었거나, 도착했더라도 바로 옥쇄했음이 틀림없다. 그 구별작업도 대충대충이었기 때문에 나 또한 그 조에 들어갈 가능성은 충분했다. 나는 전율했다.

종전 때까지 그런 엄청난 일이 벌어질 뻔한 적이 몇 번 있긴 했지만 어찌저찌 오른쪽으로 물러나고 왼쪽으로 피해 간신히 복원(復員)에 이를 수 있었다. 요령 같은 게 아니라 역시 운이 좋았던 것이리라.

(1959. 12.「군조群像」)

종전 즈음

벌써 그때로부터 오 년 가까이나 지났다. 그즈음 생활(생활이라고 부를 수 있으려나)의 세부, 자질구레한 디테일의 태반은 이미 내 기억에서 옅어지고 있다.

가령 나의 하루하루와 밀착해있던 이런저런 사물들의 모습이나 명칭 등. 써보려 해도 흐릿흐릿하다. 다만 당시의 기분, 불길하고 갑갑하게 나를 짓누르던 무언가의 느낌만은 세월이 흐름에 따라 잎살이 사라지고 잎맥만 남은 썩은 잎처럼 더더욱 선명한 형태로 자리 잡아 가는 듯하지만.

종전 즈음, 나는 가고시마현 사쿠라지마의 하카마고시라는 곳에 있었다. 소재 해군부대의 통신과 하사관으로서였다. 부대라 한들 막사 따위도 없는 동굴살이 급조부대였다. 공식명은 분명 제4특별전대(?) 제32돌격대 가고시마 분견대이다.

수상특공기지, 소정(小艇)에 폭약을 설치하여 적함을 들이받는 그 소정 기지이다. 하지만 그 소정(신요(震洋)인지 가이텐(回天)인지 하는 이름이 붙어있었는데)의 모습을 떠올리려 해도 나는 그 기지에서 그것을 본 기억이 전혀 없다. 통신과 업무로 바빠서 결국 놓쳐버렸나 싶지만, 혹 그러한 소정들은 종전까지 끝내 이 기지로 시간 맞춰 도착하지 못했을지도 모른다. 분명 그러할 것이다. 하지만 배는 없었어도 부대는 분명 있었다. 그리고 영차영차 업무를 하고 있었다. (지금의 관청과 판박이다) 여하튼 쓸데없이 바쁜 부대였다. 너무 바빠서 정체를 알 수 없는 이상한 병에 걸렸을 정도다. 아직도 내게는 일이 바빠지면 곧장 원인불명의 환자가 되어버리는 습관이 있는데 사쿠라지마에 있었을 때도 거의 같은 증상이었다. 정신적으로나 육체적으로나 나는 그 중심부에 옛날부터 이처럼 심각하리만치 심지가 약한 구석이 있다.

이 사쿠라지마에서 근무를 유독 바쁘고 괴롭게 느꼈던 데는 특별한 이유가 있었다. 사실 내가 사쿠라지마 부대 소속을 명받아 사세보 통신대를 출발했던 건 쇼와 20년(1945년) 5월이다. 그런데 실제로 내가 이곳에 도착한 건 7월 11일 저녁이었다. 두 달이나 걸린 것이다. 어쩌다 이렇게 되었는가 하면 명령을 낸 쪽 잘못인지 길을 잘못 든 건지, 나는 사쿠라지마에 닿지 않고 가고시마 교외 다니야마 분견대로 가버렸던 것이다. 이하는 내 상상이긴 하지만 다니야마 통신장들은 이

실수를 굴러든 호박으로 간주해 나를 그대로 써먹었던 것이다. 군대도 관료와 닮은 부분이 있어 여분 인원 한 사람이라도 꼭 자기 소속으로 확보하려 하는 묘한 경향이 있다. 그 희생양(?)이 되어 나는 다니야마 부대 소속이 되어 무선자동차 담당으로 배속되었다. 무선기계를 실은 장갑자동차로 탑승원은 전신병이 둘, 암호병이 나. 그렇게 셋이서 올라타 성능 검사 및 연습을 위해 사쓰마 반도 각 수상특공기지를 순찰하며 돌아다녔다. 순방했던 기지 이름도 이동했던 코스도 거의 대부분 까먹었지만 바다 한가운데 떠 있던 고시키섬의 풍경이 아직도 머릿속에 강하게 남아있는 걸 보면 후키아게하마에 산재해있던 기지를 돌아다녔던 듯하다. 가장 마지막으로 우리는 보노쓰라고 하는 기지에 갔다.

군대에 들어와 이 한 달 남짓의 여행처럼 편한 기간은 나에겐 없었다. 애초에 실어 담은 무선기의 성능이 좋지 않아 단 한 번도 다니야마와 연락이 닿지 않았기 때문이다. 전신 담당도 처음엔 노력하는 듯 보였지만 마지막엔 완전히 방치하더니 기지에 도착하면 그 기지 부대 통신병에게 연락을 부탁하고 운전수까지 다 함께 후다닥 어디론가 놀러 가버린다. 전신이 잡히지 않으면 암호번역을 할 필요도 없기 때문에 즉 나도 놀러 갈 수밖에 없다. 본래 기지 부대나 자동차 안에서 숙박해야만 하지만 그것도 얼렁뚱땅 넘어가 민가나 여관에서 묵었다. 낮에는 하이킹을 가거나 장어잡이를 하러 가고 밤에는 밤이니까 항공용 1호 알코올을 들여와 성대한 술잔치를 벌인다. 기지라서 그 근처 산속에 들어가면 알코올이 드럼통으로 수도 없이 굴러다니고 있었다. 마셔도 마셔도 무궁무진하다. 식사는 기지 부대에서 착실히 가져다준다. 즉 먹고 싶은 만큼 먹고 그 뒤엔 뭘 해도 된다. 그래서 나는 이를 이용해 방탕한 중학생처럼 실컷 먹고 실컷 마시고 실컷 놀러 다녔다. 신체에 관해서 따윈 어찌 되든 상관없다고 생각했다. 그 어떤 방자함조차 용인하려 하는 무언가가 나의 내부에 자리잡고 있었다. — 이렇게 편한 경우는 과거에도 거의 없었다. 그리고 장래에는 절대로 있을 리 없다. 이것이 마지막이다, 정말로 이게 마지막이다, 라는 것을 나는 분명히 감지하고 있었다. 온몸으로 직감하고 있었다. 그래서 이 여유로운 상태의 일 분 일 초를 살아내는 것만이 나의 모든 것임을 나는 느끼고 있었다. 그러한 의식이 나의 온갖 방자함을 지탱하고 있었다. 이러한 따끔따끔거리는 생의 감촉은 나의 생애 다른 부분에선 그리 맛볼 수 없으리라 생각한다.

이러한 상황이었기 때문에 사쿠라지마 전근 통보가 왔을 때 나는 무척 낙담했다. 사쿠라지마는 상당히 규모가 큰 기지라 분견대뿐만 아니라 4특전(?) 사령부도 그곳에 있고 바쁘리라는 것은 충분히 예상할 수 있었으니 말이다. 그리고 그 예상은 빗나가지 않았다. 7월 11일 입대. 그리고 얼마 안 있어 바로 정체를 알 수 없는 발열. 이렇게 되었던 듯하다. 그때 상황은 내 기억에서 대부분 사라진 상태지만 여기저기 뿔뿔이 적어둔 일기만은 아직도 주위에 남아있다. 그것을 그대로 옮겨본다.

'7월 23일

아침 6도 6분. 저녁 7도 2분.

하얀 가루약을 받다. 역시 원인은 모름. 어제저녁은 8도 5분.

간호과에 고로기 병조(兵曹)라는 자가 있다. 한자로 어떻게 쓰려나. 재미있는 성이다.

온 뒤로 계속 아파 당직도 서지 못해 다니야마로 돌려보낼까 하고 사령부 수신호장이 말했다 함.

8월 2일

요사이 적기가 몇 번이나 날아와 가고시마시는 몇 날 며칠 밤낮으로 화염에 휩싸여 불타고 있다. 밤이 되면 이 세상 것이 아닌 이상한 색깔로 불타고 있다.

신체 상태는 변함없이 안 좋다. 그냥 안 좋다. (위가 심각하게 약해졌다)

지난밤 오시마 초소에서 야광충을 적 수송선 삼천 척으로 인지하여 전보를 쳤다. 도쿄에서는 연락 없음. 집에서도.

8월 9일

기토 교지가 소집되어 만나서 함께 술을 마시러 가는 꿈을 꾸다. 오하마 노부야스도 나오다.

어제저녁은 저녁 식사로 으깬 감자를 소량, 소주 소량을 마시고 영시에 바로 일어났는데 역시나 속 상태가 심각하게 안 좋음. 몸 상태가 무겁고 살아있다는 느낌이 들지 않음.

8월 15일.

아침 다섯 시에 일어나 아래 바닷가에서 검변이 있었다. 아침 식사 후 진찰. 여전히 식사는 죽. 밤 아홉 시부터 당직하러 가서 착신 기록을 열어보고 정전 사실을 알게 됨. 깜짝 놀람.'

사쿠라지마에서 일기는 이상이 전부이다. 지급 받았던 볼품없는 군용 수첩에 조그만 연필 글씨로 쓰여있다.

8월 15일은 날씨가 좋았다. 이날 일은 비교적 기억이 남아있다. 검변이란 이질이 유행 중이라 그 탓에 실시했던 것이다. 모래사장에 각자 직접 작은 구멍을 파서 그 속에 배설한 것을 군의장에게 보여주는 간단한 구조. 조금이라도 변이 이상하면 바로 기리시마 병원 후송이다. (병사들은 모두 이를 두려워했다. 해군 병원 생활이란 절대로 즐거운 생활이 아니었기 때문에)

나는 속도 안 좋은 주제에 이날 변비에 걸려있었다. (고 생각한다) 구멍을 팠지만 배설물이 없어 다시 모래를 덮고 근처에 있던 군의장에게 가서 그렇게 아뢰자 군의장이 눈을 부라리며 나를 호되게 꾸짖었다.

"하지만 자네 휴지로 닦지 않았던가!"

나오지 않아도 습관적으로 닦는다고 항변하며 그 뒤로 두 세 차례 말다툼을 했다. 하지만 군의장은 절대 그러한 나의 고상한(?) 습관을 인정하려 하지 않았고 그럼 다시 한 번 직접 증거를 보이라는 데 이르렀다. 변 상태가 된 종이 내가 숨기고 있는 것으로 추측한 것이다. 그러나 드넓은 해변에 파묻은 구멍 흔적은 수없이 많고 아직 웅크리고 앉아있는 이들도 잔뜩 있는 상황에서 어느 것이 내 구멍의 흔적인지 알 수 없다. 명령이니 어쩔 수 없이 터벅터벅 내 구멍을 찾으며 돌아다니던 심정이 나는 아직까지 떠오른다. 적이 곧장 상륙할지도 모르는데 이 무슨 어이없는 짓거리인지 하고 실로 참담한 기분으로 냄새로 가득 찬 모래사장을 서성였다. 그때 그 기분은 선명하지만 구멍을 찾아냈는지 어쨌는지는 기억에 없다. 또 조금 전엔 배설물이 없었다고 썼지만 혹 군의장의 추측이 옳았을지 모른다고도 생각한다. 아무튼 오 년 전 일이므로 그런 세세한 부분은 전부 까먹어버렸다.

그리고 그날 정오, 천황의 라디오 방송이 있었다. 가고시마에 온 뒤로 나는 신문을 전혀 보지 못하고 있었다. 그래서 정세가 어떻게 흘러가고 있는지 전혀 알지 못했다. 암호를 보내는 관계상 전지 상황에 대해 조금은 알고 있었지만 그것도 부분적이라, 특히 아군의 손실 전보나 중대 전보는 사관이 번역하게 되어있어 우리들의 눈에 띄지 않는 구조로 되어있었다. 가령 원자폭탄에 대해서도 나는 암호부 하사관임에도 불구하고 아주 나중까지 투하됐다는 사실을 알지 못했다. 그래서 이날 방송의 의미도 거의 예측하지 못했다. 격려 방송이겠지 하는 식으로 생각했던 것 같다. 지금 이 글을 쓰는데 분명 그날 아침, 전쟁이 끝났다는 방송이면 좋을 텐데 하고 생각했던 것이 기억의 구석에 남아있다. 하지만 이는 후에 무의식적으로 보충한 가짜 기억인 듯하다. 몸 상태 난조를 이유로 나는 당직 이외 시간에는 거주구역에서 쉬어도 괜찮다 하여 그 방송시간에도 나는 들으러 가지 않았다. 들어봤자 뭘 어쩌겠어, 그런 기분이었을 것이다. 그즈음 나는 당직 외엔 침대에 누워 자거나 책을 읽곤 할 뿐이었다. 소지하고 있던 책은 오직 한 권. 사세보를 나올 때 책 대여점에서 빌려와 버린 세계문학전집 희곡편이라는 책. 이 한 권을 반복하고 반복하며 읽고 있었다. 읽으면서 재미있다거나 공부가 된다거나 하는 느낌은 전혀 들지 않았다. 아무것도 하지 않고 깨어있는 것이 도저히 견딜 수 없었을 따름이다. 눈에 활자를 비추고 있다 보면 그것이 어느 정도나마 현실을 잊게 해준다. 그런 심정으로 이 한 권을 나는 적어도 서너 번은 되읽었던 것 같다. 정성스레 한 글자 한 글자 골라내며. ―그렇게 집중해서 읽었는데 이상하게도 지금 그 책의 내용은 거의 떠오르지 않는다. 간신히 떠올려낼 수 있는 건 「아침부터 한밤까지」라는 짧은 한 편뿐이다. 삼절(三絕)까진 아니어도 위편(韋編)이 한 번 정돈 끊어질 정도였는데 머리에 전혀 남아있지 않은 건 정말 이상한 일이다. —하지만 이때도 이를 읽고 있었던 건 확실하다. 방송이 끝나고 주거호로 들어온 병사에게 읽고 있던 책을 탁 덮고, 오늘 방송은 뭐였어? 하고 물었던 기억이 나니까. 잡음으로 지직-지직 거려서 알아듣지 못했다는 게 그 대답이었다.

낮은 그렇게 보내고 밤 아홉 시, 당직을 하러 갔다. 거주구역 주거호와 통신호는 다소 거리가 있어 걸어서 오 분, 밤에는 어두워 십 분 정도 걸린다. 나무들 사이에 끼인 산길이다. 그곳을 손으로 더듬으며 걸어가 통신호로 들어가서 직전 당직과 인수교체를 마친다. 나는 직장(直長)이라 자리에 앉고서 그때도 관례에 따라 직전까지 착신 기록을 무의식적으로 한 장 넘겼는데 불쑥 종전, 이라는 글자가 눈으로 뛰어들었다. 그때 그 기분은 역시 글로는 제대로 표현할 수 없다. 하지만 일본인이라면 누구나 바로 그 종전을 알게 된 순간의 경험이 있을 테니 나의 기억도 대부분의 다른 사람들과 거의 같으리라 생각한다. '깜짝 놀람' 등으로 일기에 적었지만 그 순간이 지나자 나는 돌연 이상한 발한 상태가 와서 안절부절못하며 초조해지기 시작했다. 내 바로 옆에는 아카자와(?) 소위라는 사령부 암호사가 앉아있었는데 나는 갑자기 벌떡 일어나 그 소위에게, 이거 진짜인가? 하는 식으로 속사포로 물었다. 아카자와 소위는 분명 소집 전엔 오쿠인지 어딘지의 소학교 교사였다고 하는 온순한 젊은 사내였는데 내 질문에 대한 답으로, 진짜야 하고 말하며 내게 어떠한 웃음을 지어 보였다. 그 웃는 얼굴을 나는 아직도 잊지 못한다. 생생하게 떠오른다. 그것은 어떠한 수치심으로 가득 찬, 희열과 곤혹과 안도와 비애가 섞인 듯한 복잡한 그늘이 진 미묘한 웃음이었다. 이 소위는 사적으로나 공적으로나 교류가 거의 없었지만 이 인간적인 웃음 때문에 나는 아직도 그에게 친애감을 느낀다.

그리고서 나는 변소에 가고 싶다고 소위에게 양해를 얻은 뒤 호를 뛰쳐나왔다. 비좁은 호 속에선 여느 때처럼 전신기 소리가 딱딱 울리고 있다. 여느 때와 똑같다는 것이 어쩐지 이해할 수 없는 부당한 느낌으로 다가왔다. 바깥으로 나와 힘껏 방뇨하고, 그러고서도 도무지 진정이 되지 않아 밤길을 쏜살같이 달려 올라가 아무 용건도 없이 거주구역으로 돌아왔다. 거주구역으로 들어가자 그 가장 안쪽에 나란히 걸터앉은 채로 전신 선임 하사가 자고 있었다. 나는 그를 힘을 실어 흔들어 깨웠다. 그리고 전쟁이 끝났다고 낮은 목소리로 알려주었다. 선임 하사는 눈을 부스스 뜨더니 그를 듣고 고개를 끄덕이고는 다시 눈을 감았다. 어쩐지 괴로운 듯한 표정으로 보였다. 예상했던 만큼의 반응은 얻지 못했지만 아무튼 다른 사람에게 얘기했다는 것만으로 나는 어느 정도 평정심을 되찾고서 거주구역을 나와 천천히 통신실 쪽으로 밤길을 돌아갔다. 머리 위 나무들 사이로 별이 보이고 절벽 아래에선 파도 소리가 고요하게 들려왔다. 또렷한 기쁨은 그제서야 비로소 내게 찾아왔던 것 같다. 나 개인의 신병에 관해서도 하나의 사건이 종언을 고하고 다른 새로운 무언가가 시작하려 함을 실감으로서 자각할 수 있었다.

그날의 해방감을 아직도 나는 그립게 추억하지만 다시 한 번 현실에서 맛보고 싶다는 생각은 들지 않는다. 병상을 털고 일어났던 날의 기쁨을 위해 다시 한 번 큰 병에 걸리고 싶다고는 생각하지 않는 것과 마찬가지이다. 다시는 병에 걸려선 안 된다.

(1950. 8.「세계世界」)

버섯의 독백

벽장도 없는 북향 석 장 방에 벌써 일 년 가까이 살고 있다. 작년에 우박이 내렸을 때 지붕에 구멍이 난 듯, 비가 고이면 물방울이 떨어져 현재 다다미는 썩고 벽은 떨어지고 이상한 모양의 버섯 일고여덟 개가 자라고 있다. 책상이 하나, 고리짝에 침구, 책이 열 권 정도, 이것이 나의 전 재산이다. 이 외엔 하늘에도 땅에도 가진 것이 아무것도 없다. 아침저녁으로 이 방에서 먹고 자고 하며 버섯의 생태를 관찰하거나 하고 있는데 처량하다면 지극히 처량할 따름이다.

태어난 이래 이렇게 심각한 방에서 살아보기도 처음이고, 이렇게 아무것도 가진 게 없어 보기도 처음이다. 하지만 아무것도 가진 게 없다는 것만큼 강력한 건 없다. 요새 특히나 그렇게 느낀다. 이런 방에서 지내다 보면 시민적 행복이라는 것이 나와는 얼마나 연이 없는 것인지 확실하게 다가와 그 점에서도 마음에 결심이 선다. 바로 그 생활의 행복을 단념할 수 없었기 때문에 여태껏 괴로웠던 것으로, 단념해버리면 홀가분하니 유쾌하다. 마음의 기점을 이곳에 두고 올해는 써나가려 한다.

오늘은 정월 3일, 아침 열 시에 일어나 지유가오카의 식당까지 밥을 먹으러 갔다가 막 돌아온 참인데 거리에서 만난 남녀들은 어디에 숨겨뒀던 건가 하고 놀랄 정도로 아름다운 기모노를 입고 노고를 잊은 듯한 표정으로 거리를 오가고 있었다. 멍하니 바라보고 있자니 예전과 조금도 달라지지 않은 것처럼 보이지만 그것도 오늘까지 이야기, 내일부턴 다시 원래 모습으로 돌아갈 게 분명하다. 전쟁에서 패배한 이래 온갖 것들이 전부 바뀌어버렸다. 풍속이나 인정이나 전쟁 전과 비교하면 어딘가 미쳐있다. 인간도 변해버렸다.

인간이 변했다느니 하고 말하면, 인간이란 태곳적부터 변하지 않는 존재이거늘 하고 혼쭐이 날 것도 같지만 인간이 변하지 않는다는 식의 말은 음료 중엔 물이 제일 맛있다는 식의 말과 똑같은 것으로, 음료 중엔 술이 제일 맛있다고 믿는 나조차도 물이 제일 맛있지 하고 위엄에 찬 표정으로 그런 소리를 듣는다면 지당하신 말씀입니다 하고 물러설 수밖에 없다. 실로 몹쓸 말투이다. 인간은 불변한다. 라는 식의 우쭐대는 흉내는 나는 내고 싶지 않다. 아무튼 인간은 변했다.

어떤 식으로 변했느냐 하면 한마디로 표현할 수 없다. 온갖 부분에서 미묘하게 어긋난 채 드러나고 있다. 이상하다는 말은 정상이 있어야만 할 수 있는 말이나 지금은 모두가 조금씩 미쳐있기 때문에 이상함은 존재하지 않는다. 모두가 가슴 속에 이상함을 품고 있어 이상한 일을 보거나 듣거나 해도 조금도 놀라지 않는다. 태연히 대응한다. 이는 무서운 일이라고 생각한다. 이것을 알아차려야 한다.

우리나라 전통 중 사소설이라는 시스템이 있는데 정상적인 시민 생활을 그려내기에는 가장 적당했다. 이는 정교하게 짜인 그물 같은 것으로 대부분의 물고기는 이를 통해 잡히고 요리되었다. 나로서도 전쟁 전까진 이를 완상하기론 남에게 뒤지지 않았지만 작금의 물고기는 어느덧 이 그물로부터 멀리 일탈해 있는 게 아닌지 의심스럽다. 잡혔다고 생각했던 것이 물고기가 아니라 물고기 그림자는 아닐까. 만약 그런 형세라면 아무리 정교하게 만든다 해도 실용적으로 쓸 수 있을 리 없다. 거리에서 만난 남녀의 정월 설빔과 함께 때때로 꺼내 들어 아름다움을 칭송하는 정도라면 아무 지장이 없지만 일상 용무를 마치는 데는 아무 도움도 되지 않는다. 다시 다른 형태의 그물을 만드는 수밖에 없다. 작금의 어류를 잡는 데 가장 적당한 양식의 그물을 짜야 한다.

종전 후 일본 문학은 혼란을 겪으리라 나는 생각했지만 그것도 허울뿐인 혼란에 그치고 본질적으론 아무것도 바뀌지 않은 듯하다. 그 또한 재래의 그물로 물고기 그림자만 잡기 때문으로, 물고기 모양은 하고 있지만 물고기 맛은 나지 않는군 하고 손님이 투덜투덜대도 따로 팔딱팔딱거리는 생선이 입고되는 것도 아니므로 체념하고 식사하는 느낌이다. 밧줄로 모닥불을 피우면 다 탄 뒤 밧줄 모양 그대로 재가 남는다. 그것은 밧줄 모양을 하고 있지만 밧줄 용도론 쓸 수 없다. 새로운 바람이 불면 모조리 흩날려버린다. 지금의 소설은 이와 비슷하다.

일본의 오늘날 현실에 대처하는 데 재래의 방식이 아무 쓸모 없다는 건 일상생활에서 누구나 경험하는 것임이 틀림없다. 전차를 타는 데 승마술 방식은 아무 소용이 없고, 맛있어 보이는 과일을 두고 하이쿠적 정신을 통해 바라보거나 하는 짓은 아무도 하지 않는다. 전차는 사람 사이를 비집으며 올라타고 과일을 불쑥 비틀어 따 식욕을 채우려 시도하는 그러한 태도를 너나 할 것 없이 행하며 이상하게 여기지 않는다. 생활상에선 모두가 간단히 과거의 망령과 결별한 상태이다. 문학의 세계도 그래야만 하는데 아직 리얼리즘이라 칭하는 자연주의니 사소설 정신이니 화조풍월 정신이니 일본적 로맨티시즘이라는 이상한 정신이 옥석이 서로 뒤섞여 이 현실에 대처하기 위해 옥신각신하는 꼴을 두고 헛수고라 부르는 것조차 미련하다.

나는 그러한 망령들과 결별하려 한다.

물론 나 또한 그러한 생활 가운데 오랫동안 머물렀기 때문에 모자를 흔들며 간단히 이별할 수 있으리라곤 생각하지 않는다. 하지만 일상생활상 육체는 이미 결별한 상태인데 정신만은 옛 망령과 기괴한 동거를 이어가는 건 부자연스러울 수밖에 없다. 나는 빗물이 새지 않는 방에 살며 푹신푹신한 이불에 누워 하루 세끼 꼬박꼬박 도깨비 송곳니 같은 흰 쌀밥을 먹고 있지 않다. 기울어진 누옥에서 버섯과 함께 먹고 자고 하고 있다. 사고방식 또한 옛날에는 생각하지 못했을 법한 것을 생각하고 느끼고 행하고 있다. 잣대를 마련해 소설을 쓴다면 나로서도 수월히 쓸 수 있다. 하지만 그래선 안 되지 않겠는가. 누구나 과거로부터 변해가고 있다. 다만 자신이 변하였음을 자각하는지 못하는지가 관건이다. 그리고 과거와 의식적으로 헤어지려 하는지 안 하는지가.

나는 사소설 정신과 헤어지리라. 해학과도 풍류와도 헤어지리라. 의리 인정과도 헤어지리라. 그 무엇에도 얽매이지 않으리라. 그리고 아무것도 가진 것이 없는 곳에서 시작해 나가리라. 나의 눈으로 본 인간세계를 내가 직접 만든, 남에게 빌리지 않은 양식으로 표현해가리라.

나는 지금껏 누구도 스승으로 떠받든 적이 없고 누구의 지도도 받지 않았다. 그것은 문학상으로뿐만 아니라 생활상으로도 그러했다. 나는 그 누구의 제자도 아니었다. 또한 나는 도당을 짓지 않았다. 불완전하나마 그럭저럭 홀로 걸어왔다. 앞으로도 바람을 온몸으로 맞아가며 계속 걸어나가는 수밖에 없다.

나만이 걸을 수 있는 길을 나는 뒤돌아보지 않고 올해 나아가려 한다. 나의 방에 자라난 버섯처럼, 배양토가 없이도 성장할 수 있는 강인한 생명력으로 나는 올해를 살아나가려 한다.

(1947. 2.「신소설新小說」)

에고이즘에 대하여

요즘 같은 시대에 생존을 유지하기 위해선 법망을 뚫고 물건을 사야 하고, 전차를 타기 위해선 타인을 떠밀쳐야만 한다. 서재에 틀어박혀 한가로이 시간을 보낼 순 없는 것이다. 이제는 심신 전부를 바쳐 이 세태와 대결해야만 하게 되었다. 살아간다는 건 이미 고도의 교활함과 타인의 희생 위에서만 가능하다. 이러한 시대에 우리는 무엇을 믿으며 살아가는 걸까.

작금의 각 잡지에 발표되는 뭇 소설을 읽으며 나는 이상한 기분을 견딜 수 없다. 그곳에 있는 건 변함 없는 선의를 향한 향수요, 청렬(淸冽)한 것을 향한 사모이다. 이러한 세태에 연약한 선의 따위가 무슨 힘이 있나. 현대에 있어 무력한 것은 즉 악덕이다. 선의니 뭐니 하는 건 이제는 몰락한 자의 의태에 지나지 않는다. 실생활상에선 아주 빈틈없고 씩씩하게 생활해나가는 작가들이 정작 원고지 앞에선 어째서 비로소 마음을 고쳐먹은 듯, 퇴폐한 세태를 탄식하며 선의를 대망하는 것인가, 어째서 존재하지도 않는 파랑새를 그려 보이려 하는 것인가.

요즘 같은 세상에 선의를 믿는다는 건 산 너머 하늘 멀리 행복을 믿는다는 것보다도 훨씬 덧없는 짓이다. 요새 일부 소설군을 읽어보라. 세태는 이러저러하나 자기 한 사람만은 선의를 믿으며 살아가고 있다 하는 기분 나쁜 표정을 배후에 반드시 숨기고 있으니까. 이제 거짓말은 그만두자. 세태의 악과 맞서 지금까지 살아온 건 우리 쪽에서도 충분한 양의 독을 품고 있었기 때문이다. 우리 내부의 독은 외면하고 어째서 야단맞은 아이처럼 산 너머 노을 구경에만 푹 빠져 있는 것인가.

지금까지 소설은 에고이즘 부정의 노래를 부르는 것으로 끝났다. 전쟁 전까진 그로써 안심할 수 있었다. 하지만 이젠 그걸로 안심하고 한가로이 지내는 흉내를 내는 건 불가능하리라. 르네상스가 개인의 자각으로 시작되었다 한다면 지금 시대는 에고이즘의 자각과 확충에서 시작한다. 어차피 결국 세상의 퇴폐는 바닥까지 다다를 수밖에 없다. 살아남는 것이 최고의 미덕이요, 희생과 헌신이 최대의 기만임을 우리는 좋고 싫고를 떠나 깨닫게 될 것이다. 그리하여 우리는 우리의 에고이즘을 철저히 껴안아야만 할 것이다.

새로운 문학의 출발은 이러한 성격을 제외해선 존재할 수 없다.

(1947. 게재지 불명)

세대의 상흔

나처럼 기력과 체력 모두 빈약한 사람에게 있어 최근 교통수단의 혼잡함은 실로 고역스럽다. 고역스럽다 해도 팔짱만 끼고 있을 순 없기에 다른 이들처럼 서로 떠밀치고 떠밀쳐지고, 발을 밟고 밟히고 하며 간신히 올라타 있기는 하지만 나처럼 힘없는 남자에게 떠밀쳐지는 무리는 나 이상으로 힘이 없는 자가 많기에, 요컨대 노약자 부녀자 부류가 대개 나로 인해 떠밀쳐지게 된다는 것이다.

나라고 좋아서 노약자를 떠미는 것은 아니다. 그러한 소행을 스스로 허용하는 까닭은 그렇게 하지 않으면 전차에 올라탈 수 없다는 오직 그 한 가지 이유로, 전차도 타지 못한다는 건 과장해서 말하자면 현대 세계에서 생활이 불가능하다는 것이나 마찬가지이다. 이 세상에서 생존해가기 위해 그러한 악을 스스로 허용하고 있다는 것, 모든 사람이 많든 적든 자신의 에고이즘을 용인하고 있다는 것, 이는 심상치 않은 일이라고 나는 생각한다.

이런 국면을 타개하기 위하여 우리 시민들은 어떡하면 좋을까. 이는 척척 전차를 제작하여 누구나 편히 승차할 수 있도록 이 세상을 만들어가면 된다. 모두가 그 방향으로 힘을 모을 것, 여기에는 나도 이의는 없다. 하지만 전차를 늘리면 전부 해결될 것이라는 식의 말에는 아주 약간 의문이 생긴다.

전차를 편히 탈 수 있게 된다면 나 또한 애시당초 좋아서 그러는 게 아니기 때문에 타인을 떠밀치는 짓을 그만둘 것이다. 하지만 그만두었다고 해서 남을 떠밀치려 하는 소질마저 내가 상실했다는 것은 아니다. 병의 근원은 표면상으론 사라졌다 해도 마음속 깊숙이 뿌리박혀 있을 것이다. 그리고 일생은 길고 길기 때문에 그것은 다른 형태를 통해 표면으로 드러날지도 모르고, 또는 드러나지 않을지도 모른다. 드러나지 않는다면 우리 시민들의 생활에는 별 차질이 없을지도 모르지만 이 병의 근원을 가슴속에 감춰두고 있다는 것, 그리고 그것을 의식하고 있다는 것, 그리고 어느 한때 그러한 소행을 스스로 허용했다는 것은 영구히 사라지지 않는다.

나는 일 년여의 짧은 기간을 응소병으로서 군대에서 보냈다. 나와 함께 들어갔던 이들로는 대학교수도 있었고 공장기사도 있었고 실직한 은행원도 있었고 온화한 목사도 있었다.

그리고 나는 굶주림을 견디지 못해 교수가 잔반을 훔치는 것도 보았고, 인원수를 갖추기 위해 목사가 세탁물을 도둑질했다는 이야기도 들었다. 사바세계에서 모습상으론 그러한 것들을 부정함을 통해 자신들의 생활을 구축해 온 이러한 사람들이 이 거친 세계에서 자신들이 지닌 악의 가능성을 머릿속이 아닌 행동으로 확인했다는 것, 내가 가장 관심을 두는 것은 이 점이다. 내 군대 생활은 시종 내지(內地)였지만 부건빌이나 뉴브리텐이나 그 외 여러 섬들에선 더더욱 가혹했다는 것은 귀환한 친구들에게서도 들었고 또 수월하게 상상해 볼 수도 있다. 현재 그 교수가 다시 어떤 방식으로 제자들을 지도하고 있을지, 어떤 표정으로 그 목사가 신의 길을 설파하고 있을지 나는 알 수 없다. 알 수 없다 하더라도 그들은(나를 포함해) 그땐 정말 힘들었어 하고 웃어넘기고 말 법한 경상이 아니라는 것만은 확실하다.

이른바 이 대전을 통해 일본인은 일본인이 가령 얼마나 덕을 등지고 윤리를 져버릴 수 있는지 라는 것 등을 관념이나 가능성의 문제가 아닌 현실상의 행동으로서 탐색할 수 있었던 것이다. 민족적으로도 그러했지만 개개인의 경우에도 자기 자신 안에 숨어있던 모든 것을 확대하여 쥐어볼 수 있었던 것이 분명하다. 그것은 군대에 휘둘렸다거나 휘둘리지 않는다거나 하는 문제가 아닌, 그 시대를 살아간 자들에게 피할 수 없는 숙명 같은 것이었다. 이러저러한 의미에서 모든 사람은 전부 자신이라는 것과 대결해야만 했던 것이다.

그리고 전쟁이 끝났다. 오늘날 시대란 또 다른 의미의 에고이즘과 대면해야만 하는 시대이다. 사상적 굴종이나 포커페이스를 필요로 하지 않게 된 대신, 가령 내가 어쩔 수 없이 노약자를 밀쳐 쓰러트리는 처지가 되어버렸다. 자신의 생존을 확인하기 위해선 어떠한 짓이라도 스스로 허용하고자 하게 되는 것도 그 어둠을 의연하게 거부했던 탓에 영양실조로 죽은 교수•처럼 되고 싶지 않기 때문이다. 무엇보다도 우선 살아남는 것이 제일의(第一義)라는 것은 나만이 아닌 모든 이들이 이 전쟁을 통해 쟁취해 낸 사고임이 틀림없다.

목숨을 걸고 어둠을 거부했다는 사실에 대해 나 또한 감동을 느끼지 않을 리 없다. 하지만 그것은 인간의 극단적 상징으로서야 의미는 있겠지만 현실 속 개체의 모습으로선 거의 무의미하다. 이는 누구나 자기 자신을 돌아보며 느끼는 것임이 틀림없으므로 그 교수를 두고 일어난 갖가지 비판은 모두 어딘가 바람이 빠져나가는 듯한 공동이 있어, 결국 그런 일이 일어나지 않는 사회를 만들어야 한다는 판에 박힌 이야기로 빠진 것이나 마찬가지다. 나는 그러한 불철저한 언변을 싫어한다.

• 패전 후 물자 부족 등의 이유로 실시된 식량 배급 원칙 등을 지키며 당시 성행하던 암거래를 거부하다 죽은 교수 가메오 에이시로(龜尾英四郎).

전후 현재 인간들의 특색은 요컨대 자기 마음의 극한적·가능성을 행동을 통해 확인하고, 현재 확인 중이라는 점이라고 나는 생각한다. 그리고 그것은 반드시 인간의 마이너스적인 부분, 악과 이기심뿐만이 아니라 진선미에 대한 극한성이기도 하다는 것을 나는 믿지만 그러나 후자는 오직 실생활을 희생함으로써만 추구할 수 있는 것인 듯하므로 지금 현재의 생활을 소홀히 한다는 것은 만만치 않은 일이기도 하니, 나의 경우로 보자면 나는 노파를 밀치며 전차에 올라타거나 법망을 뚫고 쌀을 사들이거나 그런 자신을 바라보는 것만이 나의 일상이다. 좀 더 돈이 궁해지기 시작하면 강도질이라도 할 수 있을 것 같은 예감을 막 스스로 품고 있으나 이것이 나는 슬프다. 죄의식을 가지고 어떤 일을 저지르는 자는 이미 그 자신에게 있어 전과자이다. 살아가기 위해 자신의 유약함을 자인하고 허용하는 현대인은 모두 죄인이다. 나라고 나 자신의 에고이즘을 좋아할 리는 없다. 하지만 그것을 자인하고 허용하지 않으면 살아갈 수 없으므로 나는 그것을 긍정한다. 긍정하는 곳에서 새롭게 출발하고 싶다. 만약 현세에 새로운 윤리가 존재할 수 있다면 인간의 마음 상위부분에서만 서로 걸맞을 나약한 윤리가 아닌 인간의 이런저런 가능성 위에서 새롭게 수립되어야 한다고 나는 생각한다. 나는 이미 일상생활 중 나 자신에게 있어 전과 수백범인 극악인이다. 바로 그렇기에 나는 나의 비원(悲願)의 깊이를 믿는다. 그리고 피투성이 손바닥을 등 뒤로 숨기고서 입으로만 정론인 양 구변을 뽐내는 논자나, 덧없는 아름다움을 노래하는 시인이나, 거짓말쟁이 소설가를 증오한다. 어째서 다들 현대 인간이, 그리고 자신이 그러한 위치에 있다는 것을 솔직하게 인정하려 하지 않는 걸까. 인정한 곳에서부터 어째서 시작해 나가려 하지 않는 걸까. 정착할 곳을 두지 않고 어째서 어중간한 허공상에서 그럴싸한 표정을 지은 채 전차를 좀 더 늘리라며 설득해 나갈 수 있는 걸까. 나는 모르겠다.

세대의 상흔, 이라든가 하는 그러한 추상적인 것에 서툴러 누군가로부터 나는 늘 설명을 듣고 싶지만 나의 경우 이상에서 술한 것 같은 모습으로 살아왔다. 그리고 지금도 살고 있다. 다소 불건전한 시민으로서 앞으로도 계속 걸어나갈 것이다. 그리고 전쟁 중의 환경이 나에게 강요한 삶의 방식, 현재가 나에게 강요한 삶의 방식을 감상을 섞지 않고 응시하며 탐색해 나가고자 한다. 그것은 나 개인의 문제가 아닌 모든 인간의 가슴까지 꿰뚫는 문제임이 틀림없다. 그 속에서 빛을 붙잡아 내는 것 외에 빛은 어디에도 존재하지 않는다. 그 외 다른 빛은 전부 가짜 빛이다. 대용식이나 가스토리• 소주 같은 대용주로 나는 현재 어쩔 수 없이 스스로의 음식욕을 충족시키고 있는 상태지만 정신마저 대용 빛으로 밝힐 생각은 없다.

• 糟取; 지게미로 제조한 막소주.

대용품은 일상생활상에서만 허용된다.

(1947. 8.「신문예新文芸」)

나의 소설작법

'소설'이란 그것이 만들어지기 위해 이런저런 복잡한 개인적(또는 사회적) 조건이 있고 또 단순히 기술만으로 제작되는 것이 아니기 때문에 '소설작법'이란 '라디오 조립방법'이라든가 '댄스교습서' 따위와는 근본적으로 상이하다. 간단하게 전수할 수 있는 것이 아니다. 또 전수받는 쪽도 연마에 힘써 마침내 모든 기예를 전수받는 데 이른다, 라는 식이 아니다.

만약 '소설'이 검술 혹은 인술(忍術)과 유사한 것이라면 세상의 소설가는 절대로 '소설작법'이라는 것을 쓰지 않을 것이다. 그 '소설작법'을 모두가 읽고 그 오의를 터득함으로써 곧 스승을 능가하는 작품을 줄줄이 써내면 이번엔 스승 쪽이 만신창이가 되기 때문이다. 그래서는 곤란하다. 나 또한 그렇게 호락호락 만신창이가 되고 싶진 않다.

하지만 소설이라는 것은 현재로선 그러한 구조가 아니고 전수 불가능한 것이 대부분을 차지하고 있기 때문에 나 또한 안심하고 '나의 소설작법'을 쓸 수 있다.

현재로선, 이라고 방금 썼지만 장래 소설은 어떻게 되어갈까. 나도 예상할 수 없긴 하지만 혹 장래에는 소설의 실질이 전부 기술적인 것으로 채워지게 된다, 라는 식으로 생각해보지 못할 것도 없다. 즉 소설이 창작이라는 형태에서 합성이라는 형태로 바뀌어 가고, 그 소설제조자 또한 개인에서 집단으로 바뀌어 간다. 현재의 영화제작 같은 기구가 되어 소설이 합성되리라 하는 생각을 나는 일찍이 해본 적이 있다.

그렇게 된다면 개인 작가는 사라지고, 저 녀석은 필치가 간드러지니까 정사 장면을 분담시키자 라든지, 이 녀석은 나사가 빠진 재능이 있으니 개그 효과를 나눠주자 라든지 제각각 기술과 재능을 통해 소설에 참가한다. 그렇게만 되면 이제 소설도 '작법' 운운하는 손 쉬운 것으로부터 멀어져 간다. 그러한 대소설이 되면 개인의 비평은 세세한 곳까지 살필 수 없어지기 때문에 비평가들도 집단을 결성하여 비평문 합성을 통해 이에 대항한다.

그렇게 되면 그러한 대소설도 대비평도 독자 개개인의 감상능력을 초월하기 때문에 더 이상 아무도 읽지 않게 된다. 아무도 읽지 않게 되면 소설도 비평도 기업으로서 성립하지 못하게 되어 거기서 문학은 종언을 고한다. 문학자들은 모두

실업하여 육 개월 동안 실업보험을 지급받은 뒤 제각각 일용직 노동자 등으로 전락한다. 차디찬 도로공사장에서 삽을 쥔 손을 잠시 멈추고 콧물을 훌쩍이며 옛 소설가들의 행복을 부러워하게 될지도 모른다.

하지만 내가 살아있는 동안에는 아직 그런 사태는 오지 않을 것이다. 오면 큰일이다. 온다는 것을 생각하고 싶지 않다.

소설이란 대체로 19세기가 정점, 이후 서서히 하강해가는 추세에 있다. 소설가의 행복도 그 선을 따라서 하강해간다. 개인의 풍부한 결실, 그 풍부함이 점점 감소하고 빈약해져 간다. 다른 인간, 다른 직업인과 마찬가지로 소설가 자신도 점점 세밀해지고 분화되어 간다. 한편 사회기구는 그 세분화된 인간을 발판삼아 점점 복잡해지며 덩치를 불려간다. 개인으로서 소설가는 그 가냘픈 촉수론 더 이상 방대한 사회기구를 포착해낼 수 없다. 기계 속 하나의 못이 되어 경직된 자세로 못으로서 역할을 다하는 것이 고작인 꼴이 되고 말 것이다.

파국적인 상황만 적었지만 다행히 현재는 아직 거기까지 몰리진 않았기 때문에 소설가가 자유업으로서 성립한다. 현재 소설가라는 직업은 신분적으로도 모호한 입장이지만 일의 내용도 모호하고 명확하지 않은 부분이 대단히 많다. 소설을 쓰려 하는 충동, 발상, 그것들과 현실 사이의 관계, 현실을 재편성하여 제2차 현실을 만들어내는 방법과 기술, 그 가운데 작가의 책임, 그 외 여러 가지가 대부분 명확히 규정되지 않은 채 작가 개개인의 자의(?)에 맡겨져 있다. 그래서 소설가는 자신만의 방법을 통해 제각기 작품을 만들어내고 있는 셈이지만 자신만의 방법인들 모호한 무언가라 정밀한 설계도가 내부에 있는 것이 아닌 대략적인 이미지로만 존재한다. 아니, 어림짐작이랄 정도의 무언가가 없어도 소설제작은 가능하다. 자신 내부의 것을 억지로 명확하게 만들어 도식화하는 짓은 왕왕 그 작가의 소설을 망쳐버린다. 억지로 어림짐작하지 않는 편이 현명하다고 할 수 있다. 자신 내부의 심연, 아니 사실은 심연이 아닌 얕은 물웅덩이에 불과하다 하더라도 그것을 늘 휘저으며 질척질척 탁하게 만들어 바닥이 보이지 않는 상태로 유지해야 할 필요가 있다. 바닥이 보이지 않으면 그것이 심연인지 얕은 물웅덩이인지 아무도 알 수 없다. 자신조차 알 수 없다. 자신도 알 수 없을 정도로 혼탁하게 만들어두어야 한다. 그 혼탁한 수심이 이른바 작가들의 허세의 근거이다. 작가라는 직업은 허영심 혹은 자만심이 강렬하지 않으면 성립할 수 없는 직업이며 그것을 지탱하고 있는 것이 그 심연이고, 혹은 심연이라고 자신이 믿고 있는 바로 그 물웅덩이인 것이다. 하루아침에 그 웅덩이가 말라붙어 자신이 소설을 쓰는 기술만 남은 존재가 되었음을 자각했을 때 그 작가는 허영심이 박살 나 절망하게 될 것이다. 절망한 순간 작가가 아닌 다른 존재로 변신하게 될 것이다. 설령 소설제작은 변함없이 이어나간다 하더라도.

소설가라는 존재는 바로 잘 모르기 때문에 소설을 쓴다. 깨달아 버리면 소설 따위는 쓰지 않는다. 소설가는 그런 도피처로서 늘 변명을 지니고 있다. 악마, 기분 나쁜 말이지만 그러한 것을 꺼내 들고 온다. 자기 내부의 물웅덩이에 그러한 주인이 살고 있는지 어쩐지 한번 헤집어보아도 다행히 질척질척 탁한 상태라 스스로도 분간할 수 없다. 분간할 순 없지만 그렇게 믿기만 한다면 그것이 서식하고 있는 셈이나 마찬가지다. 있든지 없든지 요지는 믿는다는 것. 다른 것은 아무것도 믿지 않아도 되지만 이것만은 이 직업을 가진 이상 믿어야 한다. 자신은 재능은 빈약하지만, 예술가로서 일류는 아니지만, 진짜인지 가짜인지 하는 점에선 단연코 진짜라는 자각, 그것이 가장 중요하다.

이러한 나의 생각은 다소 고풍스러운 사고방식으로 내 이전 세대 문학자들의 마음가짐 같은 것이지만 아직 곧장 사라져야 할 사고방식은 아니므로 지금부터 문학에 뜻을 두려는 이들도 이를 일괄적으로 멀리하지 않는 편이 좋을 것이다. 쇼와 초년 문학청년들은 모두 이를 믿음으로써 살아왔다. 그 당시 문학에 뜻을 둔다는 건 작금과는 달리 대체적으로 현재를 버리는 것과 같은 의미였다. 자신의 물웅덩이에 서식하는 것이 용인지 아니면 미꾸라지인지 벼룩인지, 일평생 내내 알 수 없다. 그 알 수 없음 위에 문학자의 의식이니 생활이니 하는 것이 성립한다. 그 성립 상황도 이런저런 모호한 점이 있어 내부의 물웅덩이가 말라붙었는데도 말라붙었다는 자각증상 없이 그 상태 그대로 이어지는 경우가 있다면 물웅덩이는 그대로인데 미꾸라지 자체는 배를 뒤집고 죽어 둥둥 떠 있는 경우도 있다. 복잡다양하기 때문에 그것들 사이 균형을 맞추기가 어렵다.

어찌 됐든 그러한 개개 입장에서 소설가들은 제각각 자신들의 방법으로 현실의 한 조각을 잘라내 그대로 쓰거나, 살짝 변형하여 쓰거나, 가공의 재료를 사용해 쓰거나, 이런저런 짓을 한다. 예의 미꾸라지와 관계를 통해, 아니면 관계하고 있다는 생각을 통해 소설이라는 것이 만들어진다. '나의 소설작법'이라는 제목으로 자신에 관한 것은 이야기하지 않고 뭔가 엉뚱한 것들만 써버렸다. 다시 고쳐 쓸 시일도 없기 때문에 이대로 보내지만 참으로 야무지지 못하여 드릴 말씀이 없다.

(1955. 2.「문예文芸」)

나의 소설작법

'나의 소설작법'을 쓰는 것은 어렵다. 지금으로부터 10년 전, 쇼와 30년(1955년) 2월호 「문예」에 나는 '나의 소설작법'을 썼다. 이를 다시 읽어보니 그때 생각과 지금도 거의 변한 것이 없다. 진보가 없다 할 수 있을지도 모르나 기본적인 태도란 그렇게 진보하거나 변화하거나 하지 않는 법이다.

인간 속에 수렁 같은 것이 있어 그것이 현실로 순조로이 빚어져 나오는 것이 문학이며 소설이라고 그때 적은 뒤 그 수렁의 정의나 분석을 시도하고 있다. 소설작법이 '라디오 조립방법'이나 '바둑 입문' 따위와 근본적으로 다른 이유를 열심히 적고 있다. 똑같은 내용을 여기서 되풀이하는 건 마음이 내키지 않으므로 이하 가능한 한 구체적으로 적는다.

소재가 정해지면 책상 앞에 앉아 연필로 하루에 다섯 장에서 열 장 정도 속도로 쓴다. 초고는 쓰지 않는다. 준비 없이 곧장 쓴다. 못쓰게 되는 건 십 퍼센트 정도. 백 장 쓰면 열 장 정도 로스가 난다. 과작(寡作)인 데다 로스가 없으므로 원고지 사용량은 극히 적다.

소재는 경험한 것, 다른 사람에게서 들은 이야기, 공상으로 만들어낸 것, 이런저런 것들이 있다. 그 혼합형도 물론 있다. 쓰기 시작해 도중에 잘 진행되지 않는 경우 무리해서 이어나가지 않는다. 포기해 버린다. 완전히 버리는 것이 아니라 묵혀둔다. 십오 년 정도 묵혀 간신히 써낸 것도 있다. 오랜 세월 묵히다 보면 가지와 잎이 성숙해지기 시작해 잘 될 것 같은 기분이 든다.

작품을 만듦에 있어 반드시 처음부터 순서대로 쓰는 것만은 아니다. 전체를 세 등분하여 마지막 삼분의 일을 먼저 쓰고 그다음 중간 부분, 맨 마지막에 초반 삼분의 일을 쓰거나 하기도 한다. 하지만 이는 초짜의 방식일지도 모른다. 소설을 갓 쓰기 시작한 무렵 나는 종종 이 방법을 취했다. 처음부터 쓰면 형태가 잡히지 않는 듯한 기분이 들기 때문이다. 처음부터 쓰면서 흐름에 올라타 결말에 다다르는 것이 정상적일 것이다. 하지만 예정해 둔 결말에 다다르지 못하는 경우가 왕왕 있다. 결말을 가장 처음에 써두면 도중에 억지로 붓을 꺾어야만 하는 경우가 종종 있다. 하지만 어쩔 수 없는 사정으로 (가령 몇 월 며칠까지 작업을 완료해야만 할 때라든지) 이 방법을 채택할 때가 있다. 작가로서 불명예로 여겨야 하리라.

여행은 하지만 취재 여행은 하지 않는다. 그저 평범한 여행객으로서 여행을 즐기고 그 감상을 몸속으로 받아들인 채 돌아온다. 그 후 그 여행지를 소설에 사용할 때 다시 한 번 그곳으로 여행을 가 확인하는 경우는 없다. 몸에 남아있는 막연한 느낌, 막연한 기억을 바탕으로 써버린다. 특별한 꾸밈새는 작가에게 필요하지 않다. 기록이라면 정확함이 필요하지만 소설이라면 정취가 달라진다. 나는 그렇게 생각한다. 그 탓인지 가본 적이 있는 토지보다 가공의 장소(즉 가본 적이 없는 토지이다) 쪽이 나는 쓰기 쉽다. 다른 이에게 듣거나 지도로 알아보며 그곳을 공상으로 보충하여 쓰는 작업이 재미있다.

그리고 기교에 관해, 다른 이가 이미 사용해 낡아빠진 흔한 수법을 가능한 한 사용하지 않으려고 유의한다. 가령 연대기 풍의 글쓰기, 나는 예전부터 이를 싫어해 읽는 것도 쓰는 것도 재미가 없다. 그래서 반드시 거꾸로 뒤집어 순서를 뿔뿔이 떨어뜨려 쓴다. 잔꾀라고 한다면야 어쩔 수 없지만.

"저 사람은 역시 작가인 만큼 사물을 보는 눈이 예리해."

이런 바보 같은 소리가 없다. 예리한 눈에 관해 작가는 형사나 삐끼 가게주인이나 술집 호스티스에게 아득히 미치지 못한다. 현실 면에서 작가는 호인이라 작가만큼 잘 속는 인간도 없을 것이다. 그저 가게주인이나 호스티스와 다른 점은 그곳에서부터 허실을 다채롭게 뒤섞어 한 편의 소설로 만들어내는 것이랄까, 날조해내는 것이랄까, 그런 재주가 약간 있을 뿐이다. 그 이상도 아니고 그 이하의 인간도 아니다. 평범한 속물이라는 자각이 내가 돌아가야 할 초심인 셈이다.

(1965. 1.「마이니치신문每日新聞」)

김사량에 관하여

내가 호타카 씨를 찾아뵈었던 건 쇼와 13년(1938년)인가 14년으로 분명 김사량이 데리고 갔던 것 같다.

그 김 군과 알게 된 건 쇼와 11년 대학에 입학했던 해로 그는 「제방」이라는 동인잡지에 속해있고 나는 「기항지」라는 동인잡지에 속해있었다. 현 「신일본문학」에 「오키나와섬」을 연재 중인 시모타 세이지 역시 「기항지」의 동인으로 그 시모타가 어디선가 김 군과 알게 되어 그렇게 나에게 소개해주었다. 그즈음 김 군은 아직 본명 김시창이라는 이름으로 불렸고 김사량이라는 필명을 갖게 된 건 그 이후 일이다.

그렇게 우리는 눈 깜짝할 새 친해져 김 군은 자신의 하숙을 나와 시모타가 살고 있던 혼고의 가쿠타관이라는 하숙으로 이사해왔다. 나도 가쿠타관 바로 근처에서 하숙하고 있었기 때문에 매일같이 얼굴을 마주치게 되었다. 김 군은 체격도 좋고 키는 다섯 자 여덟 치(약 175.7cm) 정도이며 술도 셌다. 자주 함께 마셨다.

김 군의 본가는 조선의 부호라 생활비도 넉넉했던 것 같다. 내 쪽은 허덕이고 있었기 때문에 아무래도 내 쪽에서 한턱 뜯어내는 경향이 있었던 것 같다.

하지만 김 군은 부자면서 묘한 구석이 있었다. 인심은 후했지만, 가령 그가 외투 따위를 전당 잡거나 할 때 전당포는 3엔밖에 빌려주지 못한다 하는데도 5엔을 빌려달라며 한 시간 두 시간씩 매달리는 것이다. 물론 그는 그걸 유질할 생각은 추호도 없고 또 3엔이면 술값으로 충분한데도 5엔을 빌리기 위해 몇 시간씩 조르는 것이다. 끝내 전당포 주인이나 지배인이 혀를 내두르며 5엔을 내줄 때까지 조른다.

그러한 김 군의 속내를 나는 알 수 없었다. 자신의 소유물이 낮게 평가되는 게 싫었던 걸까, 아니면 대출을 스포츠처럼 여기며 즐겼던 걸까.

그리고 난처한 건 전당포 주인뿐만 아니라 우리도 마찬가지였다. 그 김 군이 빌린 돈으로 함께 술을 마시러 가는 건 우리였으니까. 김 군이 조르는 데 가담하여 전당포에 한 시간 두 시간씩 서서 기다리는 건 즐겁지 못했다.

우시고메 요코데라마치에 이즈카라는 탁주를 마실 수 있는 주점이 있는데 그곳으로 나를 데리고 갔던 것도 김사량이다.

어쩐지 웅장하고 삼엄한 고풍스러운 건물이었는데 김 군

은 굉장히 익숙한 기세로 탁주를 주문했지만 나는 탁주를 마시는 게 그때가 처음이라 아무래도 혀에 익숙하지 않아 곧장 청주로 바꿨지만 김 군은 맛있다는 듯 탁주를 연달아 몇 병이나 더 마셨다. 조선에 탁주가 있으므로 김 군은 그를 통해 혀가 익숙해져 있었던 것이리라 생각한다.

내가 이 이즈카의 탁주 맛을 알게 된 건 전쟁 말기 술이 부족해지기 시작하고 난 뒤로, 나는 매일같이 밤마다 이즈카에 줄을 서 탁주를 마셨다. 마시다 보면 탁주라는 녀석의 진미를 알게 되기 마련이지만 그때 나에겐 심각하게 맛이 없었다.

아직도 기억이 나는데 그 이즈카를 처음으로 방문하고 돌아오며 택시 기사와 요금을 가지고 싸움이 나 운전기사도 기분이 언짢고 우리도 기분이 언짢아져 혼고에서 하차, 그리고 내가 자동차 뒤쪽으로 가서 분을 못 이겨 자동차 뒤를 탁 내리치자,

"뭐얏!"

하고 운전기사가 안색을 바꾸더니 스패너를 한 손에 쥐고 자리에서 뛰쳐나왔다.

거기까진 지금도 떠오르지만 그 뒤로는 기억이 나지 않는 걸 보아 그렇게까지 두들겨 맞지는 않았을 것이다. 부리나케 달아났었을지도 모른다.

(1957. 5.「문예수도文芸首都」)

천황제에 대하여

홋카이도 여행을 가게 되어 배 안에서 이를 쓸 계획이었는데 바다가 다소 사나워 원고를 쓸만한 상황이 아니었다. 시바우라발 구시로행 정기 항로로 이천 톤이나 되는 여객선이다. 날수로 나흘, 오십 시간 남짓 걸린다. 배 안에선 쓸 수 없었기 때문에 구시로 숙소에서 지금 이를 쓰고 있다. 어쩐지 아직도 방이 흔들거리는 듯한 기분이 들어 마음이 진정되지 않는다. 머리 움직임도 둔해진 것 같다.

배 안에선 내내 잠만 잤다. 물론 식사도 하지 못하고, 먹어도 바로 게워내 버리고 하물며 술 같은 건 한 방울도 들어가지 않는다. 꾸벅꾸벅 졸기만 할 뿐. 하지만 요 만 이틀간의 절식이 평소 약한 내 위장엔 큰 도움이 되었다. 그래서 지금은 뱃멀미 후의 느낌을 제외하면 위장의 상태는 수년래 처음인 것처럼 쾌적하다. 여태 먹고 마시고 하던 바가 단순한 습관에 지나지 않았음을 다시금 확실히 깨달았다. 먹고 싶어서 먹고 마시고 싶어서 마시는 그러한 것이 아니라 시간이 되었으니 먹고 마시고, 또는 의무감 같은 것으로 인해 먹고 마신다. 그런 식이었던 듯하다. 공복이었던 게 아닌 공복감, 공복 착각이라고도 부를 법한 무언가로 인해 안일하게 먹고 마시고 했던 듯한 것이다. 여하튼 습관이란 마치 미지근한 탕과 같아 한 번에 타파하거나 뛰쳐나가지 않는 이상 그 미지근한 정도를 알 수 없기 마련이다. 내 위장을 걸고 단언할 수 있다. 그러나 살아있다는 것 또한 일종의 습관이라고 한다면 그야 할 말은 없지만.

뱃멀미를 제외하면 배 여행이란 상당히 즐겁고 또 기묘했다. 일단 바다에 의해 완전히 육계로부터 절연된다는 그 의식만으로도 유쾌하다. 시원시원한 점이 있다. 무엇보다도 아침이 되어도 조간이 오지 않고 저녁이 되어도 석간이 오지 않는다. 신문장수분께는 죄송하지만 신문이 오지 않는다는 것이 이렇게나 즐거운 것인 줄은 여태 생각지도 못했다. 신문이라거나 하는 것은 마치 꼭 습관을 판에다 박아넣은 것이나 다름없다. 이는 사고력을 마비시킨다. 인간은 때때로 신문에 대해서도 절식을 하는 편이 좋다.

그런데 신문이 오지 않는 건 좋았지만 이 단절된 선실로 거침없이 침입해오는 놈이 있었다. 그것은 라디오다. 신문 잡지나 영화 연극 등은 전혀 들어오지 못하는데 라디오의 지직 지직 거리는 기계 소리만은 인간의 기호나 감정을 짓밟으며 가차 없이 들어온다. 이는 이젠 습관 이상의 무언가이다. 습관이란 대체로 스스로 익혀 익숙해지는 것인데 이는 그렇지 않다. 강제라는 쪽에 가깝다.

이 년 전 여름 역시나 홋카이도를 주유했던 적이 있는데 가령 비바이라든지 아바시리라든지 하는 땅끝마을을 걷고 있는데도 귀를 살짝만 기울이면 라디오 소리가 들려온다. '스무 개의 문•' 따위나, '노래자랑' 따위, 요컨대 도쿄에서 들리던 것과 똑같은 게 어느 지붕 아래에서나 울려 퍼지고 있는 것이다. 라디오라는 놈은 정말 기분 나쁜 놈이다. 여행자인 나에게 가장 먼저 그런 인상으로 다가왔다. 물론 시골집 지붕 아래에서 라디오를 듣는 사람이 기분 나쁘다는 건 아니다. 듣는 건 각자의 자유고 권리지만 모든 사람의 사고와 감각을 통제하여 획일화하려 하는 전파 그 자체에 대해, 그 존재 방식에 대해 나는 역시나 혐오의 감정을 느낀다. 선실에서 듣는 라디오를 향해서도 똑같은 감정이 인다.

그렇다면 계단식 침대에서 일어나 스위치를 돌리면 되지 않는가. 미경험자는 그렇게 생각할 것이다. 하지만 이 선실의 스위치를 돌린들 옆 선실이 있다. 복도에도 있다. 어디에서나 들려온다. 게다가 내가 막 라디오라고 썼지만 엄밀한 의미에

• 二十の扉; 당시 매주 토요일마다 진행되던 라디오 퀴즈 방송.

서 이는 라디오가 아니라 스피커다. 선장 측에서 승객을 향해 전달하는 주의나 공지가 이를 통해 행해진다. 애당초 그러한 이유로 설치되는 것이다. 그래서 승객의 대부분은 이를 활짝 열어둔다. 선 측에선 주의나 공지가 없을 땐 서비스라는 식으로 라디오를 흘려보낸다. 무슨 수를 써도 귀에 들어오지 않을 수 없다. 게다가 단순 스피커이기 때문에 선 측에서 흘려보내는 방송밖에 듣지 못하는 구조로 되어있다. 스피커에는 다이얼이 붙어있지 않기 때문이다. 뉴스는 싫으니 서양음악이 듣고 싶다고 해보아도 통하지 않는다. 말하자면 일종의 방송 통제 같은 것이다.

강제로 밀어붙이는 꼴이란 점에서 살짝 천황제와 비슷하다.

이런 곳에서 불쑥 천황제 같은 걸 끌고 오다니 스스로 생각해도 지나치게 당돌하다 싶긴 하나 실은 그 선실 라디오를 통해 황태자에 대한 소식 따위를 이것저것 강제로 듣게 되어 진절머리가 나고 또 반발심도 들어 그리하여 이러한 연상이 내 마음속에서 맺혀졌다. 그리고 그 연상의 결론을 서둘러 먼저 말하자면, 빨리 천황제의 스위치를 돌려 꺼버리는 편이 낫다. 천황제라느니 하는 건 습관, 그것도 흐리멍덩한 습관에 지나지 않는다. 그것도 고대부터 이어진 습관이 아니라 메이지• 이후 습관이므로 그다지 예스러움을 자랑할 만한 것이 아니다. 옛것이나 전통이라는 점에선 고마가타 미꾸라지 가게 언저리에도 아득히 미치지 못한다. 옛 성인도 잘못을 고치기를 꺼리지 말라고 가르쳤다. 현대에 있어 천황제는 잘못이다.

패전 후 미군이 일본을 점령하여 이런저런 개혁을 일본에 실시했다. 좋은 것도 있었고 엉뚱한 것도 있었지만 그 당시 미국에도 어느 정도 선의지가 있어 강제는 강제였지만 현재처럼 어처구니없는 것은 없었다. 자국의 이해보다 일본의 근대화를 우선으로 한다, 그러한 취지였다. 그 취지를 나는 지지했고 지금도 지지하고 있다. 하지만 내가 정말 매우 안타까운 것은 어째서 그때 미국이 용기를 내, 혹은 자국의 장래 이해를 고려하지 않고 천황제를 폐지해버리지 않았는가 하는 점이다. 그 당시라면 천황제는 아직 구멍으로 기어들지 못한 모말게 같은 존재였다. 약간의 집게 저항은 있었겠지만 잡으려 하면 잡을 수 있었다. 지금은 그렇지 않다. 아주 전부는 아니지만 이미 돌담 구멍 속으로 절반 정도 쏙 들어가 버린 상태이다. 돌담 구멍 속에서 절반 짜리 신이 되려하는 중인 것이다. 나는 인간이다 하고 선언했던 게 바로 엊그제였던 것 같은데.••

• 군부 막부 체제가 천황 중심 개혁파가 일으킨 메이지 유신으로 무너지고 1868년 왕정복고를 기치로 메이지 정부가 수립됨.

•• 패전 후 연합국 점령 하 1946년 1월 1일 쇼와 천황이 '인간선언' 조서를 통해 천황의 신격을 부정함

천황이 한 차례 스스로의 선언을 통해 인간이 되었다. 그것은 천황 개인으로서도 행복한 일이었음이 틀림없다. 그것을 '상징'이라는 말로 덮어씌웠던 건 메이지 시대 출생 노인들 혹은 나이 어린 늙은이들의 간악한 지혜이다. '상징'이라니 이 얼마나 교활하기 그지없는 표현방식인가.

지금 주위에 사전도 없어 상징의 본래 의미를 조사해볼 수도 없지만 여행지에서의 막연한 느낌으로 보자면 상징의 자리에 살아있는 몸을 가진 인간이 앉는 건 실로 어울리지 않고 적당하지 않다고 생각한다. 또 골치 아픈 일 또한 생겨난다. 즉 메이지 노인의 교활한 지혜는 '신'을 '상징'으로 바꿔 말했을 뿐, 우리들의 감각을 통해 보자면 그 자리에 특정한 개인이 앉는 것은 기괴하다. 근대감각에 반한다. 인간은 어디까지나 인간이므로 인간의 감정이나 생리 이상의 것을 지닐 수 없다. 운동을 하면 땀이 나오고 이성을 보면 욕정이 생기고 너무 많이 먹으면 설사를 한다. 아무리 상징이라 해도 그러한 예에서는 벗어나지 않는다. 상징과 인간 사이의 어긋남이 결국 국민감정에는 위화감으로 드러난다. 분명 이시자카 요지로의 「젊은이」였나, 수학여행을 간 여학생이 궁성 앞에서 천황의 일상에 대해 그런 이야기를 나누는 장면이 있었다. 전시 중 이 소설이 당국의 기휘(忌諱)에 저촉되어 발매금지가 되었던 게 아니었을까. 아무래도 여행지라 기억이 불확실하지만, 요컨대 그런 식으로 드러난다. 그러한 것은 바람직하지 않다. 여학생이 바람직하지 않은 것이 아니라 살아있는 몸을 가진 인간이 상징이 되는 것이 바람직하지 않은 것이다. 이는 이론이 아닌 온건한 시민으로서 나의 감각이다.

그러면 어떡해야 좋을까. 무슨 일이 있어도 상징을 만들고 싶다면 개체 대신 추상의 무언가를 가져오면 된다. 그리고 살아있는 인간은 서둘러 퇴장해야 한다. 추상은 두루뭉술하여 기댈 수 없다고 한다면 무기물을 들고 오면 된다. 동식물은 역시 알맞지 않다. 광물은 어떨까. 내 쪽도 조금은 양보하여 세 종류의 신기• (아직도 남아있다고 한다면) 따위라면 괜찮을지도 모른다. 그것은 생물이 아니므로 욕정이 생기거나 설사하거나 하는 일도 없이 내버려 두면 그만이니 어느 정도 적당할 것이다. 하지만 그럴 경우 특정 개인이나 가문과 완전히 떨어뜨려 분리해야 한다. 사실 돌멩이나 연어 머리도 좋지만 역시 체면이니 하는 글자에 연연하는 사람들이 많으므로 그렇게 하도록 한다.

그리고 천황은 가족 모두 다 같이 상징의 자리에서 분리되어 인간으로 살아가는 편이 바람직하리라. 인간으로서 행복을 추구하는 편이 바람직하리라. 생물학이나, 어떤 이의 말에 따르면 천황의 생물학이 지방대학 조교수 정도라고 하던데 그렇다면 그걸로 거기에 힘쓰면 된다. 이세 신사의 신관이 되

• 神器: 왕위 계승의 표식으로 이어져 온 기물로 검, 거울, 옥구슬 등.

는 것도 한 방법이다. 하지만 퇴직 후 한 시민이 된 이에게 내가 이러쿵저러쿵하는 건 쓸데없는 참견이나 마찬가지다. 근대시민생활의 이념에 반한다. 그러므로 방금 이야기는 취소한다. 그것은 본인의 의지와 결의에 따라 정해져야 한다. 내가 말할 수 있는 유일한 바는 더 이상 절대로 상징이니 신이니 하는 자리로 돌아와선 안 된다는 것이다.

황실이 해소되면 자연스레 궁내청도 해산하게 된다. 이는 당연한 일이나 여기서 근무하던 관리들은 본인 스스로 자신은 인간이라고 하는 데도 인간을 인간으로 취급하지 않았다는 점, 즉 인간을 왜곡하고 모욕했다는 점에서 공직으로부터 영구히 추방당해야 할 것이다. 물론 이는 궁내청 관리에만 해당되는 건 아니지만 특히 궁내청은 그러하다. 물론 퇴직금 등도 주지 않는다. 자신의 땀을 통해 살아가는 게 인간이라는 존재임을 조금은 깨닫게 해줄 필요가 있다.

이상으로 천황에 대해 극히 상식적인 견해를 적어보았지만 사실 솔직히 말해 나는 천황에 대해 신뢰와 애정을 잃은 지 이미 오래다. 나는 당연히 천황을 인간으로 여기고 있고 그가 천황이 아니면 곧 길가 행인에 지나지 않는다. 천황직에 앉아계시기에 이것저것 적어도 보는 것이다. 천황으로서야 이런 나 따위는 길가의 돌멩이에 지나지 않겠지만 나로서는 천황 일족으로부터 엄청난 손해를 입었다. 전쟁에 끌려나가 청춘을 희생하고 물심양면 손해를 보았다. 나 같은 경우는 하지만 경미한 축일지도 모른다. 생명을 잃거나 언어도단의 손해를 입은 사람이 수두룩하다. 인간으로서 천황에게 하는 말이긴 하나, 패전 당시 천황은 자신의 몸은 어찌 돼도 상관없으니 국민을 구하고 싶다, 그러한 의미의 말•을 했을 터이다. 국민이 구원받지 못하는 건 즉 천황제로 상징될 법한 현실사회의 기구 때문이다. 물론 나는 천황 개인의 의지나 발언으로 이 기구가 무너진다느니 하는 그런 어리석은 생각은 하지 않지만 그러나 주위의 악인들에게 이용당하는 것을 향한 인간적인 저항이, 그 저항의 표현이 조금은 있어도 좋으리라. 특히나 요즘은 천황제를 지지하고 강화하고파 하는 무리의 손길 때문에 국민은 도탄의 고통에 빠져있다. 도탄의 고통을 맛보고 있는 이들의 예는 여기에 열거할 것도 없으리라. 신문을 보면 매일같이 나온다. 그러한 국민의 고통을 내버려 두고 막대한 돈을 써가며 황태자가 런던으로 떠나거나 한다. 국민을 구하고 싶다는 말은 도대체 어떻게 된 것인가.

선실 스피커를 들으면서 나는 몽롱히 그러한 생각을 했다. 여하튼 요새 풍경은 다소 심하다. 역코스, 역코스••라느니 하며 빈말로 이야기하던 사이 어느새 역코스가 국민이나 저널

• 무조건 항복을 요구한 포츠담 선언을 수락하고서 8월 15일 쇼와 천황이 이를 알린 종전 조서(終戰詔書)를 비롯한 각종 조서와 선언.

•• 연합국최고사령부에 의해 시행된 개혁조치와 평화 민주화 정책에 역행하는 정치, 경제, 사회 움직임을 칭하던 용어.

리즘의 피부를 뚫고 뼛속까지 스며든 기미마저 있다. 황태자 유럽행에 관해서도 신문이나 영화의 취급 태도가 어떠한가. 승선 전 나는 신주쿠 뉴스극장에서 뉴스를 보았다. 황태자 유럽행 뉴스영화라는 것이 있어 그것을 보니 황태자는 전혀 나오지 않는다. 아니 딱 한 장면 나오는데, 해설자가 소리를 지르며 지금 막 우측 상단에 비치는 것이 황태자라며 아우성쳐 허겁지겁 시선을 그쪽으로 옮기자 이미 사라져버린 상태였다. 이를 황태자 유럽행 뉴스라고 선전하고 있으니 기가 막힌다. 국민을 그렇게까지 바보 취급 하지 말라.

또 어느 모 대형신문에, 논설란이었나 황태자의 참관서열이 베트남과 에티오피아(였나) 사이라는 것에 분노하던 글이 있었다. 우리들의 상징이 에티오피아 옆에 서는 걸 참을 수 없었던 것이리라. 이는 이 기자의 엄청난 몽매함을 폭로하고 있다. 인간 위에 인간을 두고, 혹은 인간 아래에 인간을 둔다는 점에서 이 기자는 인간이라는 존재를 극도로 모욕하고 있다. 인간을 모욕함을 통해 자기 자신도 멸시하고 있다. 게다가 자신을 멸시하고 있다는 점에 대해 자각이 없는 듯하다. 대형신문 기자 중 이런 자가 있기에 더더욱 상징이 위세를 떨치며 만연하게 되는 것이리라. 이러한 상태는 타파해야 한다. 국민이 정말로 필요로 하는 건 이런 쓸데없는 상징이 아니라 퇴근 후 한 잔의 소주이다. 이를 저널리즘은 명기(銘記)하라.

여행지인 탓에 자료도 없고 사전도 없고, 뱃멀미로 머리는 둔해져 있고, 이렇게 평이하고 상식적인, 누구나 느끼고 누구나 생각할 법한 것밖에 쓰지 못했다. 하지만 이에 대해선 조만간 열심히 생각해보고 새로운 각도에서 내 나름대로 써보고자 한다.

(1953. 8.「신초新潮」)

인간 회복

요새는 밤마다 계속 정전이라 작업은 하지 못하고, 전열기로 밥 짓는 건 물론 할 수 없고, 어쩌다 한 번 배급되는 어류는 신선하지 않아 생으로 먹을 수 없고, 숯은 구할 수 없고, 궁지에 몰려 규슈 본가로 뻔뻔하게 도와달라는 편지를 보내도 편지 왕래에만 두 달씩 걸린다. 급한 곳에 제때 맞출 수 없다. 생활이 갑자기 곤궁해져 우울함이 극에 달했지만 그래서 이에 대해 화가 나는가 하면 그다지 화도 나지 않는다. 전등은 켜지 않는 것, 배급 어류는 썩어있는 것 하고 처음부터 포기했기 때문에 이따금 규슈에서 편지가 일주일 만에 도착하거나 하면 화들짝 놀라고 만다. 어쩐지 배신당한 것 같은 기분마저 든다. 생각해보면 이런 나의 인간불신 감정은 요사이 싹튼 것이 아니라 꽤 예전부터 뿌리를 내린 듯하다. 어느 즈음부터 뿌리를 뻗었던 건지 알 수 없지만 이번 전쟁을 통해 그것이 대단히 견고해졌음만은 확실하다.

나도 남들처럼 군대를 다녀와 그러한 비인간적인 조직 속에서 일본인이 어떠한 짓을 저지를 수 있는지, 가령 어떠한 불합리한 짓을 저지를 수 있는지, 어떠한 비도덕적인 짓을 저지를 수 있는지 하는 가능성을 이 눈으로 똑똑이 지켜봐 왔다. 그것을 내 마음속에서도 탐색해 왔다.

지금 연합군 군사재판 등에 걸려있는 일본인의 비도덕적 패륜 행위 또한 내가 지니고 있는 것과 전혀 이질적인 것이 아니고 나의 연장선상에 있는 것임을 나는 지각하고 있다. 가령 남방에서 벌어졌다고 하는 인간의 식욕이 인륜을 짓밟고 내팽개쳤다는 식의 사건도 나와는 관계 없는 인간 짐승의 소행이라고 나는 생각하지 않는다. 전쟁 중의, 또 현재 나의 기아의 연장선상에 있는 궁극지점에 그것이 위치하고 있다고 생각한다. 그래서 그런 의미에서 내가 그런 환경에 처하게 되었다면 인간의 절개를 지닌 채 죽음을 택할지 하는 점에 있어 나는 자신이 없다. 물론 그때가 되어보기 전까진 알 수 없다고는 하지만 그런 패륜을 나는 하지 않는다고 단언할 수 없는 것이다. 그 점에서 나는 스스로에게 절망하고 있다. 절망한 형태로 나의 인성을 확신하고 있다 해도 좋다. 이 기분은 많든 적든 오늘날 일본인의 내부에 존재함이 틀림없다. 길모퉁이에서 가령 노상강도에게 당하였다 해도 그다지 경찰에 신고할 마음이 들지 않는 것도 경찰력에 대한 불신이 그곳에 자리함이야 분명하지만 근본적으로는 그러한 것이 경천동지할 일이 아니라 거의 일상적인 사건이기 때문은 아닐까. 그에게 내재한 진폭 가운데 노상강도라는 것도 포함되어 있어 단지 우연히 이 상황에서 가해자와 피해자로 나뉘었을 뿐, 가령 만원 전차 속에서 발을 밟힌 것과 그렇게 큰 차이 없다. 언젠가는 이쪽에서 발을 밟을 수도 있는 것이다. 즉 사회의 혼란이라는 것도 각자의 마음속 혼란의 반영으로 각자에게 내재한 병의 근원이 그 상태 그대로 형태를 갖추어 풍속으로 드러난 것에 다름아니다. 적어도 내 경우에는 그렇다. 그래서 오가는 인간악에 대한 책임을 내가 질 수 있다는 것도 오직 그러한 지점에서 뿐, 자신에게 절망한 곳에서 인간회복을 지향해가는 수밖에 없다.

바로 그래서 나는 방관자를 증오한다. 우리에게 지금 피안이 있을 리 없다. 현재 서 있는 곳밖에 없다. 지금의 경사진 곳에서 더 경사가 심해지면 나는 사람을 밀어 떨어드릴 수도 있을 것이고 발을 잡아당겨 떨어뜨릴 수도 있을 것이다. 그리고 자신을 구제하려는 마음만이 곧 타인을 구제하는 마음이 되어 갈 것임을 나는 믿을 뿐이다. 그 외 고원(高遠)한 구설과 도식을 통해 이 황폐해진 정신의 풍토를 구제할 수 있다고 생각하는 자는 모조리 미망(迷妄)한 일당일 뿐이라고 생각한다.

이 도쿄라는 원시적인 대촌락에서 사람들은 암흑의 밤들

을 보내며 파도에 떠밀려 온 썩은 생선을 먹고 자기 몸을 스스로 지키는 법을 스스로 취할 수밖에 없는 것처럼 말이다. 이른바 혈거시대와 큰 차이 없는 상태로까지 되돌아왔다. 우리는 더 이상 시민이 아니라 인류이다. 인간을 회복하여 사회를 일으켜 세우기 위해 이 현재의 스타트라인에 모두가 늘어설 것, 그리고 각각 자신이 이 스타트라인에 서 있다는 것을 인정하는 것이 절대적으로 필요한 것이지 스타터가 되거나 응원단이 되는 건 필요하지 않다. 이 필요하지 않은 족속이 작금의 문화계를 어느 정도 점유하고 있어 이것이 문화에 혼란을 야기하고 있는 듯하다. 하지만 이는 본질적인 혼란이 아닌 단순히 문화의 쇠퇴에 지나지 않는다고 나는 요즘 생각한다. 이 무리를 먼저 묻어버려야 한다.

(1948. 1. 「문학신문文學新聞」)

청진기

정말 나는 추위에 약하다. 어렸을 때부터 그랬다. 여름 무더위는 아무렇지 않은데 겨울 추위에는 맥을 못 추린다. 찬바람을 정면으로 맞으며 맨정강이를 드러낸 채로 등교한다. 서릿발이 매섭게 서 있다. 혹 가루눈이 불어닥친다. 그 괴로움을 지금도 나는 생생히 떠올릴 수 있다.

더위를 싫어하는 사람과 추위에 약한 사람 중 어느 쪽이 더 많을지 모르겠지만 이는 취향이나 사고방식에 따라 나뉘는 것이 아니라 다분히 체질적인 것인 듯하다. 체질적이므로 유전된다. 우리 아버지도 추위를 탔고 우리 아들도 추위를 탄다. 추위를 타는 데다 게으름뱅이다. (추위를 타는 것과 게으름을 피우는 것 사이에도 뭔가 관계가 있는 것 같다)

우리 아들은 소학교 4학년이다. 매일 마지못해 등교하는 중이다.

"칫. 소설가 같은 건 아주 괜찮은 장사야. 이렇게 추운 날 학교에 가지 않아도 되니까."

그 시각에 나는 아직 쌔근쌔근 잠을 자고 있기 때문에 아들의 인사는 귀에 닿지 않는다. 닿으면 화를 낼 게 분명하다

"무슨 소리야. 내가 너만 한 나이였을 땐 버선도 장화도 금지였고 장갑 같은 건 말도 안 되는 소리였다. 지금 넌 외투를 둘둘 두르고서 털장갑까지 끼고 있잖아. 배부른 소리 하지 마. 온몸을 얼굴이라고 생각해!"

하지만 그런 정신주의는 요즘 아이들에겐 통하지 않는다. 몸 전체가 얼굴이다 하는 발상은 요즘 아이들과는 연이 없다.

아들은 학교에서 학급 신문을 편집하고 있다. 그 학급에서 신문이 둘 나온다. 처음엔 하나였는데 분열하여 둘이 되었다. 작업 분담과 편집방침으로 다툼이 벌어져 일부 꼬마 기자가 반기를 펄쳐 들고 탈퇴하여 독립했다. 아들은 그 탈퇴파 쪽이다.

"너 잘린 거 아니야?"

즉 깍두기 취급을 당해 버럭 화를 내며 다른 신문을 만든 게 아니냐 하고 아버지인 내가 걱정하여 물어보자,

"잘린 거 아니야. 너무 자기들 멋대로 하니까 내가 나온 거야."

동료끼리 결합해 다른 이름의 신문을 만들었다. 경쟁지가 생긴 것이다. 경쟁하다 보면 힘을 쏟게 되기 마련이라 아들도

이전보다 훨씬 신문제작에 열중하게 된 듯하다. 우리 집에서 편집회의 같은 걸 열곤 한다.

그런데 아무래도 이전 신문 쪽이 급우들에게 평판이 좋고 아들 무리는 성적이 오르지 않는다. 아들을 시켜 두 신문을 가져오게 하여 살펴보자 이전 쪽이 글씨(등사판)도 깨끗하고 잘 정돈되어 있다. 아들 쪽 것은 만듦새가 조잡하고 기사에 요점이 없다.

이대론 안 돼 하고 분발하여 (내가 그랬단 게 아니다. 아들 무리가 이다) 새로운 기획으로 대항하자는 쪽으로 편집방침이 정해졌다. 그 첫발로 학교 근처에 사는 유명인 방문기사를 쓰면 어떨까 하고 의논 결정하더니 맨 처음으로 만화가 데즈카 오사무• 씨 댁에 쳐들어간 듯하다. 과자를 대접받고 만화 원화를 받거나 하여 아들은 엄청 기뻐하며 집으로 돌아왔다.

"굉장한 집이야. 데즈카 선생님 집은. 지하실이 있어."

아들은 눈을 반짝이며 보고했다.

"정원이 넓고 쭉 잔디로 되어있고 또 연못이 있었어. 그리고 우리들이 서 있는데 선생님 아버지가 정원으로 나와서—"

연못 금붕어에게 먹이를 주기도 하고 느긋하게 잔디밭에

• 手塚治虫; 만화의 아버지라 불리는 만화가. 철완 아톰, 신보물섬 등으로 유명.

서 뒹굴며 주간지를 읽곤 했다고 한다.

거기까진 좋다. 그래서 우리 아들은 무엇을 느꼈는가. 그것이 나를 놀라게 했다.

"부러웠어. 나도 빨리 저런 식으로—"

돈을 잘 버는 아들을 두고 자신은 금붕어에게 먹이를 주거나 하며 잔디밭에서 낮잠을 자거나 하는 처지가 되고 싶다, 라는 것이 우리 아들의 감상이다. 나는 깜짝 놀라 반문했다.

"너만 그렇게 생각했던 거야?"

"아니. 다들 그랬어. 그렇게 되고 싶다고."

나는 다소 마음이 불안해지기 시작했다.

"나는 잘 이해가 되지 않는데, 빨리 저런 식으로 돈을 잘 버는 인물이 돼서 아버지, 그니까 나를 말하는 거겠지, 편하게 해드려야겠다는 식으론 생각이 들지 않았어?"

아들은 잠시 생각에 잠겼지만,

"그러네. 그런 식으로 생각할 수도 있겠네."

정신주의니 입신출세주의니 요즘 아이들과는 연이 없다고 하는 것에 이것이 적절한 예가 될 것이다. 아무래도 나는 시대가 갈라지는 틈새•에 태어나 손해를 본 듯한 기분을 떨칠 수 없다.

• 우메자키 하루오가 태어난 1915년은 다이쇼 4년으로 메이지 시대가 갓 막을 내린 해였음.

추위에서 이야기가 이상한 방향으로 튀었지만, 즉 나는 심정적으로나 체질적으로나 추위를 많이 탄다. 그렇게 추위를 타는 인간이 어쩌자고 그랬는지 정월을 신슈에 가서 보냈다. 그 탓에 간이 상하고 부신에 장애가 생기고 해서 귀경해서도 독감에 걸리는 등 갖가지로 의사에게 폐를 끼쳤다. 나를 주로 봐주는 건 M선생으로 M씨는 나와 동갑인 토끼띠이다. 올해 들어 셀 수 없을 만큼 가슴과 배에 청진기를 가져다 댔다. 결국 청진기에 싫증이 나 스스럼없이 M씨에게 물어보았다.

"그 청진기 저도 갖고 싶은데 얼마 정도 해요?"

"청진기요? 뭐에 쓰려고요?"

"특별한 목적은 없는데."

"그렇군요. 예전엔 상아를 쓰거나 해서 비쌌지만 지금은 합성수지라 싸요. 오백 엔 정도려나."

"그럼 하나 주문해주실 수 있을까요?"

특별한 목적은 없지만 나는 어렸을 때 저게 갖고 싶고 갖고 싶어 견딜 수 없었다. 도대체 저걸 사용하면 어떤 소리가 들려오는 걸까. 또 저것이 어린아이에게 있어선 병을 퇴치시키는 권위의 상징처럼 느껴지곤 했다.

"그런가요. 그럼 보내드릴게요."

그리하여 일주일 후 동경하던(?) 청진기가 내 손에 들어왔다. 값은 오백오십 엔. 싼 물건이다.

서둘러 발가벗고 먼저 내 심장 소리를 들어보았는데 과장해서 말하자면 나는 간이 떨어질 뻔했다. 토사가 붕괴하는 듯한, 벼락이 떨어지는 듯한 대음향을 발산하며 내 심장은 울려 퍼지고 있었다. 든든하다면야 든든하긴 하지만 꺼림칙한 기분도 한편으론 든다. 이는 확대된 소리이지 실제 소리가 아니다. 라는 관점에서 청진기와 문예 비평가 사이 관계를 논해볼 예정이었지만 아쉽게도 매수가 다 찼다. 다음 기회로 미루자.

(1962. 4.「신초新潮」)

한인망상

내 딸은 지금 중학교 3학년으로 열심히 공부 중이다. 그렇게 독하게 하지 말고 조금은 놀면 좋겠는데 그러지 못하는 듯하다. 쇼와 22년(1947년) 출생 종전 아이는 실로 수가 많아 올봄엔 막대한 중학 재수생이 나온다. 재수생이 되지 않기 위해선 공부해야 한다. 이쪽이 공부하면 다른 놈은 그 이상으로 공부한다. 그러면 이쪽이 그 이상으로. 또 건너편은 그 이상으로 라는 악순환으로 삼당오락이라는 말도 생겨났다고 한다. 하루 다섯 시간 자면 이미 글렀고 세 시간이면 그럭저럭 괜찮다는 의미이다. 무시무시한 상황이 되어버렸다.

하지만 우리 딸은 충분히 여덟 시간은 자는 듯하다. (듯하다는 건 내가 하루 열 시간에서 열두 시간은 자기 때문에 확인할 길이 없다)

도대체 무슨 생각으로 일본인은 쇼와 22년에 영차영차 아이를 만들었던 걸까. 그래서 이러한 지경까지 이르게 만들다니 어이가 없는 이야기다. 그렇다곤 해고 나 또한 낳았으니 다른 이에게 이러쿵저러쿵할 순 없지만.

이러한 인구과잉 세대가 벌써 수년째 이어진다. 내 아들은 소학교 5학년으로 이쪽도 아직 많다. 보통상태로 돌아가는 것은 지금 소학교 3학년경부터인 듯하다. 아들 쪽은 아직 고등학교 수험까지 여유가 있어 빈둥빈둥 놀기만 한다. 공부 너무 안 해두면 중학교 3학년이 되었을 때 힘들걸 하고 말하면,

"괜찮아. 나 중학교 졸업하면 2년 재수해드릴게."

2년 재수하고 나면 고등학교 관문도 편해질 테니 걱정하지 말라는, 이것이 부모에게 효도하는 길이라는 언사이다. 건너편에서는 부모에게 효도하는 길이라고 생각하겠지만 이쪽으로선 튼튼한 젊은이를 2년 동안이나 집에서 뒹굴뒹굴하게 하면 가계가 거덜 나고 만다.

적당한 경쟁은 인간으로 하여금 수준이 향상되게 하겠지만 과도한 경쟁은 왕왕 인간성을 황폐화시키곤 한다. 요즘 시대의 경쟁은 고교 수험뿐만 아니라 대학, 인생을 통틀어 죽을 때까지 지속된다. 이 세대가 사회 중견이 되었을 때 사회와 문명이 어떤 양상을 보일지 흥미진진하다며 시치미를 떼고만 있을 순 없다.

애당초 요즘 세대뿐만 아니라 대략 지금의 일본 넓이에 일억 명이 사는 게 무리가 아닐까. 전쟁 전처럼 내지 인구 오천

만 명 정도가 딱 적당하다는 것이 내 주장으로 그것을 수필로 썼더니 모 씨의 모 서(그 책은 깜빡하고 신슈에 두고 와서 주위에 없기 때문에 정확하게 적지 못하나) 중 비평에선 그것이 불가능하다고 한다.

오천만이 일억이 되고 늘어난 오천만 명이 일이 없어 한가로움을 주체하지 못하는가 하면 일억 명 전체가 무지무지 분주해하는 중인 듯하다. 일도 바쁘고 노는 것도 바쁘다. 어느 일터나 어느 놀 곳이나 만원이라 끼어들 틈이 없다. 근면하다면야 듣기에는 좋아도 이미 황폐한 모습을 드러내고 있다고 말하는 편이 옳다. 즉 바쁘다는 것은 실질적인 것이지만 바쁜 것 같은 기분이 드는 것일 뿐이다. 분주해하는 기분에 조응하는 내용은 대부분 궁색하다.

저번 날 후지와라 신지 군에게서 전화가 와, 다케오카 바다로 낚시하러 가지 않겠냐고 꼬신다. 가도 좋겠지만 지금은 뼈가 살짝 상해 거절했다. 인구라는 말이 있다. 낚시 인구. 바둑 인구. 등산 인구. 텔레비전은 인구라 하지 않고 대수(台數)라고 하는 듯하지만 이러한 무슨 인구 하는 말은 전쟁 전엔 없었던 것 같다. 그 각각의 인구가 마구마구 늘어나, 가령 낚시 인구도 전쟁 전보다 몇 배나 늘어나 이와 균형을 이룰 고기 수가 없기 때문에 조황 제로인 것이 당연한 일, 약간이라도 잡히면 횡재라 하는 상황에선 역시나 황폐라고 할 수밖엔 없으리라. 그래서 다케오카 변두리까지 멀리 나가게 된다. 전차나 기차도 그래서 만원이 되고, 낚시라는 것도 상당히 분주한 여가 활동이 되어간다.

등산 인구, 이 또한 엄청나 전쟁 전 오천만에서 지금은 일억으로 등산 인구가 두 배가 되었는가 하면 그렇지 않다. 산술적이 아닌 기하급수적으로 다섯 배나 여덟 배는 늘어났다. 그래서 산에 오른다고 하는 실감도 들지 않게 되어 그저 바빴다는 뒷맛만 남는다. 에너지 소모일 뿐이다.

좁은 연못 속에 금붕어 두세 마리를 집어넣으면 그들은 실로 유유히 노닐며 헤엄친다. 여기에 수십 마리를 넣으면 그들은 아연실색하며 분주해져 우왕좌왕 날뛰며 돌아다닌다. 오늘날 일본인의 분주함은 요컨대 그런 것이 아닐까. 너무 많아 제자리를 잃은 것이다. 마구마구 늘어난 것도 좋지 않지만 이에 대응하는 정부의 무대책이 바람직하지 않다.

언제였던가 필요에 의해 아침 통근 전차를 보러 간 적이 있다. 듣던 것 이상의 러시로 미는 사람이 꾹꾹 밀어 넣어 인간들이 마치 무늬목 속 조림요리처럼 차곡차곡 한가득 채워져 있다. 잘도 불평불만이 나오지 않는다. 그런데 어떤 사람의 설에 따르면 이는 정부의 음모로 여기서 조금이라도 혼잡함이 나아지면 통근객은 정부의 무능력 무대책에 생각이 미친다. 그런데 이 정도로 꽉꽉 채워 넣으면 인간은 밀려오는 주변 사람들을 증오하는 것만으로 힘에 부쳐 정부에 생각이 미칠 겨를이 없어진다는 것이다. 신문 등의 기사에선 밀었다

안 밀었다, 밟았다 안 밟았다 하는 사소한 원인으로 자주 싸움이 벌어진다는 듯 하지만 그러한 싸움은 모두 정부를 향해 쏟아부어야 하는 것이지 피해자끼리 서로 싸우는 건 바로 정부가 바라는 바이다. 꿈의 초특급• 등 불필요하다고는 생각되지 않지만 통근 전차 증설에 비하면 아득히 불급(不急)하다. 오사카까지 세 시간 만에 가고 싶다면 비행기로 가면 된다.

물론 그런 식으로 이곳저곳 붐비는 건 인간이 늘어난 탓이지만 체격이 향상된 것에도 큰 원인이 있는 듯하다. 다이쇼 시대 남자 키는 다섯 자 두 치(약 157.6cm), 여자는 다섯 자(약 151.5cm)가 채 안 되는 것이 보통이었지만 지금은 다르다. 우리 딸만해도 166센티이고 남자도 백팔십이나 백구십은 흔하고 흔하다. 지금은 완력이 단위가 되는 시대가 아니므로 과감히 체질개선(?)을 통해 피그미 수준으로 일 미터 정도로 만들면 어떨까. 그러면 전차도 붐비지 않고 콩나물시루 교실도 사라진다. 낚시 또한 막 망둥어를 낚으러 가는 사람들이 송사리를 낚으러 가게 되고, 나는 골프는 싫어하지만 골프장도 삼분의 일로 축소할 수 있다. 건물도 층마다 중간 칸막이를 설치해 다섯 층 건물을 열 층으로 나누어 쓸 수 있다. 그런데 여기에는 결점이 있다. 가령 개나 고양이가 인간이 축소됨에 따

• 현재의 신칸센 열차에 해당하는 전차로 1961년 착공됨.

라 맹수화되어 인간을 물어 죽이거나 할퀴어 중상을 입히는 등, 비근한 바로는 그러하겠지만 심각한 곳에선 이런저런 골치아픈 일들이 벌어질 것이다. ―라는 것으로 매수를 다 채웠는데, 이상으로 그다지 분주해하고 싶지 않은 인간이 침대 위에 엎드린 상태로 두서없이 이어간 망상으로 읽어 넘겨주시면 심히 다행이겠다.

(1963. 2.「신초新潮」)

앞으로 반세기는 살고 싶다

앞으로 한 달이 지나면 나는 만으로 마흔이 된다. 처음 십 대가 되었을 때, 이십 대가 되었을 때, 또 서른에 발을 갓 들였을 때 제각기 감회가 있었지만 이번에 마흔 남성이 되는 감회는 아직 되어보지 못해 확실히는 알 수 없지만 전자 셋에 비해 유달리 강렬한 듯한 느낌이 든다.

돌이켜보면 십 대 이십 대보다도 삼십 세에서 사십 세까지 기간이 가장 길었던 것 같다. 도중에 세는나이에서 만 나이로 바뀌었기 때문에• 실질적으로도 일 년 수개월 길었지만 살아온 느낌상으론 더더욱 길다. 주위 상황 변화가 눈이 핑핑 돌 정도로 어지러웠던 탓도 있을 것이다.

• 1950년 1월 1일 시행된 법령을 통해 모든 공공분야에서 만 나이 사용이 의무화됨.

서른 살 때 나는 전쟁의 한복판에 있었다. 적에게 살해당한다는 것이 그즈음 최대 위협이었다. 전쟁이 끝나자 이번엔 기갈이 그 위협을 대신했다. 지난날의 위협은 가령 '지진, 천둥, 화재, 아버지'라고 하듯 대체로 서열이 정해져 있었지만 이제는 요 십 년을 예로 들어도 위협의 서열이 갖가지로 변화했다. 매년 베스트셀러 표지처럼 차례차례 변화했다.

요 십 년간 인간은 다양한 것을 발명 발견하여 진보 발전했다. 가령 약학이나 예방의학의 비상한 발달을 통해 인간의 병에 대한 대항력은 상당히 강화되었다. 인간은 병을 길들이고 그 외 갖가지 자연을 길들였다. 완전히 길들였다고 할 정도는 아니지만 절반 정도는 길들였다. 그 길들여진 자연을 대신해 인간은 인공 자연이라 할 법한 위협을 만들어내는 중이다. 아침의 홍안이 저녁에 백골이 된다는 말•은 작금엔 병이 원인인 경우는 드물고 그 외 인공적 원인으로 인한 경우가 많다. 천재(天災)를 대신해 인재가 휩쓸며 돌아다니기 시작했다. 그 피라미드의 정점 같은 위치에 수소폭탄 원자폭탄이 꺼림칙한 미소를 띠며 떡하니 앉아있다.

어떠한 위협이 있어도 우리는 절망하지 않고 살아가야 한다. 마흔 첫머리의 결심으로서 우선 나는 앞으로 반세기는 살고자 한다. 서양력 기원 이천 년 축전이 세계정부에 의해 파

• 죽음은 언제 닥쳐올지 알 수 없다는 속담.

미르 고원이나 어딘가에서 시끌벅적하게 개최되리라. 그 축전에 나는 일본지역 문화인 대표 중 한 사람으로 출석하고 싶다. 그때 우메자키 하루오 옹은 이미 연세가 여든다섯이 되어있겠지만 매일 식사로 플랑크톤이나 클로렐라, 그것들의 적당량을 섭취하여 머리카락은 젊은이처럼 반들반들 검고 허리도 아직 반듯하니 전혀 굽어 있지 않다. 이런저런 위협을 견뎌온 만큼 눈빛은 번쩍번쩍 마치 독수리 같고 정신도 바짝 날이 서 있다. 그러한 정정한 옹이 축전 무대 위에 서서 장중한 말투로 당당히 '평화의 사'를 읊는다. 우레 같은 박수가 주위에서 터져 나올 것이다.

그날까지 살자는 것이 나의 제1기 계획이다. 계획대로 제대로 될지 어쩔지.

(1954. 1. 게재지 불명)

2루의 모퉁이에서

우리 집에는 에스라는 이름의 개가 있다. 쇼와 23년(1948년)경 불쑥 우리 집 툇마루 아래에 눌러앉더니 아이가 밥 따위를 주던 사이 결국 우리 집 애완견이 되어버렸다. 정식으로 등록하여 세금도 체납하지 않고 꼬박꼬박 내고 있다. 생김새도 특별한 점은 없고 변변한 재주도 부리지 못해 취할 점이 없는 개였지만 나는 소재가 궁해지면 이 에스를 소설이나 수필로 써서 세금이나 사룟값을 웃도는 원고료를 벌었다. 그 점에서 나는 에스를 대단히 감사히 여기며 세 끼 식사도 내가 맛을 보아 맛있는 음식으로 먹이고 있다.

그 에스가 작년(쇼와 33년(1958년)) 말, 갑자기 죽었다.

아침 여덟 시경, 개밥을 만들어 개집으로 가보자 에스는 집 안에 있지 않고 집 앞 땅바닥에 누워있었다. 개집 안에는 지푸라기가 깔려있다. 이렇게나 추운데 지푸라기 위에 눕지 않고 어째서 차가운 땅바닥에 누워있는 걸까. 서너 미터 정도 떨어진 곳에서 그렇게 생각하며 나는 잠시 관찰하였다. 삼 미터 이내로 접근하지 않았던 건 어쩐지 묘하게 가슴이 뛰고 꺼림칙했기 때문이다.

그대로 삼 분 정도 관찰하고서 나는 개밥을 들고 부엌으로 돌아왔다. 개밥을 쓰레기통에 넣어 버리고서 가족에게 말했다.

"에스가 죽은 것 같아."

가족들은 곧바로 우르르 달려나갔다가 이윽고 조르르 돌아왔다. 역시 죽어있던 것이었다.

그래서 정원에 묻어주어야 한다든가, 사체를 저곳에 내버려 둘 순 없으니 어디론가 옮겨야 한다든가, 시끌벅적 이야기했지만 덩치가 큰 개라 여자와 아이의 손으론 들 수 없다. 나보고 그걸 하라는 말이 나왔다. 나는 거절했다.

"사체는 꺼림칙해서 싫어."

"하지만 요전에 카로가 죽었을 때 직접 묻었잖아. 개 사체나 고양이 사체나 사체라는 점에선 똑같아."

카로란 삼 년 전에 죽은 우리 집 고양이 이름이다.

그렇다. 사체라는 점에서 똑같다는 건 나도 알고 있다. 하지만 사체를 마주하는 내가 삼 년 전과 지금이 달라졌다.

삼 년 전 나는 카로의 임종을 지켜보았다. 카로는 낡은 동고리 속에서 최후의 경련을 일으키며 그 상태 그대로 움직임이 멈췄다. (이 카로에 대한 것으로도 나는 상당한 원고료를 벌었다) 카로의 몸에서 그 순간 생명이 떠나갔다는 실감이 그때 내게 다가왔다. 즉 움직이지 못하게 된 그곳에 남아있는 무언가는 카로 마이너스 생명 이라는 식으로 느껴졌다. 그래서 그것은 섬뜩하지 않았다. 나는 정원 구석에 카로를 매장하고 돌을 쌓아주었다.

작년 말 에스의 경우는 그렇지 않았다. 삼 미터 거리에서 본 에스는 에스의 신체에서 생명이 빠져나갔던 것이 아닌 에스의 신체에 죽음이라는 것이, 무시무시한 죽음이 도래했다는 느낌이 강했다. 내가 꺼림칙했던 건 도래한 그 죽음이었다. 생명이 떠나가거나 죽음이 찾아오거나 현상으로선 매한가지지만 실감하는 쪽에서 보자면 살짝 다르다. 그는 쾌활한 사람이다 라고 하는 것과 그는 촐싹대는 사람이다 라고 하는 것 사이만큼 다르다.

개밥을 쓰레기통에 버리면서,

"그니까 이 개밥을 만들었던 건 쓸모없는 짓이었던 셈이로군."

하고 짐짓 중얼거려보았지만 물론 그렇게 어물쩍 넘길 수 있는 것이 아니다.

결국 사체를 내버려 둘 순 없기에 근처 야채가게에서 대형 귤 상자를 사와 나이 어린 친구인 아키노 다쿠미 군을 전화로 불러내 집어넣어 줄 것을 의뢰했다. 그는 곧바로 찾아왔다. 아이들이 귤 상자에 종이를 붙이고서 아키노 군이 에스의 몸을 꾹꾹 밀어 넣었다. 나는 여전히 삼 미터 떨어진 곳에서 지켜보았다. 삼 미터라는 것에 의미가 있는 것은 아니지만 어쩐지 그 이상으로 다가갈 엄두가 나지 않는다. 아이가 꽃을 잔뜩 에스 위에 얹어주고 아키노 군이 뚜껑에 쿵쿵 못을 박았다.

"어째서 가까이 다가오지 않는 거예요?"

하고 아키노 군이 물어 나는 답했다.

"그때 이후로 상태가 살짝 안 좋아."

개 의사에게 전화해 그 귤 상자를 들고 가달라 했다. 화장료는 삼백 엔이었는데 설마 인간 화장장으로 가져갔던 건 아닐 것이다. (그렇게 했다간 인간이 화를 낸다) 개 고양이 전문 화장장이 어딘가 있는 듯하다. 의사의 자전거 뒤에 동동 묶여 귤 상자가 멀어져가는 풍경이 뭔가 풍취, 아니 풍취 이상의 무언가가 있어 나는 어쩐지 남의 일이 아닌 것처럼 느껴졌다.

작년 시월이었던가 오 구단과 다카가와 혼인보[•]의 대국이 있어 관전 기자로서 나는 그곳으로 향했다. 그때 나는 피곤했던 것 같다. 첫날 저녁 나는 대국실에서 대기실로 내려와 마

• 本因坊; 바둑 혼인보 대국 최종 우승자에게 주어지는 칭호.

이니치신문의 미타니 미즈히라 씨와 바둑을 두었는데 갑자기 상태가 안 좋아지기 시작했다. 그대로 옆으로 누웠다. 얼굴 근육과 머릿속에 계속 경련이 일어나 이루 형용할 수 없는 섬뜩한 기분이 들었다. 미타니 씨는 깜짝 놀라 소지하고 있던 심장약을 복용하게 하고서 창문을 열어젖혔다. 일산화탄소 중독도 걱정했던 것이다. 바로 전화를 걸어 의사를 불렀다.

의사가 오기까지 이십 분 동안 죽음이라는 것이 아른아른 내 머릿속을 스쳤다. 아아 여기서 죽을지도 모르겠구나, 그렇다면 어쩔 수 없지 하는 기분이었다고 쓰고 싶지만 수필에 거짓말을 쓰면 안 된다 라는 규칙이 있다고 하니 그렇다면, 역시 여기서 지금 죽으면 안 돼, 절대 안 돼 하는 일심뿐이었다. 울며 매달리듯 의사의 도래를 초조히 기다렸다. 의사가 도착했다. 우선 청진기로 심장을 살피고 이어 혈압을 측정했다. 혈압은 백구십이었다. (나중에 의사에게 물어보니 이런 발작을 고혈압 뇌증이라고 하는 듯하다) 강혈압제를 주사하고 의사는 돌아갔다. 그날은 절대안정이라 당연히 술도 마시지 않고 까무룩 잠들었다. 그날 한밤중 숙소에 도둑이 들었다. 오 구단 방에서 현금을, 미타니 씨 방에서 카메라와 그 이외 것을 훔쳐 자동차로 도쿄 방면으로 도주했다. (무슨 영문인지 내 방엔 들어오지 않았다) 삼인조였다는 이야기를 다음날 아침에 듣고 나는 그 삼인조를 향해 증오와 함께 옅은 선망을 느꼈다. 선망이란 그들의 행동성을 향해서이다. 난 이런 처지가 되어 몸을 움직이지도 못하는데 저놈들은 하고많은 일 중 도둑질이나 저지르고 있다. 괘씸하다는 생각과 부럽다는 생각이 마구 뒤섞여 더욱이 내 기력을 무력하게 만들었다.

다음날 의사가 재방문했을 때 혈압은 백삼십 정도로 떨어져 있었다.

그때 의사는 말했다. 이런 체질의 사람이 의외로 오래 살죠. 그 말투에는 연민하는 기색이 있었다. 어째서 하고 나는 되물었다. 자기를 소중하게 다루니까요 하고 답하며 의사는 돌아갔다. 그래서 만일을 위하여 그날도 안정, 다음날 도쿄로 돌아와 바로 귀가하면 좋을 텐데 표를 가진 게 있어 고라쿠엔에서 카디널스 대 전 일본 야구 일회전을 관람했다. 날이 추워 마지막까지 보기는 보았지만 선수들이 던지고 치고 뛰고 하는 것을 보는 것이 즐겁다기보다 괴로웠다. 도둑을 향해 느꼈던 것과 똑같은 기분이 들어 그것이 괴로웠다.

그날을 계기로 심신의 위화가 갑자기 시작되어 점점 증대하더니 정월경엔 최고조에 달했다. 심신의 위화라고 하긴 했지만 정월경엔 마음 쪽이 팔 할, 몸 쪽이 두 할, 혹은 구 할 일 할 비율로 기분 쪽이 완전히 쇠약해져 버렸다. 온종일 자나 깨나 죽음에 관한 생각을 한다. 죽음에 대한 철학적인 성찰을 짜내는 게 아닌 좀 더 낮은 차원에서 그놈과 어울린다. 죽음에 대해 아무리 생각해도 결론이 나지 않는다는 건 이미 알고 있었지만 건너편에서 몰래 숨어들기 때문에 당해낼 수 없다.

이런 상태는 좋지 않다. 내버려 둘 수 없다는 생각이 들었던 건 섣달그믐날로 해가 밝아 1월 5일 친구인 정신과 의사 히로세 군의 집으로 상담하러 갔다. 내 하소연을 듣고 히로세 군은 즉석에서 말했다.

"입원해야 해. 그것도 당장."

당장이라 한들 이쪽도 일이 있다. 일이 끝나는 건 5월 초순, 그 무렵 입원하기로 하고 그때까지 약으로 연명하기로 했다. 넉 달 동안 약으로 버틸 수 있을지 어쩔지 자신은 없었지만 그러는 수밖에 없다. 다행히 지금(4월 20일)까지 버텼으니 이 뒤로는 어떻게든 해나갈 수 있을 것이다.

그리고서 나는 방문객들에게 내 병세를 상세히 털어놓고 (어느 정도 과장해서) PR을 의뢰했다. 이런 병은 남몰래 혼자 앓는 건 재미없다. 널리 널리 사람들에게 알려 동정을 받거나 혹은 저 꼴 좀 봐 하고 취급당하는 편이 마음에 긴장감을 주고 정신 위생상 유리하다고 판단했기 때문이다. 그 PR은 꽤나 성공했다. 저 꼴 좀 봐 하는 쪽은 측정이 불가능하지만 동정표 쪽은 말이나 엽서 형태가 되어 구체적으로 상당히 모였다.

어떤 사람이 말했다. 옛날부터 마흔둘을 액년이라 하여 그 무렵엔 몸 상태가 바뀌면서 무슨 일이 일어나기 마련이야. 자네는 액년치곤 다소 묵었지만 인간 수명이 일반적으로 늘어났다니까 현대엔 묵은 정도에 따라서 드러나기에 십상인

법이지. 야구로 치면 2루 모퉁이에 접어든 거야.

2루 모퉁이인가. 나는 물었다. 그러면 3루는? 3루는 육십 전후에 온대. 그럼 그 뒤는? 그 뒤는 홈까지 일직선이고. 그렇구나, 그렇구나, 그 뒤는 홈인까지 일직선인 건가 하고 나는 납득했다. 그럼 1루는?

"1루는 청춘이야."

라는 것이 그 남자의 대답이었다. 그러고 보니 나로서도 짐작이 가는 바가 있다. 나는 대학에 들어갔을 때부터 졸업까지 사 년간, 심신의 위화(이 또한 마음 쪽에 무게가 가해진다)가 이어져 학교에는 출석하지 않고 피해망상도 있어 그렇게 하숙집 할머님을 때려 다치게 하고 유치장에 갇혔던 적도 있었다. 확실히 그건 1루의 모퉁이였음이 틀림없다. 그즈음 일기를 읽어보면 거의 매일같이 "황량으로서 죽음의 예감이 있으리니"라든가 "한밤중에 눈을 떠 죽음을 두려워하기를 번번이"라든가 그런 것들만 줄줄이 쓰여있다. 황량으로서 죽음을 예감하던 청년이 달리 병사하지도 않고 자살하지도 않고 빈둥빈둥 이렇게 쭉 살아온 것이므로 가소로울 따름이지만 역시 심신의 위화를 젊음으로 돌파했던 것이리라.

"결국 이 몸• 또한 2루의 모퉁이까지 온 건가"

• 원문은 儂[わし]라는 일인칭으로 주로 노인이 사용했으나 현대에는 거의 사용하지 않음. 일본은 성별, 청자에 따라 사용하는 일인칭 대명사가 다름.

하고 어느 날 밤 술을 마시며 살짝 취해 서재에 혼자 앉아 그렇게 중얼거렸다. '나'라는 호칭 대신 '이 몸'이라는 말이 자연스레 튀어나왔다. 그래서 살짝 이리저리 사용해보았다.

"이 몸은 슬프다."

"이 몸은 굶주려있다."

"이 몸은 등이 가렵다."

이 몸이라는 호칭은 작중인물에게 쓰게 했던 적은 있지만 스스로 써본 건 이것이 처음이다. 타인이 사용하는 걸 가끔 들으면 기분 나쁘다는 생각이 들지만 스스로 사용해 본 바로는 어쩐지 대담한 듯한 쓸쓸한 듯한 그런 정취가 있다. 그래서 다음날 밤에도 술을 마시고서(매일 밤 마시는 것 같다) 가족들을 불러모아 나도 2루 모퉁이까지 왔으니 앞으로 나는 그만두고 이 몸이라 할까 생각 중이라고 얘기하자 전원에게 맹렬한 반대를 들었다. 2루 운운하며 이 몸이라 호칭하는 건 아직 이르다. 게다가 최근 의학 약학의 발달로 3루 다음은 홈이라는 형태가 무너지고 있다. 3루 다음이 4루, 4루 다음에 5루 하고 계속해서 루가 이어져 가는 형국이니 이 몸을 사용하고 싶다면 기원 이천 년 축전 이후로 하는 게 어떠냐는 것이 가족들의 나를 향한 충고였다.

기원 이천 년 축전이란 내가 이전에 쓴 수필로 거기에 일본지역 문화인 대표로 출석하고 싶다는 식으로 적었던 기억이 있다. 지금도 진심으로 출석하고 싶다. 나는 1915년생이니

기원 이천 년이면 여든다섯이 된다. 그 정도는 살 수 있겠지. 나이도 나이니까 내가 단장이라는 식으로 아가와 히로유키 옹이나 아리요시 사와코 여사, 거기에 나는 외국어가 약하니 통역으로 엔도 슈사쿠 노인 등을 거느리고서 축전 장소로 나가고 싶다고 생각하고 있다. 어디서 축전이 열릴지 역시 그때가 되어야 알 수 있을 것이다.

그래서 그러한 이유로 '이 몸'도 사십여 년이 지나지 않으면 사용할 수 없게 되었다. 당분간은 오로지 나이다.

어쨌든 다음 달이면 일이 끝나 입원을 한다. 요 사오 개월 외출은 하지 않고 집에만 틀어박혀 있었을 뿐이라 몸이 살짝 퇴화했다. 얼마 전 근처 구둣가게에서 발 치수를 쟀더니 10문 2분(약 246mm)이 되어있어 깜짝 놀랐다. 군대에 있었을 땐 10문 7분(약 261mm)이었기 때문에 5분이나 퇴화했다는 셈이다. 아직 젊으니 본격적인 퇴화는 아닐 것이다. 운동 부족으로 인한 일시적인 현상임이 틀림없다. 다행히 이번 병원의 요법은 이런저런 모든 스트레스를 일단 청산하고 출발점으로 돌아가는 요법이라 하니 퇴원하는 그날엔 부지런히 운동이나 등산을 하며 발 치수도 11문(약 264mm) 정도로는 늘려야겠다고 생각하고 있다. 그러지 않으면 단장 같은 건 감당해낼 수도 없다.

(1959. 6. 「신초新潮」)

현재 횡와(横臥) 중

신경증으로 올해 봄(쇼와 34년(1959년)) 입원하여 치료를 받고 7월 퇴원하여 현재에 이르렀지만 어쩐지 아직 흐리멍덩하다. 이전의 불안감은 사라졌지만 의욕이랄까 투지랄까 하는 것이 솟아나지 않는다. 의사의 말에 따르면 치료법• 관계상 그런 증상이 반년에서 일 년 정도 이어진다고 하니 따라서 이는 내 책임이 아니다. 퇴원할 때 의사는 나에게 당분간 네 가지 조건을 지키도록 지시했다. 그 조건이란 하나, 하고 싶은 것을 할 것, 둘, 하고 싶지 않은 것은 하지 말 것, 셋, 술은 가을까지 마시지 말 것, 넷, 식후 사십 분은 횡와할 것 이다.

• 우메자키 하루오는 이 당시 입원하여 술포날 최면제를 통해 지속수면요법 치료를 받음. 현재 술포날은 독성으로 인해 사용이 지양되고 있고 우메자키 하루오도 기억력 감퇴 등의 부작용을 겪으며 이후 작품 발표 수가 현저히 줄어듦.

하나와 둘은 굉장히 좋은 조건이며 내용이 분명하다. 자유롭게 행동하면 된다. 셋은 언제부터가 가을인지 모호하나 나는 하이쿠를 굉장히 좋아하므로 야마모토 겐키치가 엮은 『신 하이쿠 세시기』를 살펴보면 “입추(8월 8일경)부터 입동(11월 7일경) 전날까지를 가을로 한다”라고 쓰여 있다. 의사가 가을이라 했던 것이 몇 월을 가리키는 건지 모르겠지만 따로 문의하는 것도 귀찮아 우선 야마모토의 설에 따라 8월 8일부터 마시기 시작했다.

넷 식후 횡와는 다른 곳에서 식사를 하기 어렵다는 불편함이 있지만 (레스토랑 같은 곳에 횡와하면 꼴불견이다) 대체로 나쁘지 않다. 오히려 좋다. 나는 옛날부터 누워있는 것을 정말 좋아했다. 누웠다가 일어났다가 할 수 있다는 건 굉장히 행복한 일로, 무수한 동물 중에는 횡와하지 않는 것이 있다. 가령 말 따위는 선 채로 자고 박쥐 따위는 나무에 거꾸로 매달려 잔다. 이와 반대로 서지 못하는 동물도 있다. 뱀이나 지렁이나 갯지렁이가 그것으로 깨어있을 때도 횡와하고 있다. 그들은 일어서려 해도 일어설 길이 없다.

어쩐지 이야기가 횡으로 벗어났지만 상술한 것처럼 나는 칠칠치 못하게 횡와하는 것을 좋아하는데 어째서 그렇게 되었는가 하면 나는 유소년시절 엄격한 가정교육을 받았다. 식후에 눕거나 하려고 하면 부젓가락으로 맞았다. 식후 횡와는 위생적인데도 당시에는 그러한 사실이 보급되지 않아 그렇게 누워대면 소가 된다고 믿어지고 있었다. 그 반동으로 인해 부모님 곁을 떠나자 나는 동태 단속이 완전히 풀어져 때를 가리지 않고 눕는 것을 애호하게 되었다.

그 성향에 박차를 가한 것이 군대 생활로 나는 해군 암호병이었는데 하루 중 자는 시간은 다섯 시간이나 여섯 시간, 나머지 시간에는 서 있거나 앉아있어야만 했다. 게다가 해군이라는 곳은 잠을 해먹 안에서 잔다. 경험이 있는 이라면 알겠지만 이는 엄밀한 의미의 횡와가 아니다. 해먹 안은 몸이 숟가락처럼 굽어 갑갑하다. 역시 횡와란 다다미 바닥 위에 손발을 쭉 뻗고 드러눕는 것이라고 생각한다. 그래서 당시 우리는 "하루라도 좋으니 다다미 위에서 푹 자고 싶다" 하고 서로 푸념했다.

그래서 나는 복원 후 마치 과거에게 복수하듯 틈만 나면 드러누워 잠만 잤다.

그 습관이 아직까지도 남아 나는 지금도 하루에 열 시간은 잔다. 여름은 거기에 낮잠 시간이 더해져 연간 평균은 열 시간을 웃돈다.

그렇게 자면 일어나 있는 시간이 적으므로 일생을 짧게 사는 게 아닐까. 아니 그렇지는 않다. 일어나 멍하니 있는 것보다 잠들어 다채롭고 풍요로운 꿈을 꾸는 쪽이 훨씬 유의미하다. 훨씬 인생을 즐겁게 살 수 있게 된다고 나는 생각한다. 게다가 열 시간씩 자면 휴식도 충분히 취할 수 있어 장생이 가능할 것이다.

그래서 횡와 이야기로 돌아와 나는 병후 관계도 있어 깨어 있는 시간의 대부분을 이에 쏟고 있다. 식후 사십 분이 의사의 지령이지만 나는 사십 분으로 만족하지 못하고 두세 시간에까지 이를 때도 있다. 식후뿐만 아니라 식전 식후에 걸칠 때도 있고, 한층 더 나아가 식사도 누운 채로 할 때도 있다. 누워서 자루소바 같은 것을 먹는 건 꽤나 흥취 있는 일이다.

그렇게나 횡와하면서 무엇을 하는가. 멍하니 사색에 잠기거나 독서에 부지런히 힘쓰거나 텔레비전을 보곤 한다. 지금도 나는 이부자리에 배를 깔고 누워서 일본야구선수권 텔레비전을 곁눈질로 보며 이를 쓰고 있다.

일상생활의 어떤 곳에서 소설의 힌트를 얻는가, 라는 것이 주문원고지만 나의 일상은 이상과 같으므로 힌트를 얻기 위해 정말 고생을 한다. 하지만 그야말로 이런 일상 가운데서도 척척 튀어나오는 건 물론 아니지만 띄엄띄엄 힌트가 찾아와 그럭저럭 체면치레를 이어나가는 실정이며 그 힌트도 스스로 뿅 하고 떠오르기도 하고 타인의 이야기에서 얻어질 때도 있다. 그러한 힌트를 나는 즉각 머리맡 노트 공책에 기입해 둔다.

어째서인지 나는 직접 보거나 경험했던 것보다 타인의 사소한 이야기 쪽이 소설로 구축하기가 더 쉬운 경향이 있다. 직접 경험한 것이면 딱 그만큼이 전부라 상상력을 더할 여지가 없다. 그 뒤론 변형만이 있을 뿐이다. 그런데 타인의 이야기라면 자유롭게 상상력을 휘두를 수 있기 때문이 아닐까 생각한다.

그러면 그 노트에 적어둔 힌트는 어떻게 할까. 당장 써 버려선 안 된다. 궁지에 몰려 바로 사용했던 적도 있지만 대체적으로 완성도가 좋지 못했다. 힌트란 역시 마치 된장이나 간장처럼 속성으론 제대로 쓸 수 없다. 어느 정도 묵혀 충분히 발효시키지 않으면 훌륭한 맛이 나지 않는다.

어느 정도 묵혀두어야 하는가 하면 내 경험상으론 반년에서 일 년 정도가 딱 좋다. 이 년을 넘기면 더는 쓰지 못한다. 힌트가 썩어버린다. 힌트란 날 것이므로 너무 내버려 두면 부패균이 자라난다. 내 찬장엔 그런 썩은 힌트가 노트로 몇 권이나 사장되어 있다.

횡와한 상태로 꾸벅꾸벅 사색하며 얻어낸 힌트를 이리저리 궁리하여 쿡쿡 쑤셔보고 변형을 가하거나 거꾸로 뒤집어보고, 그러한 작업이 상당히 즐거워 다른 밥벌이에 종사하는 이는 짐작할 수 없는 쾌감이 있다. 겉멋이나 괴벽으로 나 또한 횡와하고 있는 게 아니다.

(1959. 12.「문학계文學界」)

나의 노이로제 투병기

노이로제에도 다양한 종류와 증상이 있는 듯하다. 여기에선 나의 경우를 적어보겠다.

쇼와 33년(1958년) 가을경부터 상태가 조금씩 이상해지기 시작했다.

그 원인으로 혈압이 있다. 그 일 년 정도 전 바둑 관전을 위해 쓰루마키 온천에 갔다. 관전 여가에 어떤 사람과 바둑을 두는데 갑자기 상태가 안 좋아지기 시작했다. 뭐라 이르기 힘든 꺼림칙한 기분에 경련 같은 무언가가 번번이 얼굴로 스친다. 누워서 의사를 부탁했다. 의사가 와서 혈압을 재니 최고가 백칠십이었다. 바짝 긴장한 채로 바둑을 둔 탓이리라. 이틀 정도 안정을 취하고서 도쿄로 돌아왔다. 혈압은 백삼십으로 내려가 있었다.

그와 비슷한 발작이 그 뒤로 세 번 정도 일어났다. 거리를 걷는 중에 일어나면, 혹은 일어나려 하면 곧장 택시로 귀가한다. 택시가 잡히지 않을 때는 가게라든지 어디로라도 뛰어들어가 휴식을 취하게 해달라고 한다. 또는 의사를 불러달라고 한다. 주사를 맞고 잠시 안정을 취하면 원래대로 돌아온다.

언제 발작이 일어날 것인지 하는 불안과 긴장으로 (이것이 혈압에 안 좋다) 점점 외출하는 것을 꺼리게 되고 특히나 혼자서 걷는 것이 두려워져 갔다. 타인과 만나는 것도 꺼려져 염인감(厭人感)이 심화되어 갔다. 하루 중 한 시간 정도 일을 하고 그 뒤론 침대에 누워 꾸벅꾸벅 졸아댄다. 생각하는 것은 '죽음'이었다.

죽음이라 한들 죽음에 대해 철학적 성찰을 하는 것은 아니다. 또 자살을 생각하는 것도 아니다. 그저 멍하니 죽음에 대해 생각할 뿐이다. 섬뜩함을 견딜 수 없어 술을 마신다. 입가로 노래가 새어 나온다.

"……북풍이 매서운 치하야 성"

군가 한 소절로 이 문구가 가장 자주 튀어나왔다. 나는 아직도 이 한 구절을 흥얼거리다 보면 당시의 황량한 불안 상태가 떠오른다.

"이거 이상하네."

하고 나는 생각했다. 나는 내 주변에 노이로제 환자를 몇 명이나 알고 있고 나 자신의 청춘 시기에 그 상태에 빠졌던 적도 있다. 청년기엔 피해망상을 동반하여, 하숙에서 생활하는데 벽 건너편이나 복도에서 내 험담을 하는 소리가 들린다. 어째서 내 험담을 하는 거냐며 식모를 힐난하기도 하고 그러다 결국 할머님을 의자로 때려 유치장에 일주일 동안 갇혔던 적마저 있다. 그와 비교하면 이번은 집요하도록 우울해 그 우울함을 풀 방도가 없다.

"이건 역시 병적이야."

나는 결국 옛 벗인 히로세 사다오 군(그즈음 마쓰자와 병원 근무 의사)의 자택을 방문해 상담했다. 히로세 군은 이런저런 내 이야기를 듣고서 역시 노이로제로 진단했다.

"바로 입원하는 편이 좋겠어. 서두르면 서두를수록 빨리 나오니까요."

나는 수긍했다. 하지만 바로 입원할 순 없다. 요새는 정신안정제 등이 있지만 당시로선 지속수면요법이나 전기쇼크가 주를 이루어 지속수면요법은 퇴원 후 반년이나 일 년 정도 정밀한 작업을 할 수 없다는 것이다.

나는 월급 생활을 하고 있지 않으므로 입원비와 일 년 동안 놀고먹을 돈을 준비해야만 한다. 당시 나는 삼사 연합(서일본, 중부, 홋카이도 신문)에 소설을 연재하고 있었다. 그것을 다 쓰고 나면 대략 일 년 정돈 놀고먹을 수 있으리라 하는 계산으로 다른 작업은 전부 거절하기로 했다. 일 회분은 한 시간이면 쓸 수 있다. 벌레라도 씹은 표정으로 어리석은 인간들의 상상화를 쓴다. 「사람도 걸으면」이라는 제목으로 만약 독자 중 이를 읽으셨던 분이 있다면 제가 그런 상태로 쓰고 있었다는 것을 양해해 주십시오. 벌레를 씹고 있긴 했어도 서비스 정신은 저버렸던 듯 비교적 평판이 좋아 이백오십 회 예정이 삼백사십 회 정도로 늘어났다. 영화화도 되어 수입 없이 놀고먹어야 할 우리 집 가계를 도와주었다.

하루 한 시간 작업. 그 뒤론 집사람이 곁에 붙어 산책이나 침대에 누워 독서. 어려운 책이나 묵직한 소설은 못 읽는다. 집중력이 산만해 손이 가지도 않는다. 끽해야 수필집이나 여행기, 잡지나 주간지류로 오직 마음을 달래기 위한 목적이다. 또는 텔레비전.

텔레비전을 아이들과 보다가 웃긴 장면이 나오면 아이들이 웃는다. 나 홀로 웃지 않는다. 웃기지 않기 때문이다. 감정이 동하지 않는 것은 아니다. 오히려 더 쉽게 동하곤 하나 그것은 비애 쪽을 향한 것으로 웃음 쪽으론 둔감하다. 내게서 웃음은 사라졌다. 그런 주제에 눈물은 지독히 헤프다. 기분 자체는 황량할 따름이다. 술을 마셔도 위로가 되지 않는다. 슬픈 노래만이 입으로 튀어나온다.

"……북풍이 매서운 치하야 성"

"……붉은 석양에 물들어, 벗들은 들판 너머 바위 아래"

이 병적인 상태를 정신력으로 고치는 건 무리다. 도리어 악화시킬 뿐이다. 그렇다는 것이 히로세 군의 설이다. 나 또한 그에 동의한다. 한시라도 빨리 입원하고 싶었으나 경제적 그 외 사정으로 반년 동안 참고 버텨 5월 21일 시타야의 K병원에 입원하게 되었다.

입원에 앞서 나는 조건을 하나 달았다. 지속수면은 괜찮지만 전기쇼크만은 하지 말아주십시오. 나는 전기쇼크가 어떠한 것인지 알고 있었기 때문에 나 자신이 그러한 꼴을 당하게끔 두고 싶지 않았다. 의사는 그를 승낙했다. 나의 병명은,

우울상태 (불안신경증상)

이라는 것이다.

그리고 또 한 가지 걱정거리가 있었다.

술포날이라는 약이 있다. 이를 아침 낮 저녁으로 복용해야 한다. 이 약은 수면제지만 지속성이 있어 좀처럼 깨지 않는다. 이를 잇달아 복용하여 점점 축적돼 결국 온종일 거의 잠을 자는 상태가 된다. 동시에 억압이 가시게 된다. 억압이 가시고 명정(酩酊)한 상태가 된다. 즉 술에 취한 것과 똑같은 상태가 된다. 정신도 육체도. 기분이 좋아져 조잘조잘 떠들어대고 또 에로틱해지기도 한다고 한다. 그것이 나에겐 걱정이었다. 에로틱해져 간호사분 등에게 안기거나 하면 꼴불견이다.

가능한 한 그런 상태에 빠지고 싶지 않다, 라고 하는 마음가짐이랄까 저항이랄까 그러한 것이 나에게 작동하고 있던 듯하다. 솔직한 심정으로 치료를 받으면 좋을 텐데 그런 이상한 고집이 치료를 더디게 했던 걸지도 모른다고 생각한다. 쓸

데없는 허영심이었다. 나는 입원 중 일기를 썼다. 쉽게 잠들어 줘서야 되겠느냐 하는 허영심에서이다.

병실은 북향 개인실로 창밖으로 묘지가 보인다. 내장 그 외 정밀검사를 거친 뒤 그 병실로 들어갔다. 술 담배는 금지당했다. 술은 아무렇지 않았지만 담배만은 힘겨워 해 금지를 풀어주었다. 나는 군대에서도 경험이 있지만 술은 바로 포기할 수 있어도 담배는 끊을 수 없다.

이 병원엔 알코올중독 환자가 몇 명인가 있었다. 역시 지속수면요법으로 치료하려는 것이다. 그러나 그들은 입원하여 술을 금지당해도 그저 태연하다. 마약 중독 환자 같은 금단증상은 그다지 없는 듯하다. 외국인은 진이나 보드카 등 강한 술을 스트레이트로 즐기기 때문에 상당히 심각한 경우도 있다는 것 같지만 일본인은 그렇지 않다. 심약함으로 인해 술을 즐긴다. 문어 씨라고 불리는 중년 남자와 튀김집 아들이라는 청년, 두 사람 모두 알코올중독으로 당시 입원해 있었다. 물어보니 그들은 아침부터 술을 마신다. 마시기 시작하면 멈출 수 없다. 온종일 명정 상태라 일을 할 수 없다. 그래서 자발적으로 혹은 육친에게 권유받아 입원해 온다.

"퇴원하고서도 금주를 계속 이어나갈 수 있을지 어쩔지 불안하네요."

내 질문에 답하면서 문어 씨는 그렇게 말하며 웃었다.

알코올중독 이야기는 그 정도로 하고, 일기에 관한 것인데 결국 나는 매일 써냈다. 글자가 날뛰어 판독 불가한 부분도 있지만 아무튼 쓰기는 계속 써나갔던 것이다. 그 일기를 통해 치료 경과를 기록한다.

5월 22일 저녁부터 술포날을 복용하기 시작했다. 23일 일기(발췌)

"약 탓인지 졸리다. 어제부터 이 방을 종종 기웃거리는 여자. 오늘 아침엔 전화번호를 알려달라 한다. 전기치료로 인해 자택 전화번호를 까먹어버린 것이다."

"슬슬 어질어질해야 할 텐데 정신이 또렷하다. 맥주 한 병 마신 정도. 술로 단련해 온 탓일까."

어느덧 슬슬 약효가 돌기 시작한다. 24일에는,

"아직 약효가 돌지 않는다. (다소 다리가 휘청거리긴 하지만 억압은 가시지 않고 오히려 기분은 우울함으로 쏠린다)"

등등 레지스탕스를 시도하고 있다.

"낮잠 2시간, 열 39도 정도 있는 듯. (실제론 6도 3분) 머리가 멍하다. 한결같이 상쾌하지 않음."

25일에는,

"다소 명정 경향이 있음. 하지만 억압은 아직 가시지 않음. 몸이 나른. 일곱 시 반 '나의 비밀•'을 본다. 깜빡깜빡거려 불

• 私の秘密: 당시 방송되던 퀴즈 방송 프로그램.

쾌, 덜레스• 죽다."

내 병실은 이 층으로 텔레비전은 아래층 대기실에 있다. 휘청휘청거려 난간을 부여잡고 계단을 오르내려야 한다. 특별히 보고 싶은 건 아니지만 아직 깨어있다는 기분에서이다. 26일엔 슬슬 백기를 든다.

"점차 어질어질(심신 모두)하기 시작했다. 물체가 이중으로 보인다. 취해있을 때랑 똑같다. 신문을 읽는 것이 힘들다. 약효가 슬슬 돌기 시작한 걸까. 변비에 대해 선생에게 호소하러 갔는데 설사약을 먹어도 장이 잠들어 있어 효과 없다고 함. 장이 잠든다는 건 금시초문이요 전대미문이리라."

투약과 함께 배변이 멈췄다. 지속수면요법에 대해선 의학서로 미리 조사해 두었지만 변비에 대해선 적혀있지 않았기 때문에 화가 난 것이다. 실로 성가신 환자다. 이날 즈음부터 글자가 삐뚤빼뚤해지기 시작한다.

"27일. 변비에 대해 F의사에게 상담하자 열흘이나 이십 일 변비는 괜찮다고 함. 다소 어처구니가 없지만 할 수 있는 게 없음."

"텔레비전을 볼까, 집으로 전화를 걸까 싶지만 귀찮음. 요컨대 취해있는 것이다."

• 미국의 외교관이자 공화당 소속 정치가인 존 덜레스(John Foster Dulles). 국무장관 특별고문으로서 대일강화조약, 미일안전보장조약 체결 등을 추진함.

드디어 명정을 자각하고 있다.

"F의사 머리가 어질어질하지 않은지 묻는다. 그렇지 않다고 답한다. 이윽고 어질어질한 상태가 된 듯하다."

"간호사분 스커트 말아 올린다. 예의 없다고 나무라다."

이때 즈음은 물론 기억에 없지만 나중에 읽고서 가슴이 철렁했다. 내가 에로틱하게 간호사의 스커트를 말아 올려 꾸지람을 들었던 건가 싶었다. 간병하던 사람에게 물어보았더니 간호사가 더워서 자발적으로 말아 올렸다는 걸 알게 되어 겨우 안심했다.

28일.

"11시 회진. 흑막을 친다. 새카매진다."

라고 한다. 바깥 세계로부터 자극을 차단하기 위해서이리라. 그 탓에 묘지가 보이지 않게 되었다.

"오후 푹 자다. 저녁 똑똑하는 소리가 나다. 네 하고 답하자 문어 씨에게서 K씨(간병하던 사람 이름)에게로 수건. 문어 씨란 술집 주인이라고 함. 지속. 전부터 뒤로 들어간다."

글씨체도 엉망진창이지만 문장도 이상해지기 시작했다.

"K선생 세는나이로 마흔하나 된다고 함. 깜짝 놀라다. 일기도 이걸로 끝날 듯하다."

방이 캄캄했을 텐데 쓰고 있는 것을 보면 가끔씩 커튼을 열어주었던 걸까. 하지만 강력한 일기욕으로 29일도 구구절절 쓰고 있다. 내가 봐도 아주 대견하다.

"7시 기상. 빨리 억압이 가시지 않으면 안 된다. 아직 가시지 않는다. 잔다. 12시 일어난다. 쓰키미소바. 맛있지도 맛없지도 않음. 그저 먹을 뿐."

정말 이때 즈음은 음식을 입에 밀어 넣을 뿐, 맛이라거나 하는 건 전혀 느끼지 못했다. 의무적으로 먹는다.

"밤 프로레슬링을 보다."

아직 버티고 있는 게 갸륵하다. 흐릿한 기억상으론 텔레비전이 이중으로 보여 한 눈으로 보았었다. 그런 상태로 텔레비전이 재밌을 리 없다.

5월 30일이 되면 절반 정도는 무엇을 쓴 건지 알아볼 수 없다. 지렁이가 기어가는 듯한 글자라 쓰려고 노력하고 있다는 것만은 알겠지만 의미를 알 수 없다. 간신히 읽을 수 있는 건,

"삼 주간이나 당하다니 절망이로다."

무엇을 당했다는 건지, 아무튼 절망하고 있다.

"저녁 S군과 바둑을 두다. 처음에 두고 그다음엔 육목•. 모두 이김. S군 2.26 사건 당시 지키칸 장(아버지가) 37세"

바둑을 두고, 간병인 K씨의 보필에 의하면, 야간 텔레비전으로 교진(巨人) 대 국철(国鉄) 경기를 보고 있다. 몽유 상태면서 일단은 남들처럼 행동하고 있다. S군이란 은행 직원으로

• 六目; 바둑판 위에 여섯 개의 바둑돌을 먼저 일직선으로 놓는 사람이 이기는 게임.

무슨 증상으로 입원했던 건지 기억에 없다. 좋은 청년(?)이었다.

6월 1일.

“아침 식사 팥 찰밥. 초하루니까. 문어 씨 문춘별책 ‘전화의 사진’을 들고 오다. 무슨 일인가.”

“점심 식사 후 의학서를 지참하고서 선생에게 담판 지으러 가다. 변비에 대해서나 이것저것.”

K씨의 이야기론 이미 이때 즈음엔 혀가 잘 돌지 않았다고 한다. 마치 취한 것처럼 혓바닥이 꼬부라져 선생도 당혹스러웠으리라. 그래도 담판하러 향하다니 기운이 넘친다고 할 만하다. 아니, 기운이 넘친다기보다 마치 주정뱅이처럼 위풍당당했으리라.

6월 2일. K씨의 보필로,

“아침 식사 전, 문어 씨, 기린(S군의 별명)과 이야기하다.”

라고 적혀있다. 무슨 이야기를 나눈 것인지 모르겠지만 염인벽(厭人壁)은 나은 듯하다. 동병상련하는 기분이었을지도 모른다. 명정 상태에서 깨어나서도 나는 그들과 친근히 어울렸다. 내 글씨로,

“점심 식사 새우 볶음밥(가미야) 인데 우동이어서 그것을 먹다.”

새우 볶음밥을 주문했는데 병원 식사가 우동이라 그쪽을 먹었다는 의미이다. 식욕이 감퇴하여 새우 볶음밥보다 우동

을 고른 것이다.

"오늘이 가장 다리가 휘청거리는 듯한 기분이 든다."

이 기간 글씨체를 통해 보면 30일과 1일이 가장 휘날리고 있고 이틀 이후 글씨는 비교적 분명하다. 고비를 넘겼기 때문에 휘청거린다는 자각이 생겨났던 것이리라. 극단적으로 휘청일 땐 도리어 휘청거림을 자각하지 못하기 마련이다.

나중에 다른 이에게 물어보니 나는 복도를 걸을 때 두 팔을 쭉 벌리고 걷곤 했다고 한다. 균형을 잡기 위해 그랬던 것이리라.

6월 3일.

"아침 회진이 있었으나 자고 있어서 통과. 11시 반까지 자다. 점심 식사 후 낮잠. 그 뒤 주간지 퀴즈를 풀다. 야간 '사건기자'를 보고서 자다."

푹 자기는 자고 있지만 퀴즈를 풀거나 텔레비전을 보는 등 지적(?) 활동을 하고 있다. 이후부턴 쭉 깨어난 상태이다.

5일부턴 산책을 허락받는다. 휘청이는 기분은 거의 사라졌으나 머리는 아직 멍하다. 산책이 허락되어 기뻤기 때문에 잡지니 과일이니 이런저런 것들을 사 가지고 돌아왔다. 더 이상 죽음에 대해 그다지 염두에 두지 않았다. 나무들의 푸른 잎과 거리의 냄새가 그리웠다. 이때 즈음부터 생활이 쾌적해진다. 작업을 하지 않아도 되고 자고 싶으면 자면 되고 산책도 할 수 있다. 역시 효과가 있었다.

종종 큰 방으로 놀러 가 화투를 치거나 바둑을 두곤 했다. 그리고 각 환자와 어울리며 그들의 생태를 관찰할 여유도 생겼다. 점점 산책 범위도 넓어져 동물원에 가거나 이리야카시모진의 나팔꽃 시장에 가기도 했다. 발을 뻗어 혼고 류오카까지 혼인보 제1국을 보러 갔던 적도 있다. 간병인 K씨를 데리고 갔더니 지금은 돌아가신 무라마쓰 쇼후 선생이 K씨를 내 아내라고 생각한 듯 정중히 인사를 하셨다.

"이 사람 제 아내 아닙니다."

하고 설명할 수도 없어 나는 난감했다.

7월 10일에 퇴원. 모두와 헤어지는 것이 괴로웠다. 퇴원에 앞서 선생의 지시는,

1. 식사 후 사십 분은 누워있을 것

2. 술은 가을까지 마시지 말 것

두 가지였다.

7월 10일 일기.

"하늘은 흐림, 오늘부터 자유가 내 손으로 돌아오다."

운운 쓰여있다. 귀가한 다음 날 다테시나 고원에 갔다. 여름 한 철을 그곳에서 보냈다. 반년에서 일 년 정도 작업이 불가능하다는 것이 머릿속에 달라붙어, 혹은 그것을 이용하여 매일 놀며 보냈다. 어느 날 다테시나로 영화사 사람이 와서 「사람도 걸으면」을 영화화하고 싶다고 한다. 서둘러 승낙하여 돈이 들어오고 결국 가진 돈이 전부 사라질 때까지 일 년

가까이 작업을 하지 않았다. 천성이 게으름뱅이다.

지시 제1조는 지금도 지키고 있다. 제2조 쪽은 가을이란 무엇인가. 입추를 통해 가을이 된다 하고 식당이 해석하여 8월 7일경부터 마시기 시작했다. 그것을 모 잡지에 수필로 썼더니 선생이 그것을 읽고,

"가을이란 9월경부터라는 의미였는데 입추라니 한 방 먹었네요."

하고 전화가 걸려왔다.

이상이 나의 노이로제 투병기이다.

교훈. 병에 걸리면 무슨 일이 있어도 자가진단을 하지 말고 서둘러 전문의에게 갈 것. 내 경우 입원이 다소 늦었다. 특히 노이로제 등은 자신의 정신력에 기대선 안 된다. 의사에게 몸을 맡겨버리는 것이 제일이다. 혼자서 아등바등하면 할수록 심해진다.

그리고 우울증, 우울 상태는 아침에 일어났을 때가 가장 우울하다. 보통 인간은 아침은 하루의 시작이며 활기로 가득 차 있다. 활기로 가득한 정도는 아니더라도 아무튼 뭔가를 하려 하는 기분이 되어있다. 그런데,

"아아. 또 하루가 시작한 건가."

하고 기분이 울적해지고 침체된 기분에 사로잡히는 것은 확실히 병적이다. 그러한 자각이 있는 사람은 곧장 전문의에게 상담하는 편이 좋다. 다만 숙취의 경우는 별개이다. 그건

몸의 부조화와 자기혐오로 인해 마음이 암흑인 상태이므로 일시적인 것이다. 내버려 두면 낫는다. 하지만 매일같이 숙취 상태이기만 한 사람은 알코올중독 우려가 있으므로 진단을 받아야 할 것이다.

내 경우 일 년 동안 작업을 못 해 손해를 본 것 같은 기분이 들지만 또 얻기 힘든 경험이라고 생각하면 그리 손해도 아니다.

생각해보면 나는 몸 상태가 바뀔 때, 요컨대 청년기, 그 뒤 액년에 난조가 찾아왔다. 이 뒤론 당분간 평온 상태가 이어질 것이다. 육십 세 정도에 다시 난조가 온다는 설을 내놓는 자도 있다. 그곳을 지나면 장수한다고 한다. 그렇다면 내 경우 야구로 치면 2루 모퉁이였던 걸까. 그러한 것으로 내 결론은 끝이다.

(1963. 6.「주부의 벗主婦の友」)

전쟁이 시작된 날

쇼와 16년(1941년) 12월 8일 일기를 아래 적는다.

"아침 변소에 있는데 미국, 총동원령을 발표했다는 라디오 뉴스에 이어 중대발표가 있으므로 스위치를 끄지 말고 기다려달라는 의미의 라디오 소리가 들렸다. 바로 변소를 나와 아침밥을 먹으면서, 그리고 아침 신문에는 아무것도 나와 있지 않다.

기쿠사카 담배가게에서 서태평양을 두고 일본이 영미와 전쟁상태에 돌입했다는 뉴스를 듣다.

그리고 연구소에서 연달아 역사적인 뉴스를 듣다.

밤에는 도칸산에서 M군과 마시고 K씨와 만났다.

돌아오자 웨스트버지니아를 침몰시켰다는 뉴스"

기억해두려고 쓴 일기라 의미가 통하지 않는 부분도 있지만 그대로 적어 옮겼다.

쇼와 20년 8월 15일 일기는 여기저기서 발표되었던 것 같지만 개전 날 일기는 그다지 읽어 본 적이 없다. 개전일기는 종전일기보다 의미가 없다는 걸까.

내 일기는 평범 그 자체라 달리 특별한 것도 없다. 무슨 기분 무슨 생각이었는지도 일절 기록하지 않았지만 나는 그날 엄청난 쇼크를 받았고 또 대단히 우울했다.

이렇게 말하는 건 나에게 그 사흘 전인 12월 5일에 육군(쓰시마 중포대)에서 소집영장이 와 있었기 때문이다. 영미와 전쟁을 시작한 이상 이제 평생 돌아올 수 없으리라. 그 직감이 제일 먼저 나를 덮쳐왔다.

당시 나는 스물여섯. 홍안의 미청년. 독신. 혼고 하숙집에서 직장에 다니고 있었다. 월급은 75엔. 하숙비는 아침저녁 두 끼까지 포함해 25엔 정도였던 것 같다. 아침 변소에 있는데, 라는 건 하숙집 변소로 이웃집 라디오 소리가 들렸었다.

미국이 총동원령을 발표했다는 말의 의미를 나는 제대로 이해할 수 없었다. 어째서 무시무시하게 저런 식으로 방송하는 거지 하고 의아해했던 기억이 있다. 그즈음부터 나는 감이 몹시 안 좋다. 그래서 혼고 기쿠사카 담배가게에서 들은 전쟁상태에 돌입했다는 뉴스에 상당한 쇼크를 받아 이거 큰일 났네 하고 당황했다.

그 당시 신문이나 잡지에 일부 문인 가인 배우 등이 먹구름이 단번에 갠 듯한 느낌의 것들과 위세 좋은 글이나 노래

따위를 발표하고 있었지만 나는 전혀 그렇게 느껴지지 않았다. 오히려 먹구름이 한순간에 몰려왔다는 느낌이 들었다.

지금와서 생각하면 먹구름이 한순간에 낀 무리는 대개 노인(혹은 중노인)이라 따라서 전쟁이 나도 총을 쥘 의무가 없는 패거리들뿐이다.

이쪽은 바로 총을 쥐어야만 하고 자칫 잘못하면 목숨을 내놓아야 하므로 단번에 갰다거나 하며 시치미 뗄 수 있는 처지가 아니었다. 실제로 어른이라는 놈들은 염치없는 존재들이다. 이제는 나 또한 그 염치없는 연령이 되어버렸긴 하지만.

직장은 도쿄도(도쿄시였던가?) 교육국 교육연구소라는 곳으로 우에노의 산속에 있었다.

시정회관이라는 건물로 현재 그 건물은 다케노다이 고등학교가 사용하고 있는 듯하다. 나는 매일 도쿄대학 구내를 빠져나와 시노바즈 연못 다리길을 건너 우에노 돌계단을 오른다. 출근길로선 조용하고 쾌적한 최고의 길이었지만 그날은 역시 기분이 침울해 쾌적할 수 없었다.

개전 소식을 들었을 때 앞날에 대한 강한 불안(앞날이란 개인의 앞날과 함께 국가의 앞날도 포함한다)이 가장 먼저 덮쳐왔다는 건 그날 아침 일본인 일반의 기분이 아니었을까 나는 생각한다.

하지만 그 불안은 여기저기서 전과를 올렸기 때문에 그저 어물쩍 넘어가 버렸다. 군부 쪽도 그 불안이 되살아날 것을 우려해 패전한 소식은 국민에게 일절 알리지 않는 방침을 취했다.

천황의 방송도 그 건물 안 어느 방에서 들었다. 모두가 일어나 고개를 숙였기 때문에 나도 그렇게 했다. 내 연령대, 그 이상 연령대는 칙어 등을 들을 땐 조건반사적으로 그런 자세를 취하도록 훈련되어있다.

그런 자세를 취하여도 이는 외견뿐, 속으로 무슨 생각을 하고 있는지는 각양각색이었지만.

그래서 그날은 도저히 일이 손에 잡히지 않았다. 비교적 한가한 관청이고 게다가 나는 관리로서 그다지 유능하지 않았기 때문에 책임을 요하는 일은 부여되지 않았다.

그러면서 월급만은 제대로 챙기고 있었으니 옛 관청은 느긋했던 것 같다. 라디오를 듣고 있기만 하면 하루 근무가 끝나버렸다.

관청이 끝나면 서둘러 도칸산으로 달려간다.

아직 그 무렵에는 물자가 그렇게 궁하지 않았고 술도 가게에서 충분히 마실 수 있었다. 실제로 궁핍해져 술집에 길게 줄을 서야 하게 되었던 건 쇼와 18년(1943년) 이후이다.

다만 일반적으로 술이 이상하리만치 싱거워져 가고 있었다. 양조원에서부터 싱거운 건지, 술집에서 물을 섞는 건지, 금붕어주라거나 하는 이름이 붙은 곳도 있었다. 금붕어를 넣어도 살아있을 거라는 의미이다.

그 도칸산의 술집에선 그런 금붕어주 따위를 내오지 않았다. 혀에 닿는 맛, 아니 넘기는 맛이 있는 술을 마실 수 있었다.

다른 곳에선 다섯 병은 마셔야 취기가 도는데 이 가게에선 세 병으로 취기가 돌아 우리는 이 가게를 유달리 아꼈다.

그날도 이 가게는 만원이었다. 마시지 않고는 견딜 수 없을 것 같은 건 모두 마찬가지였을 것이다.

나도 그곳에서 잔뜩 취해 걸어서 혼고 다이마치까지 돌아오던 중, 길모퉁이 파출소 앞에서 웨스트버지니아를 침몰시켰다는 라디오 뉴스를 들었다. 그러므로 진주만 전과는 밤이 되어 발표되었던 것 같다.

나의 막연한 기억상으론 도칸산에서 하숙으로 돌아오는 도중의 거리가 이상하리만치 어두웠다. 등화관제를 하고 있던 게 아니었을지 이제 와서 생각된다.

이날 일기는 이렇게 끝.

다음날부터 어떻게 되었는가 하면 쇼와 16년 당용일기는 12월 8일로 끝나있고 그 뒤론 전부 공백.

어째서 쓰지 않았던 건지, 그 이유가 지금으로선 도저히 떠오르지 않는다. 소집에 관한 일이 신경 쓰여 일기를 쓸 엄두가 나지 않았던 걸지도 모른다.

덧붙여 소집에 관하여 적자면 소집일은 다음 해 1월 10일이었다.

내가 규슈로 돌아가 거친 하늘 아래 현해탄을 꾸역꾸역 건너가 쓰시마 이쓰하라에 닿았던 건 한밤중으로 그 뒤 부대소재지인 게치라는 곳까지 밤길 삼 리를 강행군하게 되었다.

뱃멀미로 녹초가 되어있던 탓에 그날 밤 행군은 무척 괴로웠다.

아침이 밝자 찬바람이 자유자재로 불어대는 병사 안에서 벌거벗은 채로 신체검사. 매우 추워서 와들와들 떨었다. 아직도 쓰시마를 떠올리면 그 찬바람이 떠오른다.

이런 황량한 섬에 내 청춘을 묻는 건가 하고 절망적인 기분이 들었지만 다행인지 불행인지 군의관의 청진기가 내 경미한 흉부질환을 발견해 당일귀가하게 되었다. 몇백 명인가 소집되었지만 당일귀가는 대여섯 명이었다.

평론가 오니시 교진 군도 나와 함께 소집되어 그는 종전까지 사 년 동안 그 섬에서 간난신고를 헤쳐나갔다. 그 경위를 신일본문학에 「신성희극」이라는 제목으로 그가 쓰고 있다.

나는 돌아올 수 있어 다행이었다고 생각한다.

(1960. 11. 「주간현대週刊現代」)

인간의 생명은 지구보다 무겁다

최근 이런저런 사고가 여기저기서 일어나 그때마다 사람이 죽는다. 건널목사고. 덤프트럭. 화재로 인한 사망. 그리고 연달아 탄광 사고. 규슈는 내 고향이기 때문에 남의 일처럼 느껴지지 않는다. 몇십 명이 죽었다는 기사를 읽거나 울부짖는 유족의 텔레비전 뉴스를 보거나 하면 슬프다기보다 울컥 화가 치밀어 오른다. 어째서 사람의 목숨이 이렇게 가볍게 여겨지는 걸까.

인명 경시 풍조는 혹 전쟁의 영향일지도 모른다. 그 당시 인간의 목숨이란 먼지 같은 것이었다. 니놈들 목숨은 1전 5리(당시 엽서 값)다 하고 하사관이 호언하거나 인간보다 군용말 쪽이 훨씬 소중히 취급되곤 했다.

해군에서 야전을 벌인다. 이쪽도 상당히 침몰당해 해수면에는 수병들이 잔뜩 헤엄치고 있다. 구축함이 그들을 건져 올리며 돌아다닌다. 일정한 시각이 되면, 즉 더는 이곳을 이탈하지 않으면 다음 날 아침 적기에 뒤를 밟힐 우려가 있는 시각이 되면 구조를 중지하고 구축함은 출발한다. 그 가장 마지막에 건져 올려졌다는 하사관이 나에게 그 상황을 얘기해주었다.

"엄청나지. 구축함이 움직이기 시작하면 해수면에 버려진 모든 장병이 일제히 아-악 하는 소리를 질러. 원망이라 해야 할지 절망이라 해야 할지, 그 목소리는 평생 내 귀에 달라붙어 떨어지지 않을 거야."

나는 그 이야기를 듣고 전쟁의 비인간성에 전율했다. 전쟁이란 그런 것인 줄을 알면서도 몸서리쳐지는 걸 금할 수 없었다.

지금은 전시와 다르다. 화재로 도망치지 못해 결국 죽는다. 죽은 쪽이 부주의하다고는 하지 못한다. 신문 그 외에 따르면 대부분의 도망치지 못한 자들은 삼 층이나 사 층 다락방 같은 곳에서 자고 있었다. 그래서 알아차렸을 땐 이미 늦다. 도망치고 싶어도 도망칠 곳이 없다. 그사이 연기에 둘러싸여 타 죽어버린다. 도망칠 기력과 체력이 있음에도 타 죽다니 이 얼마나 비참한 일인가. 그런 곳에서 자는 자가 나쁜 것이 아니다. 위반 건축을 해서 그런 방을 만들어 그곳에서 자게 한 놈이 나쁘다.

탄광 사고는 더더욱 비참하다. 수몰 사고나 폭발 사고 등

우발적으로 일어난 것은 아닐 것이다. 반드시 그곳에 위험도 나 전조가 있었을 게 틀림없다. 나는 탄광에 대해 전문가는 아니지만 수십 년이라는 긴 시간 동안 계속 파내온 이상 보안 방법도 그와 함께 발달하며 정밀을 가해왔을 터이다. 그런데 이런 커다란 사고가 빈발하는 건 어디선가 일을 겉날리고 있다고밖에는 생각되지 않을 것이다. 전쟁 중 인명을 먼지처럼 보던 경향이 모양을 바꾸어 아직까지 남아있는 게 아닐까.

그 어떤 벌레인들 죽이려 하면 필사적으로 도망친다. 하물며 우리는 인간이다. 타인의 과실 따위로 어처구니없이 죽고 싶지 않다. 우리가 나치즘을 증오하는 건 나치즘의 세계관이 아니라 오히려 그들의 비인간적인 행동 방식에 대해서이다.

인간의 생명은 지구보다 무거운 법이다.

(1961. 3. 17.「서일본신문西日本新聞」)

• 1958년에서 이글이 쓰인 1961년 3월까지 후쿠오카에서만 총 네 차례의 탄광 사고가 발생해 약 이백 명이 사망함.

너무 열심히 공부하지 마라

여름방학도 끝에 가까워져 우리 집 아이들도 쌓여있는 여름방학 숙제를 정리하느라 이것저것 정신이 없다. 아빠도 협력을 요청받아 도와주곤 하는데 아무래도 요즘 아이들의 숙제 양은 우리가 어렸을 때보다도 훨씬 많은 것 같다. 즉 요즘 아이들은 옛날 아이들보다 훨씬 많은 양의 공부를 해내야 하는 듯하다. 그렇게 된 원인 중 하나는 전후 급격히 격렬해진 입시경쟁을 버텨내야 하는 점도 있겠지만 그러나 이 경쟁이란 놈은 인간을 자칫 비인간적으로 길러내기 마련이다.

작금의 대학 입시경쟁이란 정말 엄청난 듯하다.

내가 도쿄대 문과에 입학했던 것은 쇼와 11년(1936년)으로 정원 사백 명에 지망생이 삼백 명 안팎, 물론 무시험이라 느긋했다. 그즈음 법과 쪽은 네다섯 배수의 경쟁률이라 네다섯 명의 동료를 밀쳐낸 뒤 입학, 게다가 악착같이 맹공부, 동료를 따돌리며 관직 시험에 합격한 자가 관리가 된다.

관료라는 이의 비인간적인 냉정함. 그 속에 숨어있는 꺼림칙한 입신주의 등의 한 원인은 그 구성분자인 관리들이 학창시절에 처참한 경쟁을 겪어왔기 때문이 아닐까. 이기기 위해선 상대를 함정에 빠뜨리는 것도 불사하는, 너무나도 비인간적인 경쟁의 장에 어린 나이부터 늘 임해왔기 때문이 아닐까 하고 나는 생각한다.

청년이여. 너무 열심히 공부하지 마라! 공부가 지나치면 인간에서 멀어진다.

(1958. 6. 29.「마이니치신문每日新聞」)

거처는 기운을 옮긴다

이삼일 내로 익숙해진 세타가야에서 네리마로 이사하게 되었다. 생각해보면 이곳 세타가야에 벌써 십 년 가까이나 눌러앉았던 셈이다.

십 년이라 하면 내가 지금까지 살아온 세월의 약 사분의 일에 해당한다. 십 년이나 한 곳에 산 건 이번이 처음이다.

내가 어렸을 땐 아버지가 셋방을 전전하는 걸 아주 좋아했고 그런 부모 곁에서 떨어지자 이번엔 내가 하숙을 전전하는 걸 아주 좋아하여 당장 삼 년 이상 같은 곳에서 생활했던 경험이 한 번도 없다.

그것을 여기서 십 년 가까이나 참고 버텼던 것은 물론 전후 주택 사정에 의한 것이지만 그러나 그렇다 해도 다소 지나치게 오래 산 듯한 생각이 든다. 내가 거주하는 집에서 시모타카이도역까지 걸어서 십 분이 채 안 걸리지만 그 십 분이 안 걸리는 노정 중 모자로 손을 가져가지 않고 고개도 숙이지 않고 입도 열지 않고 웃지도 않고 시모타가이도역까지 도착하는 것은 현재 나의 상황으로선 더 이상 불가능하게 되었다. 십 년 전에는 얼굴을 아는 사람이 한 사람도 없었는데 지금은 우글우글 거리에 흘러넘쳐 도저히 고개를 숙이거나 입을 열거나 하지 않을 수 없는 것이다.

그 점이 지금의 나에게 다소 번거롭다.

엉덩이에 이끼가 자란 듯한 기분이 들어 개운치 못하다.

그래서 작년 즈음부터 이사하고 싶다고 염원하게 되었다. 세타가야 집도 빌린 집이라 아무렴 언제까지 살고 있을 순 없다.

게다가 십 년이나 눌러앉으면 사고방식이나 생활감정에 변화 발전이 사라져 축 처진 고무호스 같은 꼴로 변해간다. 맹자에 '거처는 기운을 옮긴다'• 라는 말이 있는 것처럼 인간의 사고방식 등은 주위 환경에 지배당하는 바가 크다. 경직화를 피하기 위해서도 새로 거처를 구하는 게 제일이다.

이번 네리마의 거처지는 구(區) 분양주택이라는 것으로 이도 신청하여 추첨하게 되어있는데 내가 신청했던 곳은 열여덟 배수 추첨 주택이었다. 올해는 이것저것 들어오고 있으니 당첨되겠지 하고 생각하고 있었는데 당첨되었다.

• 『맹자』 진심 上편 36장.

열여섯 평이 안 되는 건물 평수에 방이 넷이나 있고 그 외 부엌이 있고 가스 욕탕이 있고 세면장이 있고 물론 변소도 제대로 붙어있다. 여하튼 상당히 압축된 느낌으로 만들어져 '거처는 기운을 옮긴다'라는 점에서 보자면 어떤 방식으로 내 기운이 옮겨질지 다소 걱정이 없지 않다. 사고방식마저 옴짝달싹 못 하게 압축되는 건 참을 수 없다.

그 대신 네리마라는 곳은 세타가야와 달리 왠지 대범한 느낌이 있어 분위기가 느긋하며 무 같은 것도 잘 자란다. 그 점에선 나의 사고방식이나 감정 상태에도 좋은 영향을 끼칠지 모른다.

네리마로 이사한다고 하자 상당한 시골로 이사하는 것처럼 받아들이는 사람이 있지만 그곳은 그렇게까지 시골은 아니다. 전화로 당첨 소식을 알려 주었던 건 네리마 지역 신문인데 나중에 그 신문을 보자 전화 담화를 통해 당첨되어 매우 기쁘다, 이전하게 된 이상 네리마 문화를 위해 크게 힘쓰고 싶다 등등 내 기억에 없는 말까지 쓰여있었다.

네리마 문화라는 것이 존재하는 듯하다. 하지만 어떻게 해야 '네리마 문화'에 힘쓸 수 있는 건지 지금으로선 아직 모르겠다.

여하튼 이삼일 내로 이사한다.

이사하면 새로운 환경과 생활이 시작되고 내 인생관도 변하리라.

인생관이라느니 하는 건 대개 그런 식이라 주위를 완전히 거부하려 하는 강렬한 개아, 인생관은 그렇게 흔해 빠진 것이 아니다.

주위뿐만 아니라 신체상태나 건강상태가 그 사람의 인생관을 조형하거나 변화시키는 경우가 있다. 위장이 약함에 대하여, 혹은 위장이 약함을 통해 걸작을 남긴 문학자도 있다. 혹은 간질.

내 친구 중 소설을 쓰던 남자가 있었는데 어느 날 산토닌을 먹고 회충을 완전히 구제했더니 갑자기 소설을 쓸 수 없게 된 실례가 있다. 머리가 완전히 멍해져 아무것도 쓸 수 없게 되었다고 한다.

그렇다면 이 남자의 소설은 당사자가 쓰고 있는 줄 알았지만 실은 회충이 쓰고 있었다는 셈이다. 소설이니 인생관이니 하는 것은 그 근저에 있어 이처럼 덧없는 것이다.

나도 현재 건강상태는 그다지 양호하지 못하다. 나쁘다고 할 정도는 아니지만 양호하다고 하기는 힘들다. 반건강(스트레스설에 따르면 이것이야말로 병의 본체라고 함)의 상태이다.

만성적 비타민 B군 부족, 간장 비대, 그 외 몇 가지 경미한 장애가 내 몸에 있어 그것이 나 자신의 사고방식, 인생관, 세계관 따위에 강력한 영향을 미치고 있는 듯하다.

네리마로 이사하여 아침저녁 신선한 공기를 마시며 술 담배를 절제하고 여유롭게 남쪽 산을 바라보는 이러한 생활을 이어가면 혹 건강을 완전히 회복하여 통통하게 살이 오르고 그 대신 소설 따위는 전혀 쓰지 못하게 될지도 모른다.

역시 소설이란 내 느낌으로 보자면 근저에 마이너스 부분, 빛이 아닌 그림자, 뒤틀림, 그런 것이 분명 존재하는 듯하다. 그것들 위에 소설이라는 것, 소설가라는 존재가 성립한다고 생각한다. 장래 소설은 어떻게 될지 모르겠지만 근대에서 현대에 이르기까지 소설은 대개 그러한 구조로 만들어졌다.

육체 정신 모두 완전히 건전한 인간은 소설을 쓰지 않고 또 쓸 수도 없으리라. 그래서 그 사람들은 소설가가 되지 않고 다른 직업에 종사한다. 의원 등이 되어 국회에서 날뛰거나 한다.

현재처럼 병든 시대에 심신 모두 건전하다는 것 자체가 이상하고 웃긴 일이다. 건전하다는 것은 즉 델리커시 부족 혹은 상상력 결여라는 것으로 우리는 우선 이를 쫓아내는 것에서부터 작업을 시작해야 할 것이다.

(1955. 6.「신초新潮」)

애매미로부터 배우다

키리에 대해 쓰라고 한다.

키리란 무엇인가 하고 되묻자 핀부터 키리까지•의 키리로, 즉 소설의 끝맺음이라고 한다. 영화로 치면 라스트 씬. 바둑으로 치면 끝내기. 인간으로 치면 임종.

일을 맡고서 책상 앞에 앉아 이리저리 생각해 보았지만 그 키리에 대해 그다지 쓸 것도 없다.

나는 소설 쓰기에 있어 핀 부분, 즉 첫머리의 문장으론 종종 고생하지만 키리를 두고 고생했던 기억은 거의 없다.

초반 중반을 지나면 저절로 종반에 돌입하듯 소설도 쓰기 시작하여 일정 매수에 도달하면 저절로 키리의 형태가 갖춰

• ピンからキリまで; '처음부터 끝까지', '상급에서 하급까지'라는 의미의 관용표현. 핀과 키리는 포루투갈어 pinta과 cruz에서 유래.

지기 시작한다. 그 형태를 빚어내 붓을 놀리면 한 편의 소설이 완결되게 된다.

이는 내가 과묵한 탓일 수도 있다. 늘 주절주절하는 사람이 있어 주절대기 시작하면 끝이 없어 키리가 생기지 않는다. 그런 사람이 소설을 쓰면 분명 키리로 고생할 것이다.

나 같은 이는 옛날부터 과묵하여 어린 시절 이야기를 부탁받아 단상에 올랐던 적도 있는데 떠들기 시작해 오 분 정도 지나자 떠들어댈 재료가 사라져 버린다. 무리하지 않아도 자연스레 키리가 찾아오는 것이다.

나는 소설 쓰기가 즐겁지 않다. 예전부터 그러하다. 쓰는 동안에는 머리가 중노동 중이라 빨리 이 고난에서 벗어나고 싶다, 벗어나고 싶다 하는 생각만 가득하다. (작가와 화가의 결정적인 차이는 여기에 있다고 나는 생각한다. 그림 작업은 그림을 그릴 때는 신바람이 나서 즐겁다고 한다)

이 벗어나고 싶다 벗어나고 싶다 하는 마음이 뭐가 됐든 마침 그곳에 있는 것을 덥석 붙잡아 찰흙공예로 만든 개에게 꼬리를 딱 붙이듯 그렇게 결말을 때워버리게 한다. 그런 관계도 있을 것이다.

역시 자연스러운 것이 좋다. 만들어내거나 꾸며내거나 하는 건 기분이 좋지 못하다.

나는 애매미라는 매미를 좋아한다. 그 울음소리에는 각별한 정취가 있다.

쓰쿠쓰쿠 호-시, 쓰쿠쓰쿠 호-시 하고 열 번 정도 운 뒤 거기서 살짝 장단을 바꾸어 쓰쿠쓰쿠 위이-, 위오-스, 위오-스 하고 서너 번 울고 마지막으로 찌-하고 울며 마무리한다. 그 찌-하는 키리는 자연스러우며 또한 천근의 무게감이 있다. 유지매미나 저녁매미의 울음소리와는 비교가 되지 않는다.

쓰쿠쓰쿠 호-시 하고 울기 시작하기 전에도 찌-하고 외치는 듯한, 일종의 전주가 붙는다. 그 전주와 키리의 찌-가 서로 호응하여 훌륭한 효과를 낳는다. 기승전결, 흠잡을 여지가 없다.

소설의 첫머리나 키리에 대해서도 이런 식이 되고 싶다.

애매미 따위 하고 무시하지 말고 마음을 비우고서 그 자연스러움을 배워야 한다.

(1958. 11.「군조群像」)

초롱아귀에 대하여

초롱아귀라는 물고기가 있다. 아귀의 일종이다. 심해 밑바닥 새카만 곳에 산다. 새카만 곳을 헤엄쳐 다니는 관계상 이 물고기는 초롱불을 가지고 있다. 요컨대 머리 끝 쪽에 기다란 채찍 같은 것이 자라있고 그것이 빛을 뿜는 것이다. 암야에 초롱불을 쑥 내미는 듯한 모양새로.

이 물고기의 수컷과 암컷의 관계에 대해 데라오 아라타 박사가 쓴 글을 읽으며 나는 매우 흥미를 느꼈다. 그 글의 요지를 이곳에 적어두려 한다.

이 초롱불을 가지고 있는 것은 이 물고기의 암컷이다. 초롱불은 물론 자신이 헤엄치는 길을 비추기 위해서이기도 하겠지만 동시에 먹이인 작은 동물을 유인하는 수단이 되기도 한다. 수컷은 초롱불이 없다. 크기도 암컷의 십분의 일이다. 아무 특이한 점도 없다. 지극히 평범한 예사 물고기이다. 초롱불을 매단 그 장대한 암컷 물고기의 남편에 해당하는 물고기라곤 도저히 생각되지 않는다.

이 암컷을 상대로 이 작고 평범한 수컷이 어떤 방식으로 남편으로서 위치를 차지하는가 하면 그는 그저 가만히 그 기회를 노리고 있을 뿐이다. 그리고 우연히 암컷이 자신에게 다가오면 그는 암컷의 등이든 머리든 배든 어디든 아랑곳하지 않고 불쑥 입술로 찰싹 달라붙는다. 달라붙으면 그만이다. 무슨 일이 있어도 떨어지지 않는다. 암컷이 헤엄치는 대로 매달려 움직인다. 그리고 여기서 이상한 일이 벌어진다.

달라붙은 암컷 몸의 껍질이 쭉쭉 늘어나기 시작해 그의 입술과 떼려야 뗄 수 없게끔 이어져 버린다. 이렇게 되면 그는 독립된 한 마리 물고기가 아닌 암컷 몸의 일부가 되어버린다. 그리고서 그의 몸속에서 여러 가지 변화가 일어나기 시작한다.

우선 입술이 틀어막혀 음식을 취할 길을 잃은 그의 몸속에서 쓸모가 없어진 소화기관이 점점 사라져 없어진다.

그다음 독립생활을 할 땐 필요했지만 지금 이 상태론 필요하지 않게 된 뭇 기관이 점차 모습을 잃어 간다.

암컷에게 달라붙어 이동하는 이상 눈 따위는 불필요하다. 그래서 눈은 아주 사라져 버린다.

눈이 없으면 어느덧 뇌도 불필요하게 된다. 즉 뇌도 퇴화하여 모습을 감추어버린다.

완전히 암컷 몸의 일부가 된 그는 그 혈관이 암컷의 혈관과 이어져 그를 통해 전부 암컷에게 봉양받으며 결국 그는 암컷 몸에 불규칙적으로 솟아오른 사마귀 같은 형태로까지 전락하고 만다.

사마귀로까지 전락한 이상 그는 자신의 존재 의미를 잃은 것처럼도 보이지만 딱 한 가지 기관을 몸속에 남겨두고 있다. 그것은 정소이다. 정자를 만들기 위해 잔류해 있는 것이다. 암컷이 그 난자를 바닷속에 풀어 낳을 때 거의 정소만 남은 그는 모든 기능을 발휘해 이 층에서 안약을 떨어뜨리듯• 그 정자를 바닷속에 방출한다. 심해이므로 조류의 움직임이 거의 없기 때문에 그 정자는 떠내려가는 일도 없이 암컷의 알에 훌륭히 달라붙게 된다.

이 순간을 생각하면 나는 어쩐지 감동을 금할 수 없다. 어떤 감동인가 하는 건 좀처럼 설명하기 힘들지만.

(1949. 10.「근대문학近代文學」)

• 가망이 거의 없거나 뜻대로 되기 힘듦을 뜻하는 관용표현.

잠버릇

날이 추워지면 이불이 그리워진다. 일단 이불로 들어가면 그곳에서 나오기가 싫어진다. 싫어지기 때문에 늦잠을 자다 눈이 뜨여도 기어 나오지 않는다. 아침밥을 머리맡으로 날라다 주면 누운 채로 혼자 섭취한다. 점심때가 되면 점심도 또 머리맡으로 가져오게 한다. 사정이 허락되면 그대로 저녁까지 누워있지만 대부분 날은 사정이 허락되지 않아 떨떠름히 일어나서 책상 앞에 앉는다. 책상 앞에 앉는다는 것과 일을 한다는 것은 그다지 동의어가 아니다. 책상 앞에 앉아도 코털 따위를 뽑으며 멍하니 앉아있거나 할 수도 있다. 나의 경우 그 상태인 편이 많다. 실제 펜으로 글을 쓰는 시간은 평균적으로 하루 두 시간에 못 미친다.

"아무리 그래도 그렇지 그건 좀 너무 게으른 거 아닐까요?"

어느 날 그런 얘기를 하는데 친구인 화가 아키야마 군이 하늘을 우러러 탄식했다.

"저 같은 사람은 아침을 먹으면서 벌써 좀이 쑤셔서 나 먹자마자 바로 캔버스로 향하거든요. 저녁은 저녁대로 캔버스 앞을 떠나는 게 괴롭고 또 괴로워서."

그림 쪽은 그럴지도 모르겠지만 그렇게 한 뭉텅이로 취급되면 곤란하다. 게다가 이쪽 작업은 펜을 움직이는 시간만이 작업 시간이 아니다. 멍하니 엎드려 누워있어도 이것저것 생각 중일 때가 있다.

하지만 온종일 이불 속에 틀어박혀 있는 상태가 그다지 좋은 상태가 아니라는 것은 나도 인정하다. 곰곰이 생각해보면 이런 상태는 내게 주기적으로 찾아오는 듯하다. 추워서 틀어박혀 있는 것이 아닌 좀 더 다른 이유로, 요컨대 틀어박혀 있을 수밖에 없을 만한 정신상태가 주기적으로 나를 덮쳐오는 듯하다. 어떠한 정신상태인가 하면 정확히 표현하기는 힘들지만 어렴풋이 우울한 기분, 제대로 된 일을 하고 있지 않다는 자책감, 옛 실패가 떠올라 가슴을 쥐어뜯고 싶어지는 기분, 그 외 이런저런 조바심이 쌓여 외출도 하고 싶지 않고 사람도 만나고 싶지 않고 나는 꼼지락꼼지락 이불로 기어들어 도롱이 벌레처럼 미동도 않고 가만히 있는 것이다. 작업 관계상 틀어박혀 있을 수만은 없기 때문에 아슬아슬해지면 기어나와 책상으로 향하지만 이럴 때의 작업은 고통스럽다. 잘도 이런 밥벌이에 몸을 담갔구나 하는 생각이 들어 비참해질 때도 있다.

니시마루 시호 저 『정신의학 입문』이라는 책을 펼쳐 조사해보자 내 증상은 경우울증이라는 것과 제법 비슷하지만 아직 그정도까지는 아닌 듯하니 경경우울증으로라도 불러야 할 것이다.

우리 집에는 작은 현관이 있는데(그야 있겠지. 집이니까) 그 현관 바로 옆 문간방이라 할 위치에 내 서재가 있다. 거기서 부엌으로 이어지고 그 건너편에 거실이 있다. 나는 그 문간방에 이부자리를 펴고서 가만히 누워 자거나 잡지 신문류를 읽거나 눈을 깜빡깜빡거리며 뭔가를 생각 중이거나 그중 무언가를 하고 있다. 생각 거리란 소설에 관한 것도 포함하지만 소설을 떠올리기 위해선 누워있는 것만으론 불가능하다. 무언가 계기가 없으면 소설이라는 것은 형태를 갖추지 않는다. 누워있는 이상 외부로부터 자극이 거의 없으므로 방금 읽었던 신문이나 잡지 등에서 그 계기를 구해야 한다.

오늘도 오전 내내 이부자리에 틀어박혀만 있으면서 무엇을 생각했는가 하면 늙은이 납치라는 것을 한 시간 정도 생각했다. 이삼일 전 읽었던 잡지에 키드냅이라는 이야기가 있었는데 이는 아이를 끌고 가 몸값을 요구하는 것으로 이를 늙은이로 바꿔 넣으면 어떻게 될까. 실제로 일어났다고 친다면 어떻게 살을 붙일까. 그에 대해 이것저것 여러모로 궁리했다. 이어서 다른 잡지에 나왔던 씨 없는 수박 이야기로부터 뼈 없는 물고기라는 것을 이 또한 한 시간 정도 생각했다. 씨 없는 수박이 가능하다면 방법을 통해 뼈 없는 생선도 가능할 것이다. 뼈 없는 정어리 꽁치가 생기면 먹기도 쉽고 버리는 부분이 없어 경제적이기까지 하다. 하지만 뼈가 없이 물고기가 살아갈 수 있을까. 살아가지 못할 건 없으려나. 실제로 문어나 오징어는 뼈 없이도 팔딱팔딱 살아있다.

문어나 오징어와 교배하여 새로운 물고기를 만들어낼 순 없을까. 호랑이와 사자, 말과 당나귀, 이는 제각각 교배에 성공해 라이거, 노새라는 이름의 새로운 종이 만들어졌다. 그렇다면 문어나 오징어의 경우도 아주 비슷한 동료이므로 가능하지 않을 리 없다. (나는 지금 발명가가 나오는 소설을 어느 주간지에 연재 중이기 때문에 생각이 곧장 발명 쪽으로 치닫는다) 수컷 문어, 암컷 오징어를 한 마리씩 같은 수조에 가두어두면 이윽고 발정기가 와서 어떻게든 뒤섞이게 될 것이다. 그리고 자식이 나올 것이다. 하지만 문어는 발이 여덟, 오징어는 열, 그럼 그 자식은 다리 몇 개를 가지는 걸까. 그 중간값을 취해 아홉일까, 아니면 양쪽 부모의 합계인 열여덟일까, 따위를 생각하고 있는데 현관문이 열리는 소리가 들리더니 실례합니다 하는 소리가 들린다. 어떤 놈이야. 잡상인인가. 양복감 장수인가. 신문 권유인가. 짝퉁 학생 아르바이트인가.

나는 꼼지락꼼지락 일어날 준비를 한다. 대체로 그러한 것들은 목소리 느낌을 통해 알 수 있다. 어째서 내가 그에 일어나야 하나. 바로 앞에 써두었듯 내 방은 현관 바로 옆으로 거실은 훨씬 안쪽이고 부엌에는 문이 달려있어 현관 목소리는 거실까지 닿지 않는다. 들리는 건 나뿐인 셈이 된다. 그러한 이유로 일어나야만 하는 것이 부아가 치밀긴 하지만 일어나지 않을 수 없다.

현관에는 서른 일고여덟 정도의 가방을 든 까만 남자가 서 있었다. 얼굴이나 복장 느낌으로 보아 잡상인이 아니라는 것을 알 수 있었다. 나는 다소 실망한 채 물었다.

"누구시죠?"

"XX 생명보험에서 찾아뵙게 되었습니다."

남자는 주뼛주뼛 허리를 굽혔다. 그 태도가 아직 보험 권유 신참임을 얘기해주고 있다.

잡상인이라는 직업을 향해 나는 혐오감을 품고 있지만 그러나 이들을 상대하는 건 좋아한다. 친구와 만나고 이야기를 나누고 하는 것이 꺼려질 때도 나는 잡상인은 상대한다. 어째서인가 하면 친구와는 호의를 품고 만나야 하지만 잡상인과는 적의를 품고 만날 수 있기 때문이다. 호의는 나로선 품기가 너무 버겁지만 적의는 수월히 품을 수 있다. 바로 앞에 쓴 경경우울증 상태일 때 등에 나는 누워서 꾸벅꾸벅 졸며 마음속 어딘가에서 잡상인이 오지 않으려나 남몰래 기다리고 있다.

잡상인에 준하는 악질적인 직업으로 사자탈이라는 게 있다. 아니 이쪽이 더 악질일지도 모른다. 축제 기간도 아닌데 사자탈을 쓰고서 부탁한 적도 없는데 경박하게 춤을 추고서 다소간의 돈을 받는다. 받는다기보다 강요한다.

작년에 내가 부재중일 때 사자춤꾼 한 마리가 방문해 가족이 십 엔을 주자,

"아니 뭐야. 실컷 춤추게 하고선 겨우 십 엔?"

하고 으르렁거려 십 엔을 더 타갔다고 한다. 그 이야기를 들은 뒤로 나는 사자춤꾼에게 돈을 주는 것을 가족에게 엄금했다. 그나마 예술이라면 또 몰라도 사자춤꾼이라는 놈은 사자탈을 경박하게 흔들어댈 뿐 예술도 뭣도 아니다. 십 엔도 과분하다.

그 이후 우리 집에서는 사자춤꾼을 사자춤꾼이라고 부르지 않는다. 공짜춤꾼이라고 부른다. 아무리 춤을 춰도 돈을 내지 않으므로 공짜인 것이다.

이삼일 전에도 그 공짜춤꾼이 우리 집 부엌으로 들어왔다. 모습을 보면 바로 알 수 있어 가족이,

"필요 없어요. 이미 충분하다니까요!" 하고 곧장 부엌문을 닫고 열쇠로 잠가버리자 그 공짜춤꾼은 일단 거리로 나와 이번엔 현관으로 찾아왔다. 현관은 열쇠로 잠겨있지 않았기 때

문에 공짜춤꾼은 좁은 시멘트 바닥 위에서 경박하게 춤을 추기 시작했다.

"또 처왔군."

나는 꼼지락꼼지락 이불에서 기어 나와 춤이 끝나기를 노려 쓱 모습을 드러냈다.

나는 키 다섯 자 일곱 치(약 172.7cm), 외출도 그다지 하지 않는 관계상 다박수염이 덥수룩이 자라있고 인상도 그다지 좋지 않다. 거기에 위협하는 목소리로,

"야 너, 방금 부엌 입구에서 쫓겨나지 않았나?"

"그으."

공짜춤꾼은 멈칫하는 모습이다. 아녀자뿐이라고 생각했는데 이런 인상 험악한 덩치 큰 남자가 나왔으니 다소 가여울 성싶다.

"부엌에서 쫓겨났으면 현관도 마찬가지라는 건 뻔한 거 아닌가."

"그게."

공짜춤꾼은 눈을 끔뻑거렸다.

"이게 똑같은 집인가요?"

"당연하지."

대저택이라면 또 모를까, 스무 평이 안 되는 집의 부엌과 현관 사이는 엎어지면 코 닿을 거리로, 똑같은 집이냐니 가소롭다.

"잘 보면 알 거 아냐. 지붕이 연결되어 있다고."

"그렇습니까. 이거 실례했습니다."

그러더니 공짜춤꾼은 역습에 나섰다.

"댁에선 사자춤이 이미 충분하다고 하던데 어떻게 충분한 겁니까?"

"내가 가끔 춘다."

"아니 어르신이? 사자탈은 가지고 계십니까?"

"사자탈? 그딴 게 필요한가. 털 잠옷으로 충분해."

"털 잠옷을 뒤집어쓰고 사자춤을 추는 겁니까?"

공짜춤꾼은 기막혀하는 목소리를 냈다.

"맨정신으로 하는 건가요?"

"아니. 대개 잔뜩 취해서지. 아니 취해있든 맨정신이든 쓸데없는 참견이야."

그리고서 다시 나는 목소리에 으름장을 놓았다.

"또 찾아오면 어떻게 할까. 전화로 백십 번• 이라는 게 있다고."

공짜춤꾼은 어지간히 분한 듯 잠시 이를 가는 듯했지만 칫 하고 혀를 한 번 차더니 문을 활짝 열어 둔 채 어디론가 떠나버렸다. 건너편이 분해하는 것에 비례하여 이쪽은 기분이 상쾌해져 다시 이부자리로 돌아온다.

• 경찰기관 긴급통보용으로 정해져 있는 번호.

잡상인이나 사자춤꾼은 이런 식으로 기분전환을 기대하게 하지만 보험 권유는 그렇지 못하다. 그렇다고 해서 응대하려해도 일일이 응대할 수는 없다. 잡상인이나 사자춤꾼은 십 엔에서 끽해야 백 엔가량으로 해결할 수 있지만 보험에 응하게 되면 막대한 대금이 필요하다.

"생명보험은 충분해서요."

상대가 잡상인이 아니므로 나의 응답도 자연히 정중해진다.

"모처럼 오셨지만 사양하겠습니다."

"어디로 들고 계신 겁니까?"

아무리 신참이라 해도 그렇게 순순히는 절대 돌아가지 않는다.

"아뇨. 어디에도."

"그, 그럼 안 됩니다."

권유 씨는 한 발짝 내디디듯 군다.

"어떤 이유로 가입하지 않으신 겁니까. 싫으신 건가요?"

"아뇨. 좋고 싫고는 관계없습니다. 저는 장수할 테니까……"

"아무리 장수한다 해도 언젠가는 돌아가실 거잖아요. 뒤에 남겨질 사모님이나 자제분들……"

"아뇨. 장수도 하겠지만 제가 죽으면 이 세상도 사라지니까요."

"네? 무슨 말씀이시죠? 다시 한 번."

나는 한 번 더 반복한다. 권유 씨는 깜짝 놀란 얼굴로 반문한다.

"어째서 이 세상도 사라지는 거죠?"

"그야 제가 실감하지 못하니까요. 제가 없는 이 세상 따위 저로선 도저히 상상도 할 수 없으니. 상상 불가능하면 그건 없는 거죠."

이는 거짓말이 아니다. 나의 실감이란 참으로 간당간당하기 때문이다. 상상력이 결여되었다고 비웃어도 아무 소용없다. 그러자 상대는 내가 놀리고 있는 걸지, 정신병자• (조금은 정신병자이다. 인간은 전부!)인 걸지 하는 눈빛으로 나를 바라본다.

반년 정도 전 어느 날 맑게 갠 오후, 나는 근처 주택가를 걷고 있었다. 내 앞을 열 명 정도의 남녀가 한 무리를 이루어 걷고 있었다.

그 그룹에 일종의 묘한 분위기가 맴돌고 있음을 나는 알아차렸다.

• 원문은 気違い로 1970년대부터 비하하는 뉘앙스로 인해 사용을 지양함. 현재는 함부로 쓰면 안 되는 모욕적 표현 중 하나.

딱 한 명 활기차고 기운이 넘치는 남자가 있다. 다른 남녀는 뭔가 주뼛주뼛하며 죄인처럼 걷고 있다. 하지만 죄인일 리가 없다. 외양 등으로 알 수 있다.

기운 넘치는 남자는 선두에 서서 오른쪽을 바라보고 왼쪽을 바라보며 시원시원 걷는다. 이윽고 적당한 집 앞에 멈춰 서서 뒤를 향해 주뼛주뼛하는 남녀 중 한 사람을 부른다.

"거깃!"

기운이 넘치는 남자가 집 쪽으로 그 녀석의 등을 힘껏 민다.

"힘내랏!"

등을 밀린 이는 살짝 비틀거리더니 그대로 휘청휘청 그 집 문으로 빨려 들어간다.

기운 넘치는 남자는 다시 걷기 시작한다. 또 다른 집 앞에 멈춰 다른 이를 불러세운다.

"거깃!"

힘껏 등을 밀며 격려한다.

"힘내는 거야!"

나는 살짝 빠른 걸음으로 기운 넘치는 남자 근처로 가서 살펴보았다.

이 남자 혼자 완장을 차고 있다. 그 완장에는 '○○보험'이라는 글자가 적혀있다. 나는 곧바로 일의 순서를 간파했다. 즉 이는 ○○보험 신입 권유원 훈련이었던 셈이다.

'괴롭겠군.'

하고 그때 나는 생각했다. 하지만 등을 떠밀린 자도 괴롭겠지만 보는 나도 괴로웠다. 지금 생각해도 괴로운 기분이 밀려온다.

아무튼 나는 잠버릇(일어나지 않고 누워서 자기만 하는 버릇이다)•을 서둘러 고쳐야 한다. 지금처럼이면 답이 안 나온다.

(1958. 1.「올요미모노オール讀物」)

• 일본어에서 '자다'와 '눕다' 모두 같은 寢 글자를 씀.

안경 이야기

타인과 싸울 때 만약 그자가 안경을 쓴 상태라면 우선 그놈의 안경을 쳐서 떨어뜨려라. 중학생 시절 나는 선배에게 그렇게 배웠다. 안경을 쳐서 떨어뜨리면 그놈은 동작에 자신감을 잃고 실력이 절반 정도로 떨어져 버린다. 그렇게 되면 싸우지 않고도 이길 수 있게 된다.

그즈음 나는 안경을 쓰지 않았기 때문에 그러려니 하는 생각이 들었을 뿐이었지만 훗날 안경을 쓰게 되고서 어느 정도 그 선배의 말에 수긍하게 되었다. 안경을 잃어버리면 동작에 다소 자신감이 사라지는 건 사실이고 혹 누가 쳐서 떨어뜨리면 떨어진 안경 쪽이 신경 쓰여 싸움을 할 수 없는 처지가 될 것이다. 짓밟히기라도 한다면 큰일이다. 안경 등은 그렇게 싼 물건이 아니다.

하지만 이는 쳐서 떨어뜨린 경우이고 스스로 벗어 주머니에 집어넣은 경우는 별개이다. 싸움 실력이 그렇게까지 저하되진 않는다.

그래서 나는 주위 사정이 험악해지면 곧장 안경을 벗어 집어넣곤 한다. 그로 인해 동작이 어느 정도 둔해지긴 하지만 맞고 떨어뜨려 휘청휘청하는 것보다야 낫다.

싸움이 아니라 자신의 부주의로 안경을 망가뜨리거나 하는 경우, 그 후 새로 마련하기 전까지의 기간이 대단히 우울하다. 무엇보다 지금껏 또렷하게 보이던 현실이 갑자기 흐릿하게 분열하거나 하기 때문이다. 다음 안경이 생길 때까지 수 시간, 혹은 수일이라는 기간은 생리적으로 불쾌해 공적으로도 일이 제대로 손에 잡히지 않는다.

나는 타고나길 비교적 조심성이 많은 성격이지만 최근에는 자주 안경을 망가뜨리게 되었다. 옛날에는 그런 적이 없었다. 학창 시절 등에도 거의 망가뜨린 적이 없어 한 안경을 수 년 동안 쓰고 있었다.

그런데 어째서 최근 그렇게 되었는가 하면 아무래도 경제적인 문제가 내 심리에 영향을 끼치는 듯하다. 즉 학창 시절에는 안경을 망가뜨리면 곧바로 빈약한 학비에 중대한 영향이 생긴다. 그래서 안경을 소중히 여길 수밖에 없다. 그런데 지금의 나에게 안경은 학창 시절만큼 귀중품은 아니기에, 요컨대 목숨 다음 세 번째나 네 번째 것일 뿐만 아니라 열 몇 번째 혹은 수십 번째이기 때문에 그만 취급이 소홀해진 것이리

라. 이렇듯 물건을 망가뜨리는 방식에 대해 생각해보아도 배후에는 분명 경제적 근거가 있다.

가령 전시 중을 떠올려보면 바로 알 수 있다. 사람들은 물건을 소중히 여기며 좀처럼 망가뜨리지 않았다. 만일 망가뜨리거나 해도 궁리하여 수리에 수리를 거듭해 사용했다. 하지만 이는 수선이 가능한 물건에 한하는 것으로 안경 등은 그 성질상 한 번 부서뜨리면 더 이상 수리할 여지가 없다.

그런 귀중한 안경을, 전쟁도 말기 중의 말기, 앞으로 한 달이면 끝나게 되는 쇼와 20년(1945년) 7월 모일, 나는 불행히도 부서뜨리고 말았다. 부서뜨린 장소는 가고시마 촌구석으로 근방 마을로 나가도 안경점 따위는 없다. 있다 해도 물품 부족으로 개업 휴점 상태이다. 그런 불행한 상황 중 나는 딱 하나밖에 없는 애용하던 안경을 망가뜨리고 만 것이었다. 당시 나는 해군 응소병이었다.

해군에 소집된 뒤 처음으로 알게 되었는데 수병복이라는 것과 안경은 절대 서로 어울리지 않는다.

수병복에는 그 자체적으로 어느 정도 나이 제한이 있다. 수병복이 어울리는 건 기껏해야 스물둘 셋 가량으로 그 이상 연령은 무리이다. 가령 그 용맹한 스나다 장관•에게 수병복을

• 砂田重政: 방위성 장관이었던 스나다 시게마사.

착용시켜보면 알 수 있다. 아무리 용맹하다 해도 어울릴 리 없다.

안경이 수병복과 어울리지 않는 것도 그러한 것과 조금은 관계가 있을 것이다.

수병복이 안경을 쓰고 있다는 이유만으로 나는 나이 어린 병장 등에게 부당하게 괴롭힘을 당했던 경험이 있다. 약식복을 입고 있을 땐 그렇지 않은데 수병복(제1종 군장이라고 함)을 착용하면 괴롭힘을 당하는 정도가 심하다. 그들로서는 수병복의 가치가 떨어지는 것처럼 느껴졌을 것이다. 그런 그들의 기분을 지금으로선 이해하지 못하는 것도 아니다.

그래서 나는 수병복 차림으로 외출하여 거리의 쇼윈도우 따위에 비친 내 모습을 자기혐오감 없이 바라볼 수 없었다. 이런 수병을 만든 것만으로도 제국 해군의 말로가 이미 드러나고 있었던 셈이나 다름없다.

하지만 안경을 파손했던 20년 7월에는 수병복을 더 이상 착용하고 있지 않았다. 그런 옷은 이미 반납하고 방서복이라는 가벼운 차림을 하고 있었다. 그 방서복 차림으로 알코올성 음료를 과음하고 만취하여 벼랑에서 미끄러져 떨어져 그렇게 안경을 부서뜨렸다.

어째서 그런 걸 과음했던 건가? 다소 악에 받쳤기 때문이다. 어째서 악에 받쳤던 건가? 전근 명령이 떨어졌기 때문이다. 어째서 전근 명령이 떨어져 악에 받쳤던 건가? 그곳 배치가 정말 괜찮았기 때문이다.

통신자동차라는 명칭이었나, 일단 장갑화가 되어있는 대형차로 지붕에 안테나를 세우고 있다. 내부에는 무선기계와 암호서가 든 금고 등이 있고, 타는 인원은 운전수 외 전신원이 둘, 암호원이 하나라는 식이었다. 그 암호원이라는 것이 나다. 나는 가고시마 근교 다니야마 기지에서 K기지로 파견되어 그 K기지에서 자원하여 통신차 암호원이 되었다. 통신차 임무는 이곳저곳 이동하며 각 기지와의 연락 통신을 담당하는 것이다. 우리 통신차는 우선 K기지를 출발해 헉헉대며 산길을 수 시간 달려 보노쓰를 눈 아래로 내려다보는 고개에 다다랐다. 곧바로 전신원은 전건(電鍵)을 달그락달그락 두들겨 K기지에 방금 안착 보고를 했다. 물론 암호문으로다. 그를 위해 내가 동승해 있다. 전문(電文)은 바로 연결되었다.

거기까진 좋았지만 첫 보고를 보낸 순간 무선기 상태가 안 좋아진 듯 아무리 전신원이 불러도 K기지가 나오지 않게 되었다. 통신차라 해도 아직 시험 작동 정도였던 듯, 성능이 아주 좋지 못했다. 통신이 불가능하면 통신차 임무는 완수할 수 없다. 그럼에도 전신원은 K기지를 불러내야 한다며 이리저리 고심하는 듯했지만 아무리 하여도 응답이 없으므로 호출 시간은 아침저녁 두 번으로 정해 나머지 시간은 공공연하게 농땡이를 피웠다. 전신이 그런 상태라 따라서 나의 업무, 암호제작 암호번역에도 힘을 떨칠 길이 없어 개점휴업 상태가 된다. 지령이 없어서 (있다 해도 캐치할 수 없어서) 차는 고개에 눌러앉은 채 움직이지 않는다. 그래서 운전수도 힘을 떨칠 길이 없다. 운전수는 마흔 연배의 응소병장이었는데 이게 웬 떡이냐 하고 낚싯대를 만들어 매일 고개를 내려가 낚시하러 가버린다. 보노쓰라는 곳은 실로 아름다운 항구로 물고기도 비교적 잘 잡혔다.

이리하여 이곳이 아침부터 저녁까지 아무것도 할 게 없고, 아무것도 하지 않아도 된다는 절호의 배치가 된 셈이다. 그때껏 일 년여간 응소 이래 아침부터 저녁까지 혼나고 두들겨 맞고 뒤쫓기던 결과 마침내 이렇듯 고요한 태풍의 눈 같은 생활이 내 앞에 뺑 등장하였던 것이다. 이렇게나 하루하루가 귀중히 여겨졌던 건 내 생애를 통틀어 그다지 없을 것이다.

이 통신차를 절호의 배치라고 언급했지만 그것이 아주 한가하다는 이유 때문만은 아니었다. 달리도 있었다. 무엇보다 그즈음엔 미군 상륙 시기가 다가오고 있었고 상륙지점도 미야자키 해안이나 사쓰마반도의 후키아게하마로 예정되어 있었다. 만약 후키아게하마에 상륙하면 어떻게 될까. K기지 같은 곳은 바로 정면이라 잠시도 버틸 수 없을 것이다. 동굴 진지에 들어간 채로 전멸할 게 분명하다. K기지 소속인 나도 함께.

그런데 이렇게 통신차 소속이 되면 만일 적이 상륙할 경우 그 기동력을 통해 재빨리 안전기지로 도망칠 수 있다. 통신차란 전투에 종사하는 것이 아닌 통신이 주 임무이다. 안전지대로 대피하는 건 비겁한 것도 뭣도 아닌 당연한 조치이다. 그러한 의미에서도 절호의 배치였다. 이는 내가 내심 몰래 하던 생각이 아니라 가령 운전수 병장 등도,

"적이 상륙해 오면 온 힘을 다해 도망칠 거야. 절대 너희가 개죽음을 당하게 두지 않을 거야."

늘 그렇게 말했을 정도이다.

하지만 이제 와서 생각해보면 만일 적이 상륙하면 통신차는 대형이고 비척비척 그다지 속력도 내지 못해 전투기 따위의 좋은 먹잇감이 되어 전원 장렬하게 전사하는 꼴이 되었을 게 틀림없다.

그러한 상황의 나날이 일주일이나 이어지던 어느 날 저녁, 통신원이 달그락달그락 연락을 하고 있는데 불쑥 K기지가 튀어나왔다. 그리고 건너편에서 즉시 암호전보를 보내왔다. 암호는 "勇"이다. "勇"이란 인사 관계에 사용되는 암호이다. 즉시 "勇" 암호서를 펼쳐 번역에 착수하다 나는 깜짝 놀랐다. 맨 처음 내 이름이 나왔기 때문이다.

"……전근 시급 다니야마 본부로 귀환할 것."

나는 화들짝 놀라 암호서를 떨어뜨렸다. 절호의 배치라는 꿈도 겨우 일주일 만에 무너져버린 셈이다.

이에 운전수 병장 이하가 안타까워하며 그날 밤 나를 위해

송별회를 열어주었다. 장소는 고개 옆 초원, 생선은 병장이 낚아온 잡어, 음료는 알코올을 물에 섞은 것. 고개 근처 소나무 숲속 해군 항공용 1호 알코올이 드럼통으로 백 개씩 데굴데굴 굴러다니고 있다. 그곳에서 가져오는 것이라 알코올은 무진장(無盡藏)이라 해도 좋을 정도다. 마시는 법은 우선 식기에 1호 알코올을 넣어 성냥으로 불을 붙인다. 활활 태운다. 적당한 지점에서 불을 끄고 물을 섞는다. 불을 붙이는 건 독성은 웃물로 떠오른다는 병장의 설로 그 설을 신뢰하고 우리는 엄청 마셨다. 1호 알코올이 메틸인지 어쩐지 지금도 나는 알지 못하지만 술기운이 도는 방식이 그다지 바람직하지 못했던 건 사실이다. 잔치가 끝나고 통신차로 돌아오는 도중 방뇨를 하려고 벼랑 끝에 섰던 것까진 떠오르지만 그다음 정신이 들었을 때 나는 벼랑 밑에 쓰러져 있었다. 깜깜해서 아무것도 알 수 없다. 안경도 날아가 있다. 찾을 수도 없다. 손으로 더듬어 벼랑을 기어오르는데 오른쪽 눈꺼풀이 아팠다. 베어서 피가 나오는 듯, 미끌미끌거린다. 병장 이하는 나를 내버려 두고 먼저 가버렸다. 이는 그들이 인정머리가 없는 탓이 아니라 돌아볼 여유가 없을 정도로 그들도 취해있었기 때문이다.

안경은 다음날 벼랑 밑을 뒤져 발견했다. 테는 원형을 유지하고 있고 왼쪽 알도 멀쩡했지만 오른쪽 알은 엉망진창으로 부서져 흩어져 있었다. 그 파편 중 하나가 내 오른쪽 눈꺼풀을 상하게 했던 듯하다.

안경이란 오른쪽 왼쪽 모두 도수가 맞아야만 역할을 다하는 법인데 한쪽만 맞고 다른 한쪽은 뻥 뚫려있다는 건 실로 골치 아픈 일이다. 아예 쓰지 않는 편이 나으리라. 나는 절망했다. 이런 시기에 안경을 망가뜨리면 다른 것을 손에 넣을 수 있을지 없을지 가늠하기 어렵다. 만약 구하지 못하면 나는 안경 없이 군 복무를 해야 한다. 안경을 쓰고 있어도 동작 둔중, 얼빠진 짓이나 해대던 내가 안경이 없어지면 어떻게 될까.

하지만 원통해도 다른 수가 없다.

오른쪽 눈꺼풀에 간단한 치료를 하고 나는 병장과 나머지에게 이별을 고하고서 고개를 내려왔다. 안경은 쓰지 않고 주머니에 넣은 상태였다. 도보로 마쿠라자키로 나와 기차에 올라타 도중에 작은 마을에 내렸다. 그 작은 마을에서 나는 안경을 쓰고 있지 않았기 때문에 무심코 길모퉁이에 서 있는 세 명의 해군 사관을 향해 경례를 소홀히 하였다. 저녁이었고 잘 보이지 않았던 것이었다.

"이봐. 너!"

지나치려 하는 나를 그중 한 사람이 험악한 목소리로 불러 세웠다.

"너, 건방지게 결례를 할 생각인가!"

나는 깜짝 놀라 그 자리에 멈춰서 황급히 거수경례를 했다. 보자 세 사람 모두 소위로 하나는 턱이 각져있고, 하나는 마빡이 튀어나오고, 또 하나는 수세미처럼 얼굴이 길쭉했다. 나를 불러세웠던 건 그 수세미이다. 나는 경례하는 자세 그대로 안경이 부서져 보이지 않았다고 변명했다. 그러자 수세미가 호통쳤다.

"변명하지 마라. 이리로 와!"

나는 입을 다물고 수세미 앞으로 나아갔다. 그때 마빡이 옆에서 끼어들었다.

"그럼 그 부서졌다는 안경을 꺼내봐."

나는 주머니에서 안경을 꺼내 마빡에게 건넸다. 수세미가 말했다.

"다리 벌려. 살짝 수정해주지!"

나는 다리를 벌린 채 버티고 섰다. 수세미의 오른쪽 주먹이 내 뺨으로 날아들었다. 나는 휘청였다. 그러자 또 다른 주먹이 왼쪽에서 날아왔다.

응소 이래 어지간히 맞아 왔지만 길거리에서 맞은 건 이것이 처음이다. 마을 사람들이 멈춰 서서 내가 맞는 것을 지켜본다. 세 사람 모두 나보다 대여섯 살 아래로 물론 학도 출진• 으로 나온 예비 사관들이다. 모두가 보는 앞에서 때리는

• 2차대전 중 부족한 병력을 보충하기 위해 당시 구제 고등학교, 대학교 등 고등교육기관에 재적 중인 19세 이상 문과계 학생을 징병하여 출정시킴. 학도 동원이라고도 함.

입장에 서는 것이 특기인 듯 수세미는 기세가 올라 즐겁다는 듯 오른쪽 왼쪽으로 나를 두들겨 팼다. 이 새끼가! 하는 생각이 들었지만 반항할 순 없다. 입술 안쪽이 터진 듯 구강 안이 흥건해져 갔다. 시야가 어질어질해진다.

"이봐. 그만 적당히 해."

그때까지 말없이 보고 있던 턱이 발언했다. 수세미는 패는 것을 멈췄다. 휘청이는 다리로 힘껏 버티며 나는 다시 부동자세를 취했다. 마빡이 안경을 내던지듯 돌려줬다.

"한쪽엔 알이 멀쩡히 박혀있잖아!" 마빡이 나를 노려보았다. "한쪽만이라도 멀쩡하면 써서 보이지 않을 리 없지. 써!"

나는 비참한 기분으로 안경을 썼다. 보자 세 사람 모두 안경을 쓰고 있지 않다. 안경을 사용하지 않는 사람에게 한쪽 알이 없는 안경의 극렬한 위화감을 설명해도 알아듣지 못할 게 분명하다. 안경을 쓴 순간 마을 풍경은 농담(濃淡)이 이중으로 겹쳐 흔들흔들 일그러졌다. 마빡이 말했다.

"너 어디까지 가지?"

"다니야마까집니다."

"마침 딱 잘 됐잖아." 마빡이 두 사람을 돌아보았다. "이 녀석한테 트럭을 찾게 하지 않겠나?"

"그편이 빠르겠네." 수세미가 답하더니 다시 나를 돌아보았다. "지금부터 십오 분 이내에 트럭 한 대를 찾아내 여기까지 끌고 와라. 가고시마 방면행 트럭이다. 알겠나. 도망치면

용서하지 않는다. 뛰어!"

나는 양손을 옆구리에 붙이고 달려나갔다. 한쪽 알이 빠진 안경 탓에 대지가 요동쳐 달리는 것이 괴롭기 짝이 없다. 하지만 그것보다 학교[•]를 갓 나온 예비 사관에게, 그것도 길 한복판에서 얻어맞았다는 쪽이 부글부글 분했다. 열일곱 여덟 어린애 같은 병장이나 상등수병에게 맞는 것보다 이쪽이 훨씬 화가 치밀었다. 묘한 심리지만 나도 학교 출신이고 게다가 억지로 해군에 끌려왔다는 데서 그러한 마음이 작동했던 것이리라.

역 앞 거리를 빨빨거리며 뛰어다니다 이주인 방면으로 가는 군용트럭을 겨우 발견해 운전수에게 누차 절하며 세 사관이 있는 곳까지 가달라 했다. 세 사관은 여전히 같은 장소에 우두커니 서 있었고 그중 하나인 턱이 다리를 묶은 생닭을 손에 들고 있었다. 내가 트럭을 찾으러 간 사이 어디선가 마련해왔던 듯하다.

셋은 따로 운전수에게 인사도 하지 않고 엉금엉금 트럭대로 기어올랐다. 운전수는 하사관이다. 트럭 위에서 마빡이 나에게 명령했다.

"뭐해. 빨리 타. 너도 다니야마 방면으로 가지?"

• 이 글에서 학교, 학생이란 당시 고등교육기관인 고등학교, 대학교 출신의 인텔리층을 말함.

트럭은 고목재를 실어 담고 있었다. 세 사람은 트럭대 앞부분, 운전대 덮개에 기대앉았다. 나는 셋으로부터 가능한 한 떨어져 트럭대 가장 끝부분에 걸터앉아있었다. 턱이 내게 명령했다.

"이봐. 이 닭을 맡길 테니까 소중히 안고 있어. 안지 않으면 도망칠 테니까."

나는 닭을 받았다. 셋 중에선 턱이 가장 배려심 있는 성격인 듯했다. 배려심이라기보다 무관심이라는 쪽에 가깝다. 말투도 이상하도록 될 대로 되라는 식이었다. 닭은 다리가 가지런히 묶여 공포로 빵빵하게 부풀어 올라 있었다. 날아 도망갈 만큼의 기력은 없어 보였지만 나는 명령대로 끌어안았다. 안긴 닭은 눈을 반쯤 뜬 채 내 무릎에 묽은 빛깔의 질척거리는 똥을 쌌다. 맨 무릎에 그것이 쩍 달라붙었다.

트럭은 격렬하게 흔들리며 울퉁불퉁한 시골길을 앞으로 앞으로 나아갔다. 내가 앉은 곳은 맨 끝 후미라서 특히 더 흔들렸다. 재목 모서리가 엉덩이를 쿡쿡 찔러온다. 강한 바람이 머리와 손에 부딪혀 그 점에선 쾌적했지만 흔들려대는 것은 괴로웠다. 괴롭기로 치자면 반쪽짜리 안경도 그러했다. 흔들리는 데다 좌우 눈이 서로 맞지 않아 온 시야가 이중으로 요동치며 매섭게 마찰한다. 이래서야 도저히 버틸 수 없다. 이대로 다니야마로 직행한다 해도 다니야마에는 안경점이 없다. 가고시마시에는 있겠지만 엄청나게 폭격당했다고 하니 남아있을지 어쩔지. 게다가 다니야마에서 가고시마시로 외출할 기회가 있을지 어쩔지도 의심스럽다.

나는 점점 화가 나고 또 비참한 기분이 들었다. 나는 오른쪽 눈을 감고 장기적으로 윙크를 한 채 슥슥 옮겨가는 풍경을 바라보았다. 세 사람과는 다른 방향을 향한 채로이다. 고개를 돌릴 엄두도 나지 않는다. 무관심이 가장 고맙다니 도대체 어떻게 된 일일까. 아군끼리 그런 인간관계가 되어도 괜찮은 걸까.

이윽고 날이 저물기 시작했다. 주위가 어슴푸레해졌다. 나는 셋의 용태를 살피며 안경을 벗어 주머니에 넣었다. 이제 괜찮겠지. 셋은 운전대 덮개에 기대 뭔가 큰 소리로 이야기를 나누고 있다. 수세미의 새된 목소리가 가장 잘 울려 퍼진다. 세 사람 모두 전투부대 관계자가 아닌 회계과인지 뭔지의 사관인듯하다. 위스키를 돌려 마시는 모양이다. 휴대용 양식을 펼쳐 그것을 술안주 삼아 위스키를 벌컥벌컥 마셔대고 있다. 나는 아침밖에 먹지 못했을 뿐이라 그 기척을 느끼는 것만으로 뱃속이 울려댄다. 트럭에 타는 것은 굉장히 고된 노동이라 눈 깜짝할 새 뱃속이 텅 비어버리기 마련이다. 이를 얼버무리기 위해 나는 바람을 맞으며 연신 휘파람을 불었다. 떠오르는 노래를 연달아 휘파람으로 맞춰 부른다. 하지만 트럭 위에서 부는 휘파람은 곧장 뿔뿔이 흩어져 뭐라 이르기 힘든 비참한 기분이 든다.

한밤중 열한 시 가까이가 되어 트럭이 정차했다. 어두운 시골길이다. 이주인까지는 아직도 먼 듯하다. 운전대에서 하사관이 엉금엉금 기어 나왔다. 회중전등 불빛이 지면에 흔들린다.

"예에. 고장인 것 같습니다."

턱의 질문에 하사관이 답한다. 익숙해 보이는 느긋한 목소리다. 세 사람은 바스락바스락 뭔가를 의논한다. 여기서 밤을 새울지 어쩔지 하는 이야기다. 닭은 잠들어 버린 건지 아니면 기절한 건지 내 무릎 위에서 미동도 하지 않는다.

"휘파람 멈춰!" 갑자기 짜증으로 가득 찬 마빡의 목소리가 나에게 날아왔다. 나는 휘파람 부는 것을 멈춘다.

"너 잠깐 내려서 이 근처 숙소가 있는지 어쩐지 찾아보고 와!"

닭을 재목 위에 자빠트린 채 나는 트럭에서 뛰어내렸다. 하사관이 나를 불러세워 한 정(약 109m)정도 가면 작은 마을이 있다고 알려주었다. 정말 그쪽으로 불빛이 가물가물거린다. 안경을 통해서가 아니라서 불빛 색깔이 쩍쩍 번지고 있다.

"닭은 재목 위에 얹어두었습니다." 나는 걸어나가며 차 위에 보고했다. "상당히 약해진 것 같으니 도망치진 않을 겁니다."

만성적 비타민 A인지 뭔지 부족으로 나는 남들보다 밤눈이 어둡다. 밤눈이 어둡다는 이유로 나는 병사로서 굉장히 고생을 했다. 게다가 그날 밤은 안경도 없을 뿐더러 달이 뜨지 않고 별빛만 비칠 뿐이라 그 작은 마을까지 왕복하는 데도 상당한 시간이 걸렸다. 시간이 걸렸다는 것만으로 세 사람, 특히 수세미는 극도로 짜증이 난듯하다. 어두운 트럭대 위에서 격한 목소리가 떨어졌다. 그것은 더 이상 이쪽을 인간이라고 생각하지 않는, 분명 인간 이하로밖에 생각하지 않는 노골적인 목소리였다.

"뭐라고오. 허탕쳤다고오?" 수세미의 금속성 목소리였다. "도대체 어딜 싸돌아다녔던 거야!"

일 년 전인지 이 년 전인지 알 수 없지만 이 자식은 무슨 낯을 하고 학생으로서 학교에 다녔을까. 나는 부글부글 끓어오르는 것을 억누르며 전 여관방이 하나 있지만 현재 폐업해 이불이고 뭐고 아무것도 없다는 것, 그보다도 여관으로서 여분 식량을 가진 게 없다는 것을 설명했다. 앞문을 쿵쿵 두들기자 바깥으로 나온 건 쉰 전후의 선량해 보이는 아주머니로 그 말에 거짓은 없어 보였다. 털썩 땅바닥으로 뛰어내렸다. 수세미다. 이어서 마빡, 마지막으로 살짝 간격을 두고 닭을 안은 턱이 털썩 내려왔다. 마빡의 손이 내 어깨를 툭 쳤다.

"너, 또 안경을 벗지 마라!"

나는 황급히 주머니에서 꺼내 안경을 썼다. 이번엔 수세미가 내 등을 쿡쿡 찔렀다.

"어디 숙소냐. 안내해!"

너도 오지 않을 텐가 하고 턱이 하사관에게 권유했다. 하사관이 답한다.

"아뇨, 저는 운전대에서 자겠구려."

나는 쿡쿡 찔리며 걸어나가기 시작했다. 지난밤 안경을 망가뜨렸을 뿐인데 벌써 오늘만 해도 이것저것 괴로운 꼴을 당했다. 행선지를 떠올리면 눈앞이 새카맣게 변하는 듯한 기분이 든다. 배도 극도로 고픈 상태로 내 발소리엔 힘이 없다. 세 사람은 위스키가 들어갔기 때문에 기운이 넘치고 몹시 난폭하다. 그러한 대비가 내 기분을 더더욱 우울하게 만들었다.

다시 전 여관에 도착해 앞문을 쿵쿵 두들겼다. 잠옷 차림으로 허둥지둥 나온 아주머니에게 먼저 고래고래 소리를 친 것은 수세미이다. 우리는 국가를 위해 몸 버려 일하고 있다, 후방에서 너희들이 안심하고 살 수 있는 건 우리 덕분이 아닌가. 그런 우리의 숙박을 사절하는 게 웬 말이냐!

수세미는 까랑까랑한 목소리로 그렇게 고래고래 소리치며 아주머니를 밀치듯 현관 문턱에 발을 들이며 구두를 벗었다. 아주머니는 이미 부들부들 떨며 새파랗게 질려있다. 수세미는 구두를 다 벗은 뒤 안으로 들어갔다. 일고여덟 살 난 아이 둘이 이불 속에 잠들어있다. 수세미는 그를 한달음에 뛰어

넘어 안쪽으로 들어갔다. 똑같이 현관 문턱에서 구두를 벗고 있던 턱이 무슨 벌레라도 보는 듯한 눈빛으로 나를 보며,

"넌 어쩔 거지? 죽고 싶으면 죽어도 된다."

아무 감정도 실리지 않은 목소리로 그렇게 말했다.

다행히 그로부터 한 달이 채 안 되어 전쟁이 끝나고 복원되어 겨우 안경알을 넣을 수 있었지만 그 한 달이 채 안 되는 기간 중에도 나는 시력을 빼앗겨 무수한 얼빠진 짓을 저질렀다. 전투가 그로부터 일 년 이 년씩 이어졌다면 어떻게 되었을까 싶다.

학도병에 대해서도 전후 이런저런 담의가 오가며 엄청난 희생자처럼 받아들여지고 있지만, 물론 희생자임은 틀림없지만 그러한 환경에 휩쓸려 인간으로서 가장 악질적인 부분을 드러냈던 자들도 상당했을 것으로 생각한다. 나의 체험을 통해서도 확언할 수 있다. 지금 돌이켜보아도 가령 농촌 출신 병사가 가진 에고이즘보다 인텔리의 에고이즘, 아니 인텔리라기보다 학교를 나와 학교 교육을 받았던 자의 에고이즘, 권위에 기대는 방식이나 이용하는 방법, 그쪽이 훨씬 추잡하고 비열한 느낌이 든다. 나도 학교를 나왔기 때문에 더더욱 거북하게 느껴지는 걸지도 모른다.

(1955. 12.「문예춘추文芸春秋」)

고양이와 개미와 개

어쩐지 최근 몸이 나른하다. 이렇다 할 이유 없이 나른하다. 몸 마디마디가 쑤시곤 한다. 몸뿐만 아니라 기분도 갑갑하다. 계절 탓일지도 모르겠다. 작업 때문에 책상 앞에 앉으려 하면 무릎이나 꼬리뼈 근처 신경이 갑자기 따끔따끔 쑤시기 시작한다. 그래서 어쩔 수 없이 책상에서 물러나면 아픔은 사라진다. 그런 이상한 신경 장애가 있다. 작업을 하지 말라는 걸까.

제롬 K 제롬의 「보트 위의 세 남자」라는 소설이 있다. 거기서 주인공이 어느 날 의학서인지 뭔지를 읽는데 온갖 병이 자신에게 달라붙어 있음을 발견하는 대목이 있다. 나의 경우에도 신문 잡지 등에서 제약 광고를 볼 때마다 그중 태반이 나의 증상과 딱 맞아떨어짐을 발견하고 흠칫 놀라곤 한다. 마치 무수한 제약회사가 내가 약을 사기를 학수고대하고 있는 듯하다.

그렇다고 온갖 제약을 사들일 재력은 나에게 없고, 그래서 일체의 광고에 눈을 감아버리기로 하고 위가 아프면 웅담, 장이 안 좋으면 이질풀, 그런 식으로 모조리 한방약에 의존하고 있지만 한방약은 효능이 완만한 탓인지 아직 확실하게 효과는 나타나지 않는 것 같다. 하지만 나는 이 한방약 냄새가 최근 좋아지고 있다. 그 냄새는 나를 차분히 가라앉게 하고 또 심정을 고풍스럽게 만든다. 사소설이라도 쓰고 싶군 하는 기분을 자아낸다. 지금 쓰고 있는 이 글도 한방약 냄새의 영향이 다분한 듯하다.

그러던 어느 날 나이 어린 친구 아키야마 화백이 찾아왔다. 그리고 내 얼굴을 보더니 불쑥 말했다.

"안색이 너무 안 좋은 거 아닙니까?"

"응. 어쩐지 몸이 나른해."

그래서 나는 나의 증상을 자세히 설명했다. 그 사이 아키야마 군은 말없이 뚫어져라 내 얼굴을 관찰하고 있었다.

"한방약 같은 건 완전히 사기예요!" 내가 설명을 마치자 아키야마 군은 단호하게 선언했다. "최근에 비 맞은 적 있죠."

"흠. 그러고 보니 한 달 전쯤에 신주쿠에서 별안간 비가 와서 물에 빠진 생쥐 꼴이 된 적이 있지."

"그쵸? 역시 그럴 줄 알았어." 아키야마 군은 화가 난 것처럼 손가락으로 딱 소리를 냈다. “신주쿠 같은 곳에서 물에 빠진 생쥐 꼴이 되거나 하다니 그런 멍청한 소리가 어딨어요. 그럴 땐 파친코 가게에 들어가야죠. 그럼 비에도 젖지 않아도 되고 시간도 때울 수 있고 게다가 담배도 잔뜩 딸 수 있고—”

“흠. 그래도 나는 파친코에 그다지 흥미가 없으니까.”

아키야마 군은 굉장히 파친코를 좋아하고 또 이런 나까지도 파친코당으로 끌어들이려는 속셈으로 어느 날 낡은 파친코 기기 한 대를 우리 집에 영차영차 짊어지고 왔다. 폐업한 파친코 가게에서 삼백팔십 엔을 주고 사 왔다고 한다. 동호인을 늘리려 하는 점은 파친코도 히로뽕•과 비슷한 듯하다. 나는 그 파친코 기기를 툇마루에 두고 일주일 정도 매일 찰칵찰칵 해보았으나 전혀 재미가 없다. 아키야마 군의 기대와 달리 도리어 파친코에 혐오감을 느끼게 되었을 정도이다. 파친코 가게에 들어가느니 차라리 비에 흠뻑 젖은 채 걷는 편이 낫다. 무엇보다 저 파친코 기기의 지옥을 방불케 하는 소란스러움에 머리가 아파온다. 나는 흠칫흠칫거리며 말했다.

“정말 그때 비를 맞아 잠재성 감기라도 걸린 걸까.”

“그런 게 아니고요. 저렇게 태평한 소리를 하시네.” 아키야마 군은 가엾다는 표정으로 나를 보았다. “방사능이죠.”

• 당시 상용화되어 판매되던 신경 각성제 상품명.

"방사능?"

"예 그래요. 비키니•의 잿가루 말이에요. 비키니의 잿가루가 비에 섞여 그게 몸에 스며든 거예요."

"정말이야 그게?"

나는 다소 당황하며 그렇게 말했다.

"정말이고말고요. 조만간 병원에 가보세요. 백혈구 감소 환자가 줄줄이 찾아온다니까. 요즘 같은 때 태연히 비를 맞으며 걸어 다니다니 어지간히 세상 물정 모르시네. 우리 집도 방사능비가 새어들면 큰일이라 지붕을 아주 수선했을 정도예요."

야키야마 군의 집이란 그가 삼 년 정도 전에 사들인 고택으로 딱 봐도 비가 샐 법한 집이다. 이 집은 실로 이상한 집으로 돈을 내고 사기는 했다지만 아직 소유자가 아키야마 군 명의로 되어있지 않다. 스기모토라는 사람의 명의로 되어있다. 그 스미모토 아무개는 뭘 하고 있는가. 수년 전 사기인지 뭔지를 치고 그대로 도주, 현재 어디에 있는지 전혀 알 수 없다. 그사이 제삼국인••이 개입하거나 하여 돈을 낸 건 아키야마 군이지만 그 집이 아키야마 군의 소유라고 확실히 단언할

• 2차 대전 후 1946년부터 58년까지 미국의 핵실험 장소로 사용된 태평양 마셜제도의 섬

•• 당시 일본에 거주하던 대만인, 조선인 등을 주로 가리키던 용어.

순 없는 대단히 복잡하게 뒤얽힌 관계에 놓여있다. 이 일은 따로 소설•로 썼기에 여기선 생략하겠지만 요컨대 이렇게 된 것도 아키야마 군이 세상 물정을 몰랐기 때문이다. 그 세상 물정 모르는 아키야마 군에게 세상 물정 모른다는 탄식을 듣자 나는 마음속으로 더더욱 당황했다. 하지만 겉으로는 아무렇지 않은 척,

"하지만 내가 비를 맞았던 건 그날뿐이야. 그러니 내가 방사능을 맞았다면 매일같이 비를 맞는 사람, 가령 우편배달부나 국숫집 배달원 같은 사람들은 훨씬 심하게 당하지 않겠어?"

"그렇게 생각하는 게 아마추어의 한심함인 거예요." 아키야마 군은 자신 있게 단정했다. "방사능과 백혈구 사이 관계에 대해 아무것도 모르시는 것 같네요. 백혈구라는 건 어디서 만들어지느냐. 바로 간에서 제조된다. 아시겠어요?"

따라서 간이 약한 자는 아주 적은 방사능에도 바로 영향을 받아 그 기능이 약해져 백혈구 생산고가 폭락한다, 라는 것이 아키야마 군의 논리로 아무래도 다소 모호하다는 생각이 들어 만일을 위해서도 한번 물어보았다.

"하지만 자네는 내 간이 약하다는 가정하에 논의를 진행하는 것 같은데—"

• 1954년 8월 「신초」에 발표된 중편소설 「낡은 집의 봄가을」.

"가정이 아니죠. 사실입니다." 하고 아키야마 군은 나를 노려보듯 굴었다. "그렇게 맨날 술을 마시는데 간이 정상일 리가 없지 않겠어요? 그런 걸 심장이 강하다고 하는 거죠."

간이 약하고 심장이 강하다니 어처구니가 없다.

"그럼 한번 물어보는 건데 간이라는 건 어디에 있는 거지?"

그러자 이번엔 아키야마 군이 다소 당황한 기색을 보이며 양손으로 자신의 신체를 빙글빙글 어루만지는 듯한 행동을 했다. 마치 간의 소재를 찾아 헤매는 듯한 꼴이다. 분명 간의 정확한 위치를 몰랐던 게 틀림없다. 그래서 나는 추격을 가하듯이 말을 이었다.

"게다가 비에 젖는 건 인간만이 아니야. 마소는 말할 것도 없고 새나 벌레 따위도 흠뻑 젖겠지. 그런데도 쌩쌩하게 살아 있는 건 이상한 거 아닌가?"

"동물도 몸이 약해지거나 죽기도 해요." 아키야마 군은 기운을 되찾았다. "본인도 제대로 조사해본 게 아니잖아요. 진짜 큰일이라고요. 바로 카로만 해도 요새 딱 봐도 기운이 뚝 떨어졌어요."

"잉. 카로가?"

카로란 우리 집 역대 고양이들의 이름으로 삼대째까지 이어지다 요절하게 되어 이제 더는 키우지 않으려고 했는데 아키야마 군이 그 계보 단절을 아쉬워하며 애써 자기 집 새끼 고양이를 바구니에 담아 우리 집으로 짊어지고 왔다. 즉 사대 카로인 셈이다. 파친코 기기니 새끼 고양이니 번번이 이런저런 것들을 짊어지고 오려 하는 사내이다.

우리 집에 온 이후 카로는 무럭무럭 덩치가 커졌다. 얄미울 정도로 살이 쪄갔다.

아키야마 군의 이야기론 이 카로의 모친은 성질이 바른 고양이이므로 카로 또한 충분히 품행이 단정할 거란 것이었지만 도저히 그렇게 여겨지지 않는다. 털 모양새는 검은 얼룩 고양이로 용모 또한 그렇게 우수하진 않았다. 성격은 역대 카로 중 제일 삐뚤어져 아이들의 손을 할퀴거나 깨물어대곤 한다. 아이들 쪽에선 놀아줄 생각으로 들어 올리거나 끌어안곤 하지만 카로가 그 손을 할퀴며 깨문다. 협조 정신이란 것이 전혀 없는 것이다. 그리고 할퀴는 효과를 극대화하기 위해 매일 툇마루나 두껍단이에 발톱을 세워 갈고 있다. 그래서 우리 집 아이들의 얼굴과 손발에는 발톱 자국이 끊인 적이 없었다.

그렇게나 발톱을 갈아대니 그렇다면 쥐를 잡는가 하면 전혀 잡지 않는다. 쥐가 그 근처에서 달그락달그락 소리를 내도 귀를 기울이지조차 않는다. 아무래도 쥐를 잡는 것이 우리 집에 이득을 가져다준다는 것을 알아차리고 일부러 쥐를 잡지 않는 게 아닐지 하는 생각이 들 때가 있다. 그렇다면 어떤 걸 잡는가 하면 도마뱀, 나방, 두더지 등등. 그런 것을 잡아봤자 우리로선 전혀 감사하지 않다. 폐만 끼칠 뿐이다. 두더지 같은 것은 땅속에 숨어있기 때문에 두더지라고 하는 것일 텐데 그걸 도대체 어떤 방식으로 잡는 건지, 입에 단단히 물고 슬금슬금 툇마루로 올라온다. 두더지 사체는 실로 해괴한 느낌이 들기 때문에 나를 비롯한 가족 일동 비명을 지르며 도망간다. 도망가는 우리를 카로는 유쾌하다는 미소를 지으며 뒤쫓는다. 이렇게 된 이상 도대체 어느 쪽이 주인인지 모르겠다. 우리 집 재임 중 카로는 두더지를 다섯 마리 정도 잡았다.

그리고 카로는 좋게 말하면 야망 있는, 나쁘게 말하면 덜 떨어진 건방진 고양이로, 뜰로 내려가 참새를 노리곤 한다. 정원수 그림자에 숨어 참새가 다가오면 휙 달려들지만 역시 참새가 날아오르는 쪽이 더 빨라 한 번도 붙잡은 전적이 없다. 참새에겐 날개가 있지만 카로에겐 날개가 없다. 날아오른 참새를 쫓아 카로는 손에 잡히는 대로 정원수 꼭대기까지 갉작갉작 뛰어 올라간다. 카로는 그렇게 참새를 공중까지 뒤쫓을 속셈인 것이다. 대개의 고양이라면 네다섯 번 그렇게 해보고 그만둘 텐데 카로는 포기하지 않는다. 전혀 지치지도 반성하지도 않고 참새를 노리며 정원수 그늘에 숨는다. 이 얼마나 어리석은 고양이인가 싶지만 이런 나도 복권이 발매될 때마다 이번이야말로 이백만 엔 정도 당첨되리라 하고 부지런히 사대고 있으므로 그다지 카로를 비웃을 수 있는 처지가 아니다. 만에 하나 참새를 붙잡으면 나는 그것을 빼앗아 꼬치구이로 만들어야겠다고 공상하고 있지만 끝끝내 카로는 한 마리도 잡지 못하고 말았다.

카로의 죄목 중 가장 심각한 건 화로 속에 대변을 배설하는 것이었다. 이에 온 집안이 크게 뒤집혔다. 모래를 넣어둔 나무상자가 부엌 봉당에 놓여있음에도 아랑곳 않고 카로는 화로 속에 배설한다. 물론 화로에 숯불이 들어있을 땐 배설하지 않는다. 배설하려 하면 화상을 입기 때문이다. 빈 화로 속 배설물은 재로 덮여있기 때문에 무심코 못 알아차리기 일쑤다. 그곳에 그대로 숯불을 넣거나 하면 난리가 난다. 숯불에 태운 고양이 똥이 얼마나 심한 냄새를 발하는지, 이는 경험해 본 이가 아니면 모를 것이다. 그 냄새는 분명 인간에게 극단적인 염세관을 심어주는 듯하다. 확실히 절망적인 냄새이다. 그 냄새가 집 안뿐만 아니라 문밖까지 맴돈다. 언젠가 이 냄새를 맡고 우리 집 정원에서 작업하던 정원사는 사다리에서 쿵 하고 떨어져 발목을 삐었다.

그래서 화로에 불이 없을 땐 접이식 바둑판을 펼쳐 덮개로 쓰고 있는데 가끔 이를 깜빡할 때도 있다. 깜빡하면 그만 끝장이라 그 깜빡하는 순간을 카로는 호시탐탐 노리고 있다. 카로의 엉덩이는 어지간히도 잿가루에 집착하고 있는 듯하다. 설상가상으로 마침내 카로는 화로에서 접이식 바둑판을 끌어당겨 떨어뜨리는 방법을 습득하고 말았다. 떨어지지 않도록 누름돌이 필요하게 된 셈이다. 카로는 뚱뚱하고 힘도 세서

「소설신초」를 다섯 권 여섯 권 올려놓아도 모조리 잡아당겨 떨어뜨려 버린다. 끝내 도저히 버틸 수 없어 가족회의를 열고서 카로를 버리기로 의견을 합치시켰다.

그리하여 어느 날 밤 나는 카로를 이불로 감싸 우리 집에서 한 정 정도 떨어진 신사 경내로 버리러 갔다. 물론 카로는 상당한 저항을 시도하며 이불 틈새로 앞발을 내밀어 내 손등을 할퀴며 출혈을 냈지만 나는 이에 굴하지 않고 경내에 도달해 카로를 유기한 뒤 쏜살같이 돌아왔다. 서둘러 손의 상처를 치료하고 조촐한 축배를 들었다. 거기까진 좋았지만 다음 날 일어나보자 툇마루 한구석에 카로가 태연히 웅크리고 앉아 연신 발톱을 갈고 있었다. 나는 반쯤은 실망, 반쯤은 화가 이글이글 불타올랐다.

“저거 봐, 카로가 돌아왔어.” 하고 나는 큰 소리로 소리쳤다. “좋아. 오늘 밤은 절대 돌아오지 못할 곳에 버리고 오겠어.”

그날 밤 나의 기세는 엄청났다. 우선 미쳐 날뛰는 카로를 이불로 꽁꽁 싸매고서 그것을 다시 장바구니 안에 넣고 밤 여덟 시경 내가 집을 출발, 약 한 시간 가까이 손에 들고 걸어 다녔다. 카로의 귀소 감각을 어지럽히기 위해 저쪽으로 돌았다가 이쪽으로 꺾었다가 했기 때문에 직선거리로 치면 그렇게 멀진 않았을지도 모른다. 아무튼 조용한 주택지대에 도달해 나는 어느 주택 담장 너머로 장바구니째 에잇 하고 던진 뒤 다시 쏜살같이 뛰어온 것까진 좋았지만 너무 우여곡절을 거듭한 탓에 내 귀소 감각까지도 어지럽혀져 결국 나 자신이 길을 잃고 말았다. 행인이나 경찰에게 길을 묻고 물어 간신히 집까지 도착했을 땐 이미 열한 시가 넘은 시각이었다. 온 집안사람이 걱정스레 자지 않고 나를 기다리고 있었다.

"이제 됐어." 하고 나는 모두에게 설명했다. "말도 안 될 정도로 멀리 남의 집 정원에 던져놓고 왔으니까 다시 돌아올 걱정은 없어."

"장바구니랑 이불은?"

"그것들까지 한꺼번에 던져버렸지."

"그럼 안 돼. 그 이불에 내 이름 적혀있는데."

"아, 그래?"

하고 나는 내 실수를 깨달았지만 이미 저지른 이상 어쩔 수 없다. 그건 그렇다 치고 또 그날 밤도 축배를 들었다. 아무래도 기쁠 때나 슬플 때나 술을 드는 경향이 있다.

그런데 이번에도 다다음날 낮 즈음 카로가 되돌아왔다. 마당의 산울타리를 뚫고 쏜살같이 툇마루로 올라왔다. 보자 꼬리가 평소의 세 배 정도로 부풀어 있다. 고양이라는 동물은 공포에 휩싸이면 꼬리를 부풀리는 버릇이 있다. 돌아오기까지 갖가지 공포와 고난과 조우했음이 틀림없다.

"또 돌아와 버렸네 이놈." 하고 나는 탄식했다. "이렇게 되면 더 이상 어쩔 수 없지. 카로를 버리기보다 화로를 치워버리자. 그편이 수월하겠어."

슬슬 화로도 불필요한 계절이 되어 벽장 속 깊숙이 집어넣었다. 카로는 이삼일간 화로를 찾아 이곳저곳 돌아다니는 듯했지만 끽해야 고양이 잔꾀라 벽장 속 깊숙한 곳까진 알아차리지 못한 듯했다. 이내 포기한 것처럼 보였다.

하지만 카로를 계속 기르기로 번복했던 것도 잠깐, 그 뒤 일주일 정도 지난 어느 날 카로가 또 사건을 일으켰다. 남의 집 닭에게 덤벼들어 상처를 입혀버린 것이었다.

그 닭을 근처 어디서 키우는 건지 소상히 밝혀지진 않았지만 웅대한 수탉이라 키도 두 자(약 60.6cm)는 족히 된다. 산보가 취미인 듯 우리 집 마당에도 가끔씩 찾아온다. 우리 집 정원 이곳저곳을 거만하게 돌아다니며 연신 무언가를 먹고 있길래 도대체 뭘 먹는 건가 바라보자 개미를 먹고 있다. 개미를 먹는 닭 같은 건 처음 봤다. 개미는 개미산이라 하여 산성인 듯하니 이를 먹는 것으로 보아 분명 위산결핍증인지 뭔지에 걸려있는 것이리라.

하지만 마구잡이로 개미를 먹어치우면 나도 다소 난처하다.

우리 집 정원에는 개미가 잔뜩 있는데 종류도 네 종류, 제각기 장소에 집을 트고 있다. 화단을 둘러싼 돌 아래 사는 것이 대형개미, 모란 나무 아래 중형개미, 문설주 근처 소형개미, 그리고 육안으로 보이지 않는 초소형 붉은 개미가 툇마루 아래 주위에 살고 있다. 이 초소형에게는 흥미가 없다. 작아도 너무 작아 흥미를 느낄 길이 없다. 나머지 세 종류의 생태에는 제각각 흥미를 느낀다. 생태 그 자체보다도 그것을 가지고 노는 데 흥미가 있다.

개미굴이란 복잡한 구조를 지닌 듯, 대중소 그 어느 쪽이든 마찬가지로 구멍 하나에 빨대를 꽂아 넣고 담배 연기를 후우 불어넣으면 다른 구멍 전체, 터무니없이 먼 조그만 횡혈에서도 모락모락 연기가 솟아오른다. 우에노역 지하도보다 복잡한 구조인 듯하다. 개미란 놈은 물을 싫어하는 듯하지만 담배 연기에는 비교적 태연하다.

하지만 개미구멍에 깔때기를 세워 물을 흘려 넣는 놀이, 이는 전혀 재미가 없다. 물 한 동이를 들이부어도 흘러넘치지 않고 태연하게 빨아들이기만 하기 때문이다. 내부에선 개미나 알이나 음식이 물에 잠겨 한바탕 난리가 나겠지만 그것이 눈에 보이지 않으므로 재미가 없다.

모래사장의 모래를 체로 걸러 고운 모래만 골라 그를 구멍에 흘려 넣는 것, 그것은 재미있다. 구멍이 커도 바로 꽉 차는 것도 있고, 작아도 끝도 없이 모래가 들어가는 구멍도 있다. 이렇게 하면 개미들은 화들짝 놀라 밖으로 나오는 녀석들이 우왕좌왕하며 복구공사에 착수한다. 내부도 그러할 것이다. 그리고 불과 두 시간도 지나지 않아 모래는 완전히 처리되고

원래 구멍 형태로 변한다. 실제 개미의 근면함은 경이롭다. 개중엔 그다지 근면하지 않은 녀석도 있긴 하지만.

모란 아래 종형개미굴을 향해 나는 모래를 쓸어 넣으며 복구되는 것을 보자마자 바로 모래를 집어넣고, 이틀에 걸쳐 수십 회 모래 공격을 시도한 적이 있다. 그러자 과연 개미들도 곰곰이 궁리한 듯 종혈식을 전부 횡혈식으로 바꿔버렸다. 횡혈식은 모래를 넣어도 입구에만 쌓일 뿐 안으론 들어가지 않는다.

아무튼 개미란 녀석은 심심한 건지 필요성에 쫓기는 건지 늘 집 정비를 하고 있다. 신규 구멍을 뚫거나 또는 허물거나 하며 부지런히 일한다. 이러한 노동의 현장, 즉 구멍 근처에 가루 설탕 한 움큼을 놓아둔다. 그러면 금세 개미 제각각의 성격이 드러나기 시작한다.

제1형은 설탕의 존재를 알면서도 전혀 거들떠보지 않고 열심히 일하는 녀석.

제2형은 노동을 아예 포기하고 설탕에 머리를 처박고 핥아대는 녀석.

제3형은 그 중간인 녀석으로 잠깐 설탕을 핥은 뒤 일하는 녀석.

이상 세 가지 유형이 있다. 얼마 전에도 설탕을 놓고 바라보는데 구멍 안에서 유난히 머리가 큰 개미 한 마리가 기어 나오더니 놀랍게도 설탕에 머리를 쑤셔 박고 있는 무리에게 달려들어 한 마리 한 마리 깨물어 죽여버렸다. 나는 개미의 생태에 대해 학문적으론 아무것도 모르지만 지켜본 바론 이 개미는 헌병 같은 역할을 맡고 있는 듯했다. 이러한 역할이 있어서야 개미 세계도 그다지 살기 좋지는 못한 듯하다.

대중소 개미들은 내 마당을 두고 대체로 구역을 정해둔 채 투쟁은 하지 않는 듯하지만 이를 인공적으로 싸움 붙이는 건 가능하다. 가령 화단 돌을 젖혀 그 아래 옹기종기 모인 대형 개미들(날개를 가진 녀석도 있다)을 재빨리 삽으로 퍼 올려 허겁지겁 모란 나무 아래로 옮긴다. 중형개미굴 근처에 두면 대형개미들은 갑작스러운 환경 변화에 크게 당황해 우왕좌왕하며 중형개미굴 속으로 들어가는 녀석도 있다. 그러면 중형개미는 적이 내습해온 것으로 착각하고 거기서 맹렬한 몸싸움이라든지 물어뜯기가 시작되는 것이다. 보통 생각으론 대형이 강할 듯하지만 오히려 대형개미는 당황한 상태이고 홈그라운드가 아니고 게다가 중형개미 쪽은 구멍에서 무수히 병력을 투입해온다. 대형개미 한 마리당 중형개미 서너 마리씩 덤벼들어 만만치 않다. 눈 깜짝할 새 적과 아군 시체가 산처럼 쌓여 도망칠 놈은 도망치고 그렇게 사태가 마무리된다. 날개를 가진 녀석은 전투력이 거의 없다. 그 근방을 갈팡질팡하던 끝에 물려 죽거나 혹 붕 하고 날아가 어디론가 도망쳐버린다. 개미의 날개는 장식인 줄로만 알았는데 실제로 날아다닌다. 상당한 비행능력을 지닌 듯하다.

이 인공적 싸움은 대형을 중형으로, 중형개미를 문 앞 소형개미에게로 옮기는 경우엔 성립하지만 반대 경우에는 그다시 성립하기 힘들다. 가령 중형개미를 대형개미굴로 옮기면 중형개미는 그만 화들짝 놀라 싸우지 않고 사방으로 도망쳐버린다. 만에 하나 대형굴로 들어가려고 해도 파수병 개미에게 단번에 살해당하고 만다. 도저히 싸움이 되지 않는다.

내가 본 한에선 우리 집 개미 중 가장 봉건적인 것은 대형개미이다. 봉건적이라 해봤자 눈에 보이는 인상뿐이지만 일례를 들자면 대형개미는 반드시 구멍 입구에 파수병을 둔다. 집 앞 현관이라고 불릴 법한 커다란 구멍엔 상시 다섯 마리 정도, 나머지는 구멍의 크기에 따라 세 마리나 한 마리 제각각 숫자를 배치한다. 중형개미와 소형개미는 때때로 파수병처럼 보이는 것이 발견되지만 상임 파수병은 없는 듯하다. 대형에 비해 다소 민주적인 느낌이 든다. 민주적이라 한들 헌병 같은 것이 있는 셈이니 비교적일 뿐이다.

개미에 대해선 아직 더 쓸 바가 남아있지만 끝이 없으므로 여기서 멈추기로 한다. 아무튼 이 사랑스러운 개미들을 근처 수탉이 쪼아대러 온다. 우리 집 아이들은 이 수탉에게 오토바이라는 별명을 붙여줬다. 보통 닭을 자전거라 하면 이 녀석은 오토바이처럼 당당하기 때문이다. 이 오토바이를 향해 어느 날 카로가 덤벼들었다.

오토바이는 다른 집 닭인 주제에 우리 집 정원을 제집처럼 건방지게 활보한다. 그러한 것이 카로는 이전부터 고까웠던 듯하다. 이를 지금껏 내버려 두었던 것은 오토바이가 너무 당당하기도 하고 또 방심하거나 틈을 보이지 않았기 때문이리라. 그날 오토바이는 살짝 방심하고 있었다. 주위를 둘러봐도 카로의 모습이 보이지 않았기 때문이다. 보이지 않는 것도 당연한 게 카로는 감나무 위에 올라가 있었다. 그래서 오토바이는 안심하고 개미를 쪼아대며 설쳐대고 있었다.

그런 오토바이를 목표로 카로는 감나무에서 거꾸로 뛰어내려 배후에서 덮쳤다. 몹시 요란한 울음소리와 신음소리가 교차하며 깃털이 흩날리고 다리가 부리나케 움직이며 그렇게 오토바이가 전투태세를 갖췄을 때 카로는 이미 툇마루로 획 물러난 상태였다. 오토바이는 이곳저곳 발톱에 다치고 다리 또한 상처를 입은 듯 절뚝거리며 산울타리를 뚫고 퇴각했다.

뜰에 흩날린 깃털은 아이들이 즐거워하며 그러모아 모자 장식으로 사용했다.

나는 아키야마 군에게 편지를 썼다. 카로의 지금까지 죄목과 함께 마침내 그 피해가 집 안뿐만 아니라 근처 닭에게까지 미쳤다는 것. 이번엔 닭의 부상으로 끝났지만 만약 장래에 깨물어 죽이는 사태가 발생하면 손해배상으로도 이어질 수 있다. 그렇게 되면 곤란한 건 나다. 그래서 정말 미안하지만 카로를 돌려주고 싶은데 상황이 어떠한지 물어 확인해보았다. 전에 두 번 버리려 했던 건 아키야마 군에게 미안하니 덮어두었다.

아키야마 군은 그로부터 삼 일째 되는 날 찾아와 주었다. 이미 즉석에서 돌려받을 생각으로 낡은 바구니를 들고 있다. 나를 보고 바로 말했다.

"카로가 그런 악행을 저질렀던 건가요?"

"그래. 그것도 오직 내 부덕의 소치일지도 모르겠지만."

"그러겠죠. 애당초 성품이 바른 고양이니까." 아키야마 군은 실망하는 표정이었다. "그럼 아무튼 인수하도록 하죠."

그렇게 나는 아키야마 군을 초대해 덤으로 생선 대신이랄 건 아니지만 한바탕 잔치를 베풀어 아키야마 군을 환대했다. 잔치가 끝나자 아키야마 군은 카로를 바구니에 넣어 택시를 타고 돌아갔다. 의례상 택시비는 내가 냈다. 아키야마 군의 집은 우리 집과 십 킬로 이상 떨어져 있고 게다가 밤 택시라 카로의 귀소 감각도 상당히 혼란스러웠을 것이다. 작전이 맞아떨어진 셈이다.

이하는 아키야마 군이 해주었던 이야기나, 그날 밤 택시에서 내려 집에 도착해 바구니를 연 순간 카로는 단숨에 밖으로 뛰쳐나와 아키야마 군의 집 주위를 빙글빙글 일고여덟 번 돌고 또 돌았다고 한다. 이 새로운 집의 형태와 크기, 그런 것들을 가늠함과 동시에 방향감각을 조정하기 위해서였던 듯하다. 아키야마 부부가 말없이 지켜보자 카로는 어둠을 노려보며 번번이 작은 고개를 갸웃거렸지만 이윽고 결심한 듯 서남쪽 방향을 향해 달려나가 순식간에 그 모습이 어둠 속으로 사라지고 말았다. 우리 집은 아키야마네에서 대략 서남쪽에 해당한다.

하지만 카로는 결국 우리 집에 모습을 드러내지 않았다. 일주일 째 되는 날 아키야마네로 다시 돌아왔다. 가도 가도 우리 집이 눈에 띄지 않아 포기하고 아키야마네로 돌아오기로 했던 듯하다. 홀쭉 야윈 채 때마침 내리던 비를 맞아 젖은 생쥐 꼴이 되어있었다고 한다. 아키야마 군은 서둘러 툇마루로 끌어올려 수건으로 전신을 닦아주고 우유를 먹였더니 간신히 면목(?)을 되찾고서 냐앙 하고 울었다. 즉 이를 통해 아키야마네에서 길러지고 싶다는 의사를 표명했던 것이다.

그런데 아키야마네에는 고양이 한 마리가 더 있다. 마리라는 암컷 고양이로 카로의 모친에 해당한다. 카로와 달리 아주 몸집이 작아 이런 조그만 고양이한테서 카로처럼 커다란 고양이가 잘도 태어났다 싶을 정도이다. 카로는 태어나자마자 우리 집에 왔기 때문에 마리를 자신의 모친으로 알아보지 못하는 듯하다. 또 마리 쪽도 카로를 제 자식으로 생각하지 않는 듯하다. 고양이 등은 참으로 야박한 동물이라 그러한 것이리라.

그래서 아키야마네는 고양이가 두 마리가 되었다. 두 마리가 된 이상 식사도 두 배로 요구된다. 그것을 어떤 방식으로 주는가 하면 큰 접시에 두 마리분을 함께 담아 부엌에 놓아두면 우선 마리 쪽이 먹기 시작한다. 카로는 살짝 떨어진 곳에 앉아 마리가 다 먹기를 가만히 기다린다. 마리가 먹을 만큼 먹은 뒤 접시에서 멀어지면 그 남은 것을 카로가 받아먹는다. 카로가 먼저 먹는 일은 절대 없다. 체력은 카로 쪽이 더 강해 보이지만 오로지 마리에게 양보하는 것이다. 먹는 양도 마리가 접시의 삼분의 이 정도나 먹어치우고 카로는 남은 삼분의 일, 즉 마리의 절반이라는 셈이다.

“역시나 방사능 탓이에요.” 아키야마 군은 확신에 찬 듯 말했다. “이 집으로 돌아오려고 일주일 동안이나 거리를 헤맸잖아요. 그 일주일간 비가 엄청 쏟아졌지. 그래서 젖은 생쥐 꼴이 되어 방사능이 완전히 스며든 거죠. 그러니 먹는 양도 줄고 기운을 아주 잃은 겁니다.”

“그 반대로 먹는 양이 적어서 기운이 나지 않는 게 아닐까.” 하고 나는 반문했다.

“그렇지 않아요. 그렇게 배가 고프면 마리를 밀어내고서라도 먹을 테니까요.”

“분명 마리가 불편한 거야. 고양이란 사람한테 붙지 않고 집에 붙는다니까 말이야. 집에 붙는 이상 아무래도 그 집 선임 고양이한테 위세가 있지 않겠어?”

“그렇지 않습니다.” 아키야마 군은 완강히 주장했다. “아무리 봐도 방사능이에요. 조심하시는 게 좋아요. 세타가야구 산 채소는 특히 방사능이 많다고 하니까요."

"그런가." 나는 반신반의하며 고개를 끄덕였다. 아키야마 군의 패기에 압도당한 듯한 꼴이다.

그러고 보니 그것 말고도 다소 이상한 점이 있다. 우리 집에는 에스라는 애완견이 있는데 어딘가에서 헤매다 우리 집으로 들어온 것을 그대로 키우고 있는데 이 녀석이 최근 기운이 없다. 에스의 거처는 우리 집 현관 옆으로 그 개집도 아키야마 군이 만들어 주었다. 제법 근사한 판잣집으로 입구에 '우메자키 에스'라는 패까지 걸려있다. 근사하다 한들 개집이라 안에는 방 하나뿐이다. 곁방이 달려있을 순 없는 노릇이다.

이 에스가 두 달 정도 전부터 묘하게 신경질적으로 변해, 특히 폭죽 소리를 두려워하게 되었다. 근처 상점가 등에서 경기 활성화를 위해 폭죽을 쏜다. 그러면 에스는 당황하여 난리를 치며 진흙 묻은 발 그대로 집 안으로 올라온다. 방 하나뿐인 개집 안에 가만히 있는 게 두려운 듯하다. 이 개도 비교적 덩치가 크고 게다가 공포에 질려있어 집 밖으로 밀어내는 데 한차례 고생을 해야 한다. 발로 굳게 버티고 서서 나가려 하지 않는 것을 목줄을 잡아끌며 내보내야 한다. 도저히 아녀자에겐 불가능한 일이라 전부 내 역할이 되곤 한다.

얼마 전 내가 부재중일 때 폭죽 소리가 들려 에스는 염치 없이 툇마루로 올라왔다. 그리고서 진흙 발 그대로 거실로 들어와 도코노마에 떡 하니 눌러앉아 아무리 떠밀고 끌어당겨도 움직이지 않는다. 파리채로 찰싹찰싹 때려도 완강히 움직이지 않고 두 시간이나 버티고 앉아있었다고 한다. 얼마 안 있어 내가 돌아와 온 힘을 다해 밖으로 내쫓았지만 어째서 그렇게 폭죽 소리를 두려워하는지 알 수 없다. 쫓아내자 서러워하는 눈빛으로 나를 보더니 느릿느릿 개집 안으로 들어갔다. "아니 무슨 개가 폭죽을 무서워하는 거야, 못나도 너무 못났잖아." 하고 나는 반쯤 화가 나 말했다. "폭죽을 무서워하면 무슨 도둑이나 잡상인은 쫓아내지도 못할 거라고. 저항요법으로 그 겁먹는 버릇을 교정해주마."

나는 그래서 거리로 나가 네즈미하나비•를 스무 개 정도 사 왔다. 하나에 오 엔이다. 그리고서 에스의 목줄을 사슬로 연결하고 사슬의 각 끝을 대나무 울타리에 매달았다. 에스는 불안하게 나의 동작을 눈을 부릅뜬 채 살피고 있다. 니 겁먹는 버릇을 고쳐주려고 이러는 거야 하고 나는 에스에게 타이르며 천천히 네즈미하나비 세 개를 지면에 내려놓았다. 에스는 알아차린 건지 알아차리지 못한 건지 두려움에 찬 눈빛으

• 鼠花火; 점화하면 거센 기세로 지면을 마치 생쥐처럼 빠르게 회전하며 돌아다니는 폭죽.

로 그것을 바라본다. 집안사람들은 툇마루에 서서 지켜보고 있었다. 인간 또한 정신이 나가면 전기쇼크라는 말도 안 되는 요법을 시행한다. 네즈미하나비 같은 건 거친 치료 축에도 못 낀다. 스무 개 정도만 터뜨리면 에스도 그 소리에 익숙해질 것이다. 그러한 계산이었다.

나는 성냥을 그어 세 개 모두 한꺼번에 불을 붙였다. 그러자 셋은 세 방향으로 흩날리며 쉭쉭쉭 불을 뿜으며 마치 생쥐처럼 미친 듯이 날뛰기 시작했다. 에스는 그것을 보고 화들짝 놀라 빽 짖더니 필사적으로 달아나려 했지만 사슬로 울타리에 묶여있다. 그 대나무 울타리가 뽀각 부러지는 소리가 났다. 그 순간 미친 듯이 날뛰던 네즈미하나비 중 하나가 살짝 공중으로 붕 떠올라 바로 어마어마한 기세로 내 바짓자락으로 날아들어 내 다리털을 태우며 파팍 하고 터졌다.

툇마루에서 구경하던 가족들의 말에 따르면 그 순간 나는 비명을 지르며 석 자(약 90.9cm)정도 뛰어올랐다고 한다.

에스는 부러진 울타리 일부와 함께 쏜살같이 바깥으로 달아났다.

나는 휘청거리며 툇마루에 걸터앉아 바지를 걷어 올렸다. 네즈미하나비는 정강이를 타고 올라간 뒤 부풀어 정강이를 향해 터진 듯하다. 순식간에 그 주위 피부가 붉게 부어올랐다. 다들 엄숙한 표정으로 그를 들여다보았다.

"빠, 빨리 바를 약 가져와." 하고 나는 고함쳤다. "서두르지 않으면 나 죽어버릴지도 몰라."

서둘러 들고 온 약을 바르며 집사람이 말했다.

"아이고, 아이고 이렇게 물집이 잡혔으니 엄청 뜨거웠겠네."

"뜨겁고 나발이고 세계 종말이 도래했나 싶었을 정도야." 하고 나는 말했다. "그, 그렇게 마구 바르지 말고. 피부가 벗겨지잖아."

결국 이 화상이 낫는 데는 이 주일이라는 시일이 필요했다. 전치 이 주 화상인 셈이다.

남은 네즈미하나비 열일곱 개는 도무지 화가 나 견딜 수 없어 근처 도랑 속에 내던져버렸다. 에스를 위한 저항요법도 그걸로 끝이다. 결국 이런 요법을 떠올렸다는 이유로 나는 심각한 화상을 입고 울타리는 망가진 셈이다. 애쓴 보람이 없다.

그래서 에스는 아직도 폭죽 소리가 들리면 어김없이 가택 침입을 시도한다. 그래서 최근에는 개집에 사슬을 연결해 집으로 침입할 수 없도록 해두었지만 그럼에도 폭죽 소리가 연달아 펑펑 울리면 에스는 더 이상 물불 가릴 처지가 못 되는 듯 그 무거운 개집을 끌며 우왕좌왕한다.

아키야마 군에게 물어보면 이도 방사능 탓이라고 할 게 틀림없다.

오토바이는 카로에게 습격당한 뒤 우리 집 마당으로 모습을 드러내지 않는 듯하다. 그리하여 개미들은 행복한가 하면 요새 장마가 계속되는 탓인지 맑은 날에도 그다지 밖으로 나오지 않는다. 수도 다소 감소하지 않았나 싶다. 개미 같은 유는 지면 아래에 둥지를 트는 관계상 비가 내리면 비가 그 둥지에 스며들 것이다. 그렇다면 개미 수가 줄어든 건 방사능 탓이 아닌가 하는 건 나도 단언할 수 없다. 애당초 개미에게 간이 있는지 없는지, 과문(寡聞)하여 나도 알지 못한다.

(1954. 9.「소설신초小說新潮」)

어느 추운 날

그날은 추운 날이었다. 엄청나게 추웠다. 아침부터 하늘 일대에 온통 어둑어둑 구름이 드리워 낮이 되어서도 그대로였다. 바람이 불지 않아 공기가 조금도 움직이지 않는다. 그 정체된 공기 속에 한기가 매섭게 서려 있다. 나는 아침부터 아주 몸서리를 치며 다실 화로에 달라붙어 있을 뿐이었다. 화로에 달라붙어도 등이 시려 온몸이 계속 떨린다. 어머니는 그러한 나를 그날은 혼내지 않았다. 평소라면 나를 혼내며 화로에서 잡아끌어 바깥바람 속으로 쫓아낼 텐데 어찌 된 영문인지 그날 어머니는 그러지 않았다. 너무 심하게 추웠고, 게다가 내 엉덩이에 뾰드락지가 나 있던 탓일 것이다. 뾰드락지는 붉고 딱딱하게 부어올라 속은 이미 곪고 있었다. 살짝 걷기만 해도 아픔이 발까지 번진다. 오늘은 학교를 쉬어서 다행이야. 부젓가락으로 재를 뒤적이다 평평하게 다지며 그런 생각으로 머릿속이 가득했다. 점심밥을 먹고 나서도 몸이 전혀 따뜻해지지 않는다. 이윽고 시간이 다가왔다. 부엌에서 어머니가 소리쳤다.

"자아 슬슬 준비해야지."

"오늘은 쉬고 싶은데." 나는 화로에서 그렇게 대답했다. "엉덩이가 아프단 말야. 아파서 걷지도 못할 정도야."

"쉰다는 게 가당키나 하니!" 어머니는 갑자기 엄청나게 무서운 표정으로 성큼성큼 다실로 들어왔다. "못 걷겠으면 짜내주지. 엉덩이 꺼내!"

나는 깜짝 놀라 화로에서 펄쩍 물러섰다. 뾰드락지는 적에게 짜게 하라는• 말도 있고 게다가 어머니는 손힘이 굉장히 세 아직 충분히 곪지 않은 걸 억지로 무자비하게 짜내는 게 특기였다. 그 고름이 꾸욱 짜내지는 순간은 아프다. 아니, 아프다고 할 만한 것이 아니다. 세계의 종말이 도래한 듯한 느낌이다.

그래서 나는 꾸물꾸물 옷을 갈아입었다.

보니 고쿠라복•• 왼쪽 팔에는 벌써 검은 상장(喪章)이 반듯이 꿰매어져 있었다. 상장 옷감이 어쩐지 번들번들, 싸구려같은 윤기가 돌고 있다. 오늘은 다이쇼 천황의 국가장 날이다.

• 뾰루지나 여드름은 과감하게 한 번에 짜내야 낫는다는 관용표현.

•• 小倉服; 고쿠라(小倉) 지방 두꺼운 직물로 주로 작업복이나 학생복을 만듦.

"딴 길로 새지 말고 후딱 가." 뒤에서 어머니가 못마땅해 하는 목소리로 호통쳤다. "그리고 끝나면 후딱 돌아오고."

나는 마당 앞쪽에서 동지 나무 아래를 지나며 일부러 다리를 절며 거리로 나왔다. 거리로 나와 어머니의 눈길에서 벗어나자 절뚝거리는 걸 멈췄다. 하늘은 여전히 흐리다. 엄청나게 춥고 시리다. 도랑이 얼어붙어 있다. 나는 주머니에 손을 쑤셔 넣는다. 주머니 안에서 1전 동화가 차갑게 짤랑짤랑 울린다. 할머니의 반짇고리에서 슬쩍해 둔 것이다. 오늘은 수업이 없어 가방을 들지 않아도 되지만 이렇게 추워서야 도저히 견딜 수 없다. 가방은 메지 않았지만 어깨가 아프다. 아프고 시리다. 학교 규칙에 망토나 외투는 금지되어있고 물론 손 장갑도 안 된다.

그리고서 나는 모퉁이를 돌아 세 번째 집인 경내 생선가게에 들렀다. 생선가게 아들이 동급생인데 그 생김새가 두꺼비와 닮아 와쿠도라는 별명이 붙어있었다. 와쿠도는 포르투갈에서도 그렇게 부르고 우리 지방에서도 그렇게 부른다. 생선가게 점두에 생선이 적었다. 가게 한가득 생선 비린내. 가게 가장 안쪽에 깊은 우물이 있고 그 옆에 절구가 붙박여 있어 기계식 쇠 방망이가 절구 속을 빙글빙글 반죽하고 있었다. 반죽 되고 있는 것은 생선 살로 이를 빚어 볏짚을 발라 그 상태 그대로 10전짜리 어묵이 된다. 경내 생선가게 스보시키 어묵은 동네에서 제일 맛있다는 평판이 자자했다. 그 깊은 우물과 절구 사이로 몸을 비끼며 얼굴이 커다란 남자가 밖으로 나왔다.

"빌려주지 못한다고. 절대로 빌려주지 않겠다고!"

아저씨는 커다란 얼굴을 뒤로 돌리며 그렇게 고함쳤다. 고함이라기보다 슬픔으로 엉망진창이 된 듯한 목소리였다. 우물 건너편이 문턱이고 그 뒤쪽으로 방이 있다. 아저씨가 고함을 치는 데도 아랑곳하지 않고 건너편 방은 쥐죽은 듯 고요해 아무런 대답도 돌아오지 않았다. 가게 안은 질척질척 생선살을 뒤섞는 단조로운 소리만이 가득했다. 나는 주머니에 손을 넣은 채 생선을 늘어놓은 가판대 옆에 서 있었다.

"좋아. 그렇다면 어쩔 수 없지. 억지로 빌려달라곤 안 해. 친형이 너무 힘들어서 동생인 너한테 엎드려 부탁하는 걸 절대 못 빌려주겠다는 거지. 알겠어. 기억해 두도록 하마. 평생토록 기억해 두도록 하마!"

우물과 절구 사이가 좁아 몸을 비끼고는 있지만 얼굴을 뒤쪽으로 돌리고 있는 탓에 발뒤꿈치라든가 무릎을 어딘가에 부딪힌 듯하다. 아저씨는 무서운 기세로 얼굴을 홱 이쪽으로 돌렸다. 절구를 걷어차듯이 하며 그 틈새로 빠져나왔다. 아저씨의 커다란 얼굴은 바로 정면에 있는 나를 향했다. 향해있기는 했지만 아저씨의 눈은 나를 바라보지 않았다. 내 몸을 투시하고서 내 훨씬 뒤쪽을 노려보는 것 같았다. 커다란 얼굴 양쪽에 붙은 눈은 개의 눈처럼 붉고 탁하며 그리고 번쩍번쩍

빛을 뿜고 있었다. 방 안에선 변함없이 쥐죽은 듯 아무 기척도 없었다. 아저씨는 다시 무언가 고함을 치려는 것처럼 보였지만 생각을 고친 듯 입술을 꽉 깨물고 무서운 기세로 입구 쪽으로 발을 내디뎠다. 나는 훽 물러섰다. 내가 물러선 공간을 넘어 문턱을 걷어차며 아저씨의 몸은 쭉쭉 도로를 향해 나아갔다. 아저씨가 입고 있는 쥐색 인버네스 외투는 여기저기 찢어져 너덜너덜해져 있었다.

"데라우치 구-운."

나는 언제나처럼 부르려 했다. 하지만 목소리가 나오지 않았다. 어른이 진심으로 화가 나 있는 모습을 처음 봐서 겁을 먹었던 것이었다. 그때 문턱으로 와쿠도가 쫄래쫄래 모습을 드러냈다. 와쿠도도 두려움과 불안감으로 눈물이 나오려 하는 표정을 짓고 있었다. 나는 내가 이곳에 있다는 사실이 당혹스럽게 느껴졌다.

"가자." 나는 간신히 목소리를 냈다. "빨리 안 가면 늦어."

와쿠도는 얼굴을 일그러뜨린 채 끄덕였다. 방 안쪽에서 화가 난 듯한 굵은 목소리가 날아왔다.

"오는 길에 딴짓하면 안 된다!" 와쿠도 아버지의 목소리였다. "연대에 어묵을 배달해야 하니까. 곧장 돌아와야 해!"

와쿠도는 주뼛주뼛 대답하고 문턱에 걸터앉아 할아버지처럼 등을 구부리고 꼼지락꼼지락 신발을 신었다. 빚어진 어묵을 손수레에 싣고 연대에 납품하는 것은 와쿠도의 역할이다. 와쿠도가 괴로운 건 손수레를 밀고 가는 그 자체 아닌 그 모습을 우리에게 들키는 것이다. 그건 나도 알고 있었다. 쇠막대는 변함없이 쿵짝 쿵짝 돌고 있었다. 와쿠도는 양손을 바득바득 문질러대며 그렇게 우리는 함께 바깥으로 나왔다. 구름은 점점 더 낮게 드리우고 그 아래로 동네 각 문에 걸린 조기(弔旗)가 축 늘어져 있었다. 평소엔 반짝반짝 빛나는 황금색 구가 검은 천으로 둘러싸이고 그 아래로 검고 길쭉한 천이 일장기에 깔끔치 못하게 휘감겨 있었다. 기는 축 늘어진 모양 그대로 빳빳하게 얼어붙은 것처럼 보였다. 와쿠도는 등을 구부려 빠른 발걸음으로 걸으며 표정을 일그러뜨린 채 나에게 속삭였다.

"저 사람 다이사쿠 백부님이래. 무서운 백부님이야."

해명하려 하는 말투였다. 아무것도 해명할 필요가 없는데도 나에게 들켰다는 사실에 사로잡혀 있는 것이다. 그렇게 약해빠진 구석이 있어 와쿠도는 언제나 반에서 무시당하고 괴롭힘당하는 아이가 되곤 한다. 와쿠도는 양손으로 입을 가리고 하아 하아 하고 흰 숨을 토했다. 손가락이 말린 정어리처럼 파리해져 있다.

"엄청 나쁜 백부님이야. 아버지가 늘 그렇게 말해." 그리고서 와쿠도는 곁눈질로 나를 힐끗대듯 굴었다. "오늘 백부님에 대한 거 아무한테도 말 안 할 거지?"

당연히 말하지 않을 거지만 나는 대답하지 않았다. 딴소리를 했다.

“엄청 화가 나 있었어, 너희 백부님.” 나도 와쿠도 흉내를 내며 손으로 입을 가렸다. “나 살짝 무서웠어. 나한테 덤벼들 줄 알고.”

“백부님도 화가 났긴 했지만 아버지도 부글부글 화나 있었어. 너무 추우니까 어른들 모두 화를 내는 거야.”

그러고 보니 우리 어머니도 부글부글 끓고 있었다. 그런 생각이 들었지만 입 밖으로 내지 않았다. 정말 너무 추워서 입술을 열고 싶지 않다.

그리고서 와쿠도의 팔을 끌어당겨 나는 골목길로 꺾어 들어갔다. 군고구마 장수 할머니에게 동화를 건네고서 군고구마 두 개를 샀다. 작은 쪽을 와쿠도에게 건넸다. 군고구마는 후끈후끈 하얀 김을 뿜어내고 있었다. 와쿠도는 이를 이리저리 바꿔 쥐며 눈짓으로 예를 표했다. 이 군고구마 집은 우리의 단골 가게로 가격에 비해 양이 많았다.

우리는 군고구마를 물어뜯으며 사잇길을 골라 서둘러 학교로 향했다. 사잇길이란 선생이 다니지 않는 길이란 의미이다. 걸으면서 군고구마를 먹는 걸 선생에게 들키면 다소 골치가 아프다. 게다가 오늘은 국장일이라 더더욱 골치가 아프다. 그래서 우리는 선생님에게도 친구들에게도 들키지 않고 군고구마를 완전히 먹어치운 뒤 학교 정문에 도달했다. 정문에는 금색 구를 검은 천으로 둘러싼 유달리 커다란 조기가 깃대에 축 늘어져 있었다. 마치 목을 매달고 자살한 시체처럼 보였다. 우리는 목을 움츠리듯 하여 그 아래를 지났다. 운동장은 이미 사람들로 가득했다. 여기저기 뿔뿔이, 혹은 조금씩 뭉쳐 그 상태 그대로 미동도 하지 않았다. 아직 저녁이 되지 않았는데도 벌써 아주 저녁이 된 것처럼 느껴졌다.

그때까지 눈치채지 못했는데 와쿠도 놈은 상장을 팔에 차는 걸 완전히 까먹고 있었다. 교정에 정렬한 뒤 선생이 그걸 발견해 어지간히 화가 났는지 와쿠도는 선생에게 주먹으로 머리를 세 대나 맞았다. 그리고서 사환분이 급히 찾아와 와쿠도의 팔에 상장을 채워주었다. 와쿠도는 눈가와 코밑 피부가 새빨개져 울상을 짓고 있었다. 그리고 식이 시작되었다.

여느 아침 조례 때 정렬과 달리 오늘은 모든 인원이 동쪽을 향하느라 살짝 방식이 상이하다. 나는 줄 가장 뒤쪽에서 두 번째였다. 그래서 앞쪽에서 무슨 일이 벌어지고 있는지 알 수 없다. 교장 선생의 이야기도 잘 들리지 않았다. 잘 들리지 않아 굉장히 긴 듯한 느낌이 들었다. 교장 선생은 무슨 말인지 알 수 없는 연설을 끝내고 주머니에서 흰 손수건을 꺼내 눈을 찍어누르며 꾸며낸 것처럼 비틀비틀거리며 단에서 내려갔다.

엉덩이 뾰드락지가 쿡쿡 아픔을 더해왔다. 근처 일대의 무겁고 갑갑한 작열감이 한창 뻗치는 중이라 상당히 부풀어 오른 듯하다. 손을 엉덩이로 가져가 살짝 눌러보면 입에서 윽

소리가 나올 성싶다.

인파로 가로막혀 저 멀리 앞쪽에서 무엇을 하고 있는지, 무악 연주 시간인 듯 구슬픈 음악 소리가 들려온다. 갑자기 옆쪽에서 웅성웅성거리더니 여선생 두세 명이 달려든 모양이었다. 4학년 여학생이 너무 추워 갑자기 툭 쓰러진 듯하다. 하늘은 더더욱 컴컴해지더니 결국 조그만 눈송이가 팔랑팔랑 춤추며 떨어져 내렸다. 눈송이는 우리의 어깨와 머리에 내려앉아 사라지지 않으며 점점 더 무거워져 간다. 그리고 단상 위로 창가 선생이 올라왔다. 창가 선생의 입술은 보랏빛이었다. 선생의 봉의 움직임과 함께 우리는 일제히 노래를 시작했다.

이 땅에 엎드려 천지의 신명께
기도해도 들어주지 아니하시니
……

일주일 정도 전부터 전교생이 매일 연습했는데도, 연습 때는 비교적 목소리가 맞았는데도 이날은 전혀 맞지 않았다. 전방 무리의 노래가 무턱대고 빨라 우리가 일 절을 다 불렀을 때 이미 이 절 절반가량 되는 부분을 부르고 있었다. 그렇다고 이렇게 된 이상 우리가 박자를 앞당겨 쫓아갈 순 없는 노릇이다. 그래서 앞쪽을 압도하듯 어느덧 우리는 에라 모르겠다 하는 식으로 노랫소리를 마구 질러댔다. 내일만 되면 선생

에게 호되게 혼쭐이 날 게 분명해 등등 생각하며,

국가장 거행되는 오늘 이날에

흘러넘친 눈물은 끝이 없도다

우리가 그렇게 불렀을 때 앞쪽은 이미 노래를 마치고 교정에는 후방인 우리의 목소리만 쩌렁쩌렁 울려 퍼졌다. 창가 선생은 아주 난처해진 나머지 단상 위에서 봉을 모호하게 움직이고 있다.

두 간(약 3.6m) 정도의 폭이 좁은 꽁꽁 언 길을 빈 짐수레를 매단 검은소가 맹렬하게 날뛰고 있었다. 검은소는 뿔을 세워 한곳만을 응시하며 흙을 걷어차며 달리고 있었다. 매달려 있던 짐수레가 쇠로 된 수레바퀴를 시끄럽게 울리며, 때때로 꽁꽁 언 흙에서 솟구치거나 하며 검은소의 뒤에 딱 붙어 질주한다. 비명과 고함을 내지르며 사람들은 양측 처마 아래로 뛰어들며, 위험해! 처마 아래로 도망쳐! 등등 부르짖거나 했다. 그들이 아우성치는 한복판으로 검은소는 머리를 숙인 채 뿔을 정면으로 세우고 맹렬히 돌진했다. 나와 와쿠도도 화들짝 놀라 두부 가게 처마 아래로 뛰어들어 난리를 피했다. 소와 수레의 주인인듯한 시루시반텐•을 입은 남자가 뭔가 큰소리로 부르짖으며 그 뒤를 쫓아 비트적비트적 달리고 있었다.

• 印半纏: 일본 전통 상의인 한텐에 무늬를 새겨넣은 옷.

시루시반텐은 만취해 있었다. 만취해 있었지만 뒤쫓아 달리지 않을 수 없었다. 시각은 이미 저녁이었다. 눈송이는 아까와 똑같은 모양 그대로 시르르시르르 땅으로 떨어지고 있었다. 여전히 바람은 불지 않아 그 탓에 추위가 도리어 오싹오싹 몸속까지 파고든다.

와쿠도는 극명하게 화가 나 있었다. 부글부글대는 것으로 속이 가득 차 화가 난 건지 슬퍼하는 건지 어느 쪽인지 알 수 없을 법한 상태로 화가 나 있었다. 와쿠도의 눈은 눈꺼풀 피부가 얇아 개구리처럼 거의 눈을 깜빡이지 않는다. 그 눈꺼풀 아래 눈이 서슬 퍼렇게 화가 나 있다. 원인은 대체적으로 알고 있었다. 선생에게 주먹으로 맞기도 했고 (머리에 혹이 나 있다), 기대하고 있던 만주를 받지 못했던 점도 있다. 와쿠도는 천장절이나 기원절• 과 마찬가지로 국가장 날에도 홍백색 만주를 받을 수 있을 거라고 착각해 굳게 믿고 있었던 것이다. 나도 살짝 화가 났다. 행여 만주를 받을 수 있을지도 모른다고 나도 반쯤은 기대하고 있었으니까. 이렇게나 춥고 시린 날에 정렬시키고 얘기를 듣게 하고 노래하게 하더니 맨손으로 돌아가는 건 너무하다. 그것이 우리의 대강의 기분이었다. 게다가 해가 저문 저녁이라 배도 너무 고팠다. 군고구마

• 천황탄생일인 천장절과 진무천황이 즉위했다고 전해지는 건국기념일인 기원절. 경사라는 의미로 홍백색의 만주를 나눠주기도 함.

따위는 진즉 소화되고 위 속이 텅 비어있었다. 해가 저문 동네는 절반 이상이 덧문을 닫거나 문을 내려두고 있었다. 그래서 길가는 어두웠다. 그 중 딱 한 채, 새빨간 빛을 길바닥으로 던지는 가게가 있었다. 아까 그 시루시반텐이 뛰쳐나왔던 작은 선술집이었다. 선술집 안에선 탁자와 의자를 한쪽으로 치워놓고 빈 봉당에 모닥불을 피우고 있었다. 집 안에서 모닥불을 피우거나 하는 건 너무 위험하잖아. 하지만 그 불꽃 색깔은 등자 색깔을 띠어 굉장히 따뜻해 보였다. 바람이 불지 않아 불꽃은 두 척(약 60.6cm) 정도로 끄느름히 곧게 타오르고 있었다. 그 모닥불을 앞에 두고 걸상에 털썩 걸터앉아 잔술을 홀짝홀짝 들이키고 있는 건 바로 그 다이사쿠 백부님이었다. 백부님은 커다란 얼굴이 새빨개져 취하지 않았을 때보다 두 배 정도 부풀어 올라 있었다. 다이사쿠 백부님은 갑자기 눈을 날카롭게 뜨더니 잔을 쾅 탁자에 내려두고 어슴푸레한 문 바깥을 응시했다.

"고지냐. 고지구나!"

백부님의 시선은 바로 정면의 와쿠도의 얼굴을 향해 쏟아지고 있었다. 전신주 그늘 속 와쿠도의 가느다란 몸이 갑자기 와들와들 떨리기 시작했다. 나도 뱃드락지의 아픔을 잊고 몸을 딱딱하게 긴장시켰다. 다이사쿠 백부님의 얼굴은 도깨비처럼 시뻘겋고 게다가 당장에라도 벌떡 일어나 바깥으로 뛰쳐나올 것만 같았다. 하지만 백부님은 뛰쳐나오지 않았다. 뛰쳐나오는 대신 히죽 웃으며 잔을 들어 올렸다.

"고지야. 이쪽으로 들어오너라." 백부님은 타이르는 목소리로 그렇게 말하며 혀로 입술을 날름 핥았다. "자아, 고지야. 너 엄청 배고프지?"

와쿠도는 전신주에 달라붙은 채 대답을 하지 않았다. 어지간히 겁을 먹었던 것이리라.

"배고프면 이 백부가 한턱내지. 어묵탕이라든지 우동이라든지 아무거나 좋아하는 것으로 먹여주마. 자 고지야. 이쪽으로 들어오너라."

백부님은 잔을 쥔 채로 조금씩 조금씩 허리를 들썩였다. 인버네스 외투의 앞쪽이 벌어져 덥수룩이 털이 난 정강이가 보였다. 술 때문에 정강이까지 새빨개져 있었다. 그리고 그대로 백부님은 비틀비틀비틀거렸다. 옆으로 비틀거리던 게 아니라 앞쪽으로. 앞쪽의 화륵화륵 타오르는 모닥불 불꽃 속으로 백부님의 몸이 크게 휘청였다.

"으악!"

와쿠도가 소리쳤다. 와쿠도는 전신주에서 펄쩍 물러나 아까 그 소에게 지지 않을 기세로 해가 저문 거리를 달려나갔다. 나도 와쿠도와 함께 소리 질렀을지도 모른다. 나도 와쿠도의 뒤를 쫓아 달려나갔다. 다이사쿠 백부님이 불꽃을 밟아 넘고서 쫓아오는 게 아닐까. 그렇게 생각하며 달리고 달려도 턱없이 부족하다는 생각으로 발을 껑충껑충 치켜들며 우리는 달렸다. 달리고 달렸다. 숨을 헐떡이며 헥헥거리며 눈에서는 눈물이 코에서는 콧물이 흘러나와 그 이상 달릴 수 없게 될 때까지. —

그 날의 기억은 지금의 나에게 그렇게 끊겨 있다. 그 질주로 인해 내 뾰드락지가 어떻게 되었는지, 그것 또한 기억나지 않는다. 파열되었을지도 모른다고 생각한다. 그리고 와쿠도도 자기 집으로 뛰어 돌아가 다이사쿠 백부님에 대해 보고하고, 그리고서 눈 속을 헤치며 연대로 어묵을 납품하러 떠밀렸을 것이다. (안타깝게도 와쿠도는 소학교 졸업 반년 전에 이질에 걸려 죽었다) 그리고 그 검은소는 어째서 그렇게 날뛰었던 걸까. 어쩌면 그날은 너무 추웠기 때문에, 게다가 주인은 선술집에 유유히 죽치고 앉아있었기 때문에 소 또한 역시나 화가 나 날뛰고픈 기분이 들었던 것이었으리라 생각한다. 얌전한 소가 그렇게까지 화가 나다니, 어지간했던 게 틀림없다.

(1955. 12.「세계世界」)

어느 한때

그즈음 나는 하루하루를 간신히 살아가고 있었다. 몽유병 환자처럼 온종일 멍하니 움직이고 있었다. 그러나 생활해 나가기 위한 불쾌한 감촉과 꺼칠꺼칠한 저항감은 아득한 곳에서부터 분명하게 나를 위협하고 있었다. 어쨌거나 하루만 넘기면 돼, 이따금씩 멈춰 서서 나는 그렇게 생각했다. 내일에 대한 건 내일 걱정하면 되겠지.

그런 식으로 억지로 마음의 눈을 감기는 순간이 하루에 몇 번씩 찾아왔다. 그것은 그때 그 상황이나 행동과 관계없이 갑자기 가슴속으로 치밀어 올라왔다. 걷고 있을 때, 의자에 앉아있을 때, 변소에 쪼그려 앉아있을 때, 다른 사람과 이야기하고 있을 때 등에 그것은 갑자기 내 마음을 뒤흔들었다. 나는 허겁지겁 스스로를 달랠 말을 찾아내야만 했다.

밤에 잠이 들려 할 때는 그나마 거의 괜찮았다. 대개 나는 술에 만취해 잠들었으니까. 그런 사념이 가슴으로 숨어들 여유가 없었다. 숨어든다 해도 나는 그것을 비웃을 수 있었다. 곤란한 건 오히려 아침에 일어날 때였다.

나는 혼고에 있는 하숙에 살고 있었다. 고지대의 코끝에 세워진 삼 층 하숙으로 이 층과 삼 층은 전망이 괜찮았지만 내 방은 아래층 가장 볕이 안 드는 방으로 카운터와 지극히 가까워 문간방이나 다름없는 위치에 있었다. 하숙료도 그 탓에 가장 쌌다. 그 방에서 매일 아침 식모가 나를 불러 깨웠다.

"벌써 일곱 시예요. 안 일어나면 관청 늦어요."

장지가 살짝 열리고 목소리가 그 사이에서 날아 들어온다. 그렇게 나는 눈을 뜬다. 이불깃으로 장지 틈을 빠져나온 식모의 얼굴이 보인다. 그것이 내 하루 중 가장 처음으로 보게 되는 인간의 얼굴이었다. 그 얼굴도 거의 장지에 가려 눈 하나와 코 절반 정도밖에 보이지 않았다.

"벌써 일곱 시 지났어요. 빨리 일어나요."

이 하숙에는 식모가 셋 있었다. 제각각 이름이 있었지만 몇 번씩 들어도 나는 기억해내지 못했다. 그래서 별명으로 나는 셋을 구별하고 있었다. 그것은 소, 쥐, 여우라는 구분방식이었다. 대체로 얼굴이나 몸집에서 유추해 기도가 붙인 별명이었다. 기도는 종종 술에 취해 내 방에서 묵었기 때문에 식모들을 바로 기억해내고서 그런 별명을 붙였던 것이었다. 그런 이름이 붙어도 식모들은 별로 신경도 쓰지 않는 것처럼 보였다. 오히려 좋아하는 것처럼도 보였다.

'쥐 씨 얼굴이네'라든가 '오늘은 소 씨로군'이라든가 나의 하루 의식 상태는 여기서부터 시작하는 셈이었다.

이곳 하숙에 나는 삼 년 넘게 살았다. 그렇게 오래 산 주제에 이곳이 내 방이라는 실감이 도저히 우러나지 않았다. 나는 늘 하룻밤 여인숙에서 묵는 것 같은 기분밖에 들지 않았다. 네모진 어두컴컴한 방엔 도코노마도 없었다. 조그만 벽장이 붙어있을 뿐 그 외엔 아무것도 없었다. 창문을 열면 검은 담장이 있고 창문 아래론 녹이 슨 양철 변기와 부서진 우유병 따위가 버려져 있는 것이 보였다. 그래서 전망은 전혀 트여있지 않았다.

하숙이란 정류장과 비슷하여 언제나 들어오는 사람들로 꽉 차 있지만 늘 같은 사람이 아니라 조금씩 변해가곤 했다. 동숙인들과 매일 아침 식당에서 얼굴을 마주치는 셈이지만 늘 처음 보는 듯한 얼굴뿐이라 전혀 친근감이 들지 않았다. 옛날에는 방마다 밥상을 들고 왔기 때문에 같은 하숙이라도 얼굴을 마주칠 기회가 없었는데 전쟁에 돌입해 배급제도가 실시되자 손을 줄이기 위해 식당을 만들어 거기서 다 같이 식사하게 되었다. 동숙인 얼굴 중 본 기억이 있는 건 두세 사람뿐이었다. 매일 아침 얼굴을 마주치는데 기억하지 못한다는 것도 나의 변별력이라든지 기억력이 급격히 박약해지는 탓일지도 몰랐다. 다 함께 식당에서 묵묵히 먹는 밥은 혼자서

퍼석퍼석 먹는 밥보다 맛이 없었다. 이렇게 잔뜩 모여 같은 양의 밥을 동일한 반찬에 먹는다는 것, 그것이 눈에 보이는 것만으로도 즐겁지 않았다. 즐겁지 않은 것은 나뿐만도 아니었을 것이다. 식당에서 모두가 침울한 표정으로 밥을 먹었다.

이 하숙은 나 같은 직장인과 학생이 반반 정도였다. 매일 아침 현관을 나서는 복장으로 알 수 있었다. 때로 하숙인 중 한 명에게 소집영장이 날아와 소 씨나 쥐 씨가 전별회장을 들고 돌아다녔다. 소집이 오는 건 대개 학교를 졸업한 직장인의 경우였다. 가끔은 열흘 정도 사이에 두셋씩 연달아 오는 경우가 있었다.

나를 서늘하게 위협하는 것 중 하나는 분명 이것이었다. 생활해나갈 의욕을 완전히 잃고 간신히 살아가고 있는 것도 한편으론 언제 이 붉은 용지가 나의 현재를 때려 부술지 모른다는 불안감 때문이기도 했다. 회장을 볼 때마다 나는 그 불행한 동숙인에게 격한 동정을 느꼈다. 그 감정은 고대로 내일을 알 수 없는 나의 운명과 어둡게 이어져 있었다.

하지만 그래서 어쨌단 거야. 전별을 식모에게 건네며 나는 늘 그렇게 생각했다. 끙끙대봤자 아직 시작도 안 했잖아. 어쨌거나 하루하루만 넘기면 돼.

불행한 동숙인이 남몰래 사라지면 또 새로운 하숙인이 어느샌가 그 방을 차지하고 있었다. 이가 빠지면 바로 의치를 넣는 것처럼 그것은 지극히 순조로이 진행되었다. 그리고 앞

사람의 이름은 식모들에게서도 잊혀졌다. 그것은 이상하리만치 찝찝한 느낌을 나에게 일으켰다.

그런 것들은 모두 인간의 생태라기보다 빛바랜 현상처럼 나에게 비쳤다. 나를 둘러싼 현실은 저 영사막 안처럼 흐릿한 회색으로 칠해져 있었다. 그 속에서 움직이는 나의 모습도 색채를 전부 잃어버린 것만 같았다.

생활상의 감동을 어느샌가 나는 완전히 잃어버린 상태였다.

그러한 나에게 어느 날 기도가 말했다.

"우리는 점점 별거 아닌 것들에만 흥미를 품게 되는 것 같아. 관청 일은 전혀 즐겁지 않은 주제에 쓸모없는 것엔 정열이 마구 솟아오르지."

그때 우린 주점 행렬에 가세해 있었다. 다섯 시부터인 개장을 기다리기 위해 장사진을 이루어 기다리고 있는 사람들 속에 우리도 늘어서 있던 것이다.

"맞아. 관청 일도 적당하니 괴롭지도 않아 이제. 애초에 출세하고 싶다는 생각도 없었고—"

"그런 사고방식이 관리로서 낙제인 거지. 출세하고 싶지 않다느니 관리로서 당치도 않은 거야."

"그편이 홀가분하기는 홀가분하지만."

"그러니깐. 술 한 잔을 받아먹으려고 세 시간씩 줄을 서는 편이 더 즐겁겠지. 직장을 농땡이 치면서까지. 우리야 아무리

시간이 지나도 고용된 신세니까. 그걸 즐기고 있다거나 하는 면이 있는 거겠지."

기도도 관청 고원•이었다. 국은 달랐지만 나와 마찬가지로 비교적 한가한 포스트로(라고 해도 일이 있기는 있었지만 이를 하지 않았을 뿐이었다) 그래서 나와 함께 오후부터 주점 행렬에 가세할 수 있었다. 본래 탐정소설 등을 쓰는 남자지만 이런 전시 상황에선 쓸 엄두도 내지 못하고 관청에 숨어들어 간신히 입에 풀칠이나 하는 상황이었다. 이러한 이도 저도 아닌 무리가 관청 안에 그저 몇 사람씩 있었다. 나와 성격이 맞는 건 대체로 이런 사내들이었다. 그 무리는 대부분 고원이라는 직함이 머리에 씌워져 있었다.

내가 매일 일하는 곳은 도쿄도의 교육과 관계된 관청이었다. 그것도 사무 관계가 아닌 일종의 외곽 같은, 무슨 일을 하는지 알 수 없는 이상한 구조의 관청으로 장소도 본국과 떨어진 요쓰야 쪽에 있었다. 그 일대는 지금은 완전히 불타버렸지만 콘크리트 사 층 계단, 그것만은 아직도 남아있어 신주쿠 쪽에서 중앙선을 타면 터널에 들어가기 직전 왼편으로 보이는 고지대 그늘로 그 일부분이 슬쩍 보인다. 다른 전차와 스

• 雇員; 관청이나 회사의 정식 직원이 아닌 사무나 기술 업무를 돕기 위해 둔 임시직원이자 고용인.

치듯 엇갈릴 때면 차단되어 보이지 않는다. 전차로 그곳을 지날 때 나는 아직도 신경이 쓰여 그 건물이 아직도 보일지 유심이 살피곤 하는데 스쳐 지나가는 전차에 가려 보지 못하고 지나치는 경우도 있고 그 잿빛 일부가 힐끗 눈에 비칠 때도 있다. 내게 있어 전차 창으로 비치는 이 건물의 모습은 영구히 jinx가 될 것이다. 그곳으로 나는 매일 통근했다.

물론 나도 이곳 고용인으로 있었다.

이 직장에서 나를 결정하는 이 고원이란 명칭이 나는 반쯤 마음에 들었다. 이름 위에 고원이라고 새겨진 명함을 다량으로 주문해 가지고 있었지만 그것을 사용할 기회는 아주 드물었다. 명함이란 좀 더 대단해져야만 필요한 것인 듯했다. 그 정도로 책임감 있는 지위에 내가 있지 않는다는 점, 그리고 고원이라는 명칭의 '고용되었다'라는 느낌이 내 어깨를 처지게 만들었다.

내가 그곳에서 부여받은 일은 '도쿄도의 교육'이라는 사진 팸플릿을 제작하는 일이었다. 처음에 소장(이곳의 장은 소장이라 불리고 있었다)이 시켰을 땐 담당도 나와 고타케 주사보 둘로 정해져 있었는데 한 달이 채 지나기도 전에 무슨 영문인지 고타케 주사보는 다른 일로 돌려지고 그 뒤로 나 혼자 담당하게 되었다. 그것은 요컨대 대도쿄의 교육상황 사진을 모아 그것을 한 책으로 편집하는 업무로 그 의도는 오로지 동아 제국에 이를 반포하여 그로써 교육에 있어 대

도쿄의 위용을 과시하려는 목적인 듯했다.

그래서 사진을 선정하려 해도 지저분한 교사(敎舍)나 빈약한 비품이나 비참한 꼴의 학생이 있는 장면은 엄정히 찢어버려야 했다. 전 장학사 출신의 자못 속물 같은 느낌을 주는 소장이 나를 불러 말했다.

"즉 황도(皇都)인 거지, 자제들이 이렇게 훌륭한 교사와 설비 가운데 훌륭히 황민으로 연성되고 있다는 것을 해외에도 널리 퍼뜨리자는 거야. 알아들었지?"

알아듣는다는 점에서야 나는 듣기 전부터 알고 있었다. 어차피 관리가 생각해낸 것이라 봤자 이 정도뿐이라 이러한 일로 예산을 소비하며 일임했다는 기분을 내는 것도 도쿄도 관리가 짜낼 수 있는 최대한의 지혜였다. 특히 교육 관계 관리가 주를 이룬 무리는 어찌 된 영문인지 극단적으로 머리가 나쁜 무리들 뿐이라 황국민 연성이라느니 참회 교육이라느니 바보가 하나만 알고 그것만 주구장창 말하는 꼴이라 이곳 소장도 그러한 예에서 벗어나지 않았다. 만들다가 망친 현미빵 같은 얼굴을 하고 있던 이 소장은 촌스러운 안경 너머로 나를 응시하며,

"고타케 군도 업무 관계로 다른 곳으로 돌리고 자네 하나에게 이를 맡기게 되었지만 자네는 고용인이긴 해도 충분히 해낼 수 있는 사람이라고 진작부터 생각하고 있었어. 머잖아서 기회를 봐서 주사보로도 추천할까 생각하고 있으니 그래,

제대로 해보라고."

딱히 주사보가 되고 싶지 않다고 입 밖으로 꺼낼 뻔했던 것을 나는 간신히 억눌렀다. 고용인으로 만족하고 있다는 심경을 이런 소장에게 얘기해봤자 아무 소용 없다.

이러한 상황에서 이 업무가 내 담당이 된 것이었다. 하지만 명령받고 수개월이 지났음에도 불구하고 작업엔 거의 진전이 없었다.

나는 매일 아침 관청으로 나선다. 출근부에 도장을 찍는다. 그 순간 업무를 향한 정열이 사라져버린다. 오늘이라는 하루를 이런 쓸데없는 일로 보내야 하는 건가 하는 생각이 들면 정이 떨어져 버린다. 이 '도쿄도의 교육'은 나로선 지극히 보람 없는 일이었다. 도쿄도 교육상황의 있는 그대로를 그려내라니, 그래 무슨 말인지도 알겠지만 좋은 점만 그려내라는 점이 마음에 들 턱이 없었다. 그중에서도 가장 한심한 건 어느정도 예산이 이에 편성되어있는가로 치면 말도 안 될 정도로 적어 전속 사진가를 데려다 찍으며 돌아다니기엔 턱없이 부족한 소액이었다. 이러한 예산으로 어떻게 해야 하는 건지 소장에게 묻자 잡지사나 신문사나 사진협회에서 이미 찍어둔 적당한 사진을 빌려와 그걸로 만들면 된다는 것이다. 어마어마하게 궁색한 일이었다. 즉 예산을 타낼 체면, 명분 같은 업무라 자연스레 담당도 '고원'인 나에게 떠맡겨버린 상황인 듯했다.

그래서 출근부에 도장을 찍으면 바로 나는 도내출장 절차를 밟고, 가령 사진협회 자료수집이란 핑계로 요쓰야 건물을 나온다. 그리고 길을 걸으며 하루를 어떤 식으로 넘길까 생각하곤 했다. 신문사나 잡지사를 도는 것도 우울하고 사진협회에 가는 것도 마음이 내키지 않는다. 사진협회의 비좁은 열람실에서 한 장 한 장 사진을 차례차례 넘기는 건 정말로 즐겁지 않은 일이었다. 그래서 공연히 전차에 올랐다가 공연히 전차에서 내려 공연히 기도가 있는 관청 건물로 발길을 돌리는 것이 나의 매일 버릇이 되어있었다.

관청이라는 것의 구조와 실태가 나에겐 아직도 분명치 않다. 사 년 가까운 관리 생활 동안 마구 뒤섞인 미로 속에 놓여있던 듯한 막연한 느낌이 남아있을 뿐, 어느 곳의 업무가 어떤 식으로 굴러가는지 그러한 것이 전혀 이해 상태에 머물러 있지 않다. 마치 내장처럼 복잡한 구조로 되어있어 의식하여 기억하려 하면 몰라도 나처럼 흥미가 없는 자에게는 영원히 불가해한 구조임이 분명했다.

하지만 그럼에도 관청이라는 곳은 무시무시하게 바쁜 곳이 무시무시하게 한가한 곳과 대단히 제멋대로 섞여 있었을 것이다. 마치 심장이나 폐처럼 온종일 바쁜 부서가 있는가 하면 위나 대장처럼 가끔씩 바쁜 부서도 있는 모양이었다. 창구사무에 근무하는 동료 관리를 바라보거나 할 때마다 나는 내

부서가 전반적으로 지극히 한가한 곳에 속한다는 느낌을 지울 수 없었다. 나의 처지는 이들에 비교하면 마치 편도선이나 충양돌기처럼 한가했다.

이러한 충양돌기가 관청 이곳저곳에 공연히 매달려 있듯, 기도가 속한 과도 역시나 그러한 모양이라 언제고 내가 방문해도 아무도 업무를 하는 기색이 없었다. 모두 책상 앞에 앉아 멍하니 담배를 피우고 있던가, 왁자지껄 잡담하고 있거나, 언제나 그런 식이었다. 내가 있는 부서 풍경과 판박이였다. 전쟁 중이라 관청에서도 인력이 부족하고 또 부족한 상태였음에도 어째서 이런 공동이 여기저기 나 있는 것인지 나로선 알 수 없었다. 내가 알 수 있는 건 이러한 공동이 확실히 존재하며 그중 하나로 내가 있다는 것, 그리고 그것을 이용하는 형세로 변해가고 있다는 것 등이었다. 여울 한복판에 부분부분 거짓말처럼 웅덩이가 몇몇 있는 것을 본 적이 있는데 우리 부서도 그러했던 걸지도 몰랐다. 그러한 웅덩이 속에 흘러들어온 수초가 그곳에서 그대로 썩어가는 걸 어렸을 때 나는 몇 번이나 개천에서 봤던 적이 있었다. 때때로 나는 그를 연상했다. 어린 나는 어째서 수초는 언제까지고 흘러가지 않는 건지 의아해했지만.

"충양돌기 정도는 아닐걸."

내가 그런 얘기를 하자 기도는 잠시 꺼림칙하다는 표정을 지으며 말했다. 그러고서 잠시 생각하더니,

"귓바퀴라는 식으론 생각할 수 없을까."

"귓바퀴도 하지만 지금으로선 쓸데없이 길쭉하기만 하잖아."

"하지만 충양돌기만큼 병적인 느낌은 없으니까."

병적이라는 게 뭘까. 또 건강이란 어떠한 형태의 것일까. 오늘날 시대에 나는 그러한 것을 이해할 수 없는 상태가 되어있었다. 나 스스로 시대에서 삐져나온 혹 같은 존재임을 느끼고 있었지만 그렇다고 혹이라는 사실에 화가 나거나 부끄럽다거나 하는 인식은 진작에 잃은 상태였다. 하지만 살아감에 있어서 불쾌한 감촉과 꺼칠꺼칠한 저항감은 대부분 그로부터 나오는 것임도 나는 동시에 지각하고 있었다. 그러자 기도는 다시 말했다.

"귓바퀴 자체는 쓸모없긴 하지만 안경을 걸어 눈에 봉사하긴 하잖아."

"술을 마시거나 도박을 하거나 하는 것도 봉사는 아니지 않나?"

그렇게 말하며 나는 웃었다.

우리는 근무시간 중 도박을 하게 되곤 했다. 그것은 역시 관청 안에 있는 창고 같은 건물로 의자와 책상 폐기물과 망가진 입간판 따위가 지저분히 쑤셔박혀 있는 방들 중 가장 안쪽에 다다미 여섯 장 정도 넓이의 헛간스러운 빈방이 있어 각 국 각 과에서 나와 기도처럼 일이 없는 잉여인이 정오가

지나면 공연히 슬금슬금 모여왔다. 그곳에서 도박이 개장되었다.

하지만 도박이라 해도 화투나 마작처럼 규모가 큰 게 아닌 일이 없는 우리와 어울리는 궁색한 도박이었다. 신문지를 가로로 가늘게 잘라 그것을 한 장씩 쥐고 그 문자 중 포함된 금액의 대소를 통해 승부를 가르는 구조로 되어있었다. 예산 기사 끄트러미가 주어져 육백오십억 엔 따위의 숫자가 있으면 판돈을 그 남자가 가져가게 된다. 때로는 '정가 일 엔 이십 전' 따위의 소액으로도 다른 이들에게 금액 글자가 없으면 승리를 차지할 때도 있었다. 판돈도 적어서 하잘것없는 승부였긴 하지만 그만큼 우리의 정열을 북돋는 점이 있었다. 만약 룰렛이나 화투 같은 것이었다면 우린 이 정도로 흥미가 솟아나진 않았을 것이다. 길쭉한 종잇조각을 위에서 아래로 훑는 손짓이나 느낌에서 착안해 이 도박은 필름이란 이름이 붙어 있었다.

대개 그 방으로 가면 대여섯 명의 남자들이 이 필름을 하고 있었다. 방 모퉁이에서 부서진 의자를 끌고 와 말없이 판돈을 내고 합세하면 된다. 판돈은 발각되었을 때를 대비해 진짜 지폐가 아닌 개개인이 발행한 금액권을 돌리고 있었다. 인간이란 이 얼마나 쓸모없는 짓에 열중하는 존재인가 하는 생각이 들지만 그 금액권도 이런저런 기술을 쏟아부어 보드지를 사각형으로 잘라 붓으로 단정하게 적은 것도 있다면 어떻게 속여 찍은 건지 자신이 속한 국의 국장 도장이 보란 듯이 찍힌 것도 있었다. 극비라는 식의 인이 찍힌 것도 있어 그것들이 승부가 진행되며 교환되다 나중에는 청산하게 된다. 퇴청시간이 되면 반드시 승부를 마치게 되어있었다. 너절한 우리이긴 했지만 관리 나부랭이인 이상 이러한 부분은 극히 착실했다.

아무튼 현직 관리들이 대낮 내내 일은 농땡이 치고 이런 창고 방에서 도박을 했다는 사실은 국민정신 총동원 취지에서 극히 벗어난 셈이었다. 실제 옆방에는 그러한 종류의 낡은 입간판이 산처럼 쌓여있어 이곳으로 드나들 때마다 우리는 그것들과 마주치는 셈이었다. 이곳으로 모이는 무리의 부서는 잡다하여 말이 많은 사내들이긴 했지만 이 방에 관한 비밀은 잘 지켜지고 있었다. 우리는 모두 탈락한 듯한 표정으로 유리창에 비치는 햇볕이 옅어질 때까지 필름을 이어가곤 했다.

하지만 이 방에 모이는 무리를 나는 이곳에서만 알고 지낼 뿐 어떤 일을 하는지, 어떤 경력을 가졌는지 전혀 알지 못했다. 이 필름에 쏟아붓는 정열만으로 나는 그들에게 친근감을 느끼고 있었다. 그들도 병든 충양돌기나 다름없었고, 외적인 힘으로 부서져 버릴 것이란 예감이 이런 필름에 빠져들게 하는 원동력이 되고 있음을 내가 막연히 느끼고 있었기 때문에.

"누구나 전쟁에 반대한다, 그런 강인한 인상은 없지. 정말로 반대한다면 그런 표정으로 필름 따위를 할 리가 있겠나. 파도의 흐름에 따라 자기도 모르는 사이에 밀려나 버릴 뿐이니까. 그렇게 되는 사정도 자기로선 알 수 없는 거야. 그래서 닮은 거겠지. 술집에 줄을 선 무리하고. 생김새가 판박이야."

언젠가 기도가 그렇게 말했던 것처럼 그렇게 보면 양자는 정말로 비슷했다. 요새 술 쪽은 계속 궁핍해지고 있어 막대한 돈을 내면 어쩔지 모르겠지만 음식세가 부과되지 않는 범위에서 마신다고 하면 그 넓은 도쿄에서도 그 수가 한정되어 있고 그것도 일찍부터 줄을 서지 않으면 불가능했다. 아무튼 한 차례 계산을 세금이 붙지 않는 금액 안에서 치르기 위해선 두세 번씩 줄 끝으로 돌아가야 한다. 그 회수를 늘리기 위해 무슨 일이 있어도 일찍부터 줄을 설 필요가 있었다.

하지만 일찍부터 줄을 설 필요가 있다 한들 다섯 시 개점인데 정오 무렵부터 줄을 서거나 하는 정열을 다들 어디서부터 유지하던 걸까. 실제 거짓말이 아니라 정오 무렵엔 이미 줄이 만들어져 있었다. 이러한 주점은 역시나 지극히 싸고 품질이 좋은 술을 마실 수 있는 가게였긴 했지만.

그래서 그곳에 얼굴을 내미는 단골들이 필름 단골들과 그 느낌이 이상하리만치 비슷하다는 얘기였다. 물론 필름 단골들은 우선은 말단 관리들이라 차림으로 봐도 그렇게까지 엉망은 아니었고 제대로 '방공복장'을 갖추고 있었지만, 술집 단골은 이보다 살짝 추레한 꼴로 부는 바람에 휩쓸려 모인 낙엽 같은 패거리가 많았다. 하지만 신기한 점은 가령 기도라 해도 이 줄에 섞여들면 자기 자리를 얻어 한 가지 색깔로 쉬이 녹아들던 것이었다. 방공복장도 이곳으로 들어오면 순식간에 풀이 죽은 인상을 뿜어내기 시작한다. 물론 나 자신도 그러했음이 틀림없다. 나도 이 행렬 속에서는 지푸라기 위에 누운 듯한 편안함을 언제나 느끼고 있었다. 술을 마시는 기쁨과 연결되는 줄을 서는 기쁨이라 하는 걸 나는 똑똑히 체득하고 있었다. 정오부터 줄을 선다는 것도 나로선 그 기분을 온전히 이해할 수 있었다. 우리도 종종 정오 무렵부터 줄을 서곤 했으므로.

나는 행렬에 섞여 개점을 기다리며 담배를 피우거나 앞뒤 사람들과 이야기를 나누곤 한다. 나는 대개 기도와 함께였지만 가끔은 혼자서도 나갔다. 행렬 속 대화란 것도 대개 하잘것없는 세상 이야기로 어디 어디 술집은 양이 많다든가 어디 어디는 표를 몇 시부터 나눠준다든가 그런 지식 교환 따위이다. 전쟁 말기에 존재했던 이러한 유의 싼 술집을 나는 아직도 스물 혹은 서른 정도 떠올릴 수 있는데 야사쿠사의 가미야 바라든가 신바시의 미카와야 같은 큰 가게를 빼면 대개 골목길이나 후미진 동네, 그런 음침한 장소에 있어서 자연히 그곳으로 모여드는 무리도 그런 풍경과 어울리는 사내들이었다. 신체 어딘가가 탈락한 듯한 이상한 냄새를 막연히 풍기고 목소리는 술 때문인지 반드시 잠겨있었는데 기도의 표현에 따르면 이런 목소리를 gin-and-water voice라고 한다고 했다. 이런 쓸데없는 말도 기도는 꽤 수히 알고 있었다.

이윽고 가게가 연다. 행렬이 조금씩 움직이기 시작해 입구를 향해 느릿느릿 이동함이 이를 수 없는 즐거움이었다. 얼마 안 있어 다 마신듯한 사람의 모습이 가게 입구에서 나오더니 이쪽으로 달려온다. 물론 제2회를 마시기 위해 행렬 뒤쪽으로 달려오던 것이다. 그 달리는 방식은 이상하리만치 반듯이 몸을 약간 기울이며 절뚝거리는 듯한 달리기였다. 진지하게 달리는 자는 거의 없었다. 그리고 이는 연일 술에 만취한 탓에 오는 신체 변화 때문이기도 했겠지만 오히려 정신적 이유에서 기인하는 것처럼 내겐 느껴졌다. 간신히 입장하여 허둥지둥 털어 넣는다. 그리고 나도 기도도 입구로 달려간다. 그렇게 뛰어가는 단계가 되면 우리의 달리기도 자연스레 그런 방식이 되었다. 그런 달리기 방식으로 줄줄이 늘어선 일렬의 눈을 거꾸로 훑어 올라가며 뒤쪽으로 달려간다. 어떤 복잡한 표정을 얼굴에 띄우면서.

뒤쪽으로 달려가는 무리는 모두 나와 같은 표정을 띄우고 있었다. 그들의 표정은 복잡한 뉘앙스를 머금고 있었기 때문에 제대로 표현하기 어렵지만 두 가지 상반된 무언가가 뒤범벅되어 억누르지 못하고 얼굴로 새어 나오는 듯한 느낌이었다. 기쁨과 슬픔, 혹은 자랑스러움과 자괴감, 또 친근감과 반발감, 그러한 것들이 날것 그대로 짝을 이루어 어쩐지 비참한 빛을 머금고 있었다. 그것은 물론 행렬의 눈을 의식하므로 생겨났던 것임이 틀림없었지만 또 그것을 뛰어넘은 개개인의 깊숙한 내부의 무언가이기도 했다. 이러한 때에 술집 단골들은 그 무엇보다도 단골에 걸맞는 빛깔을 농후하게 뿜어내고 있었다.

이 넓은 도쿄에서 저녁 시간이 가까워지면 이런 식으로 모여들던 사람들은 도대체 누구였을까. 그 하나하나를 찾아보면 결국 나처럼 그날그날의 종료만을 기다리던 사람들임이 틀림없겠지만 그렇게 거리를 걷다 보면 격렬한 문구의 입간판이 세워져 있거나, 방공호가 무시무시하게 파여있는 등 그러한 탈락자 같은 표정을 하고 있는 것은 나 혼자뿐인 듯한 느낌이 들곤 했다. 그것이 불안해 나는 무슨 일이 있어도 술집 행렬에 가세하기 위해 온갖 수단을 동원하지 않을 수 없었다. 그리고 나의 내부에서 술을 향한 기호가 일종의 도착을 일으키며 술을 마시기 위해 줄을 서는 건지, 줄을 섰기 때문에 술을 마시는 건지 불확실하게 변해갔다. 서너 시간씩 가만히 줄을 서서 기다리는 것이 스스로 지루하고 고통스러운지, 아니면 이를 통해 살아가는 보람을 느끼는지 그조차 확실하지 않았다.

하지만 이는 필름 건에 대해서도 마찬가지였다.

필름에 쏟아붓는 정열이라는 점에서 나는 그들과 친근감을 느끼고 있기는 했지만 그 친근감도 한 꺼풀 벗겨내면 어떤 혐오감으로 지탱되고 있음을 부정할 수 없었다. 나와 똑같은 감정을 느끼는 자가 있다는 건 든든하기도 했지만 동시에 불쾌하기도 했다. 필름을 하다가 피곤해지면 (세 시간씩 계속 연달아 하다 보면 심각하게 지치게 된다) 나는 스스로가 꺼림칙해짐을 느낄 수 있었다. 그리고 이는 모두가 똑같았을 것이다. 그것을 어떻게 모르는 척 넘어가는가가 이른바 우리가 살아가는 방식 같은 것이었다.

내가 확실히 알 수 있는 건 아무튼 이 시대를 살아가는 것이 편치 못하다는 것뿐이었다. 그러한 최대공약수를 모두가 나눠 갖고 있었다. 어떻게 해야 살아가는 게 편해질 수 있을까 하는 건 나로선 알 수 없었다. 또 이러한 상태가 언제까지 이어질까 또한 알 수 없었다. 나를 위협하는 것 또한 저 멀리 아득히 형태가 없는 무언가를 제외하면 하숙료가 밀려있다든가, '도쿄도의 교육'을 거의 착수하지 않은 상태라든가 그런 시시한 것들뿐이었다. 이러한 보잘것없는 것들이 내겐 쇠사슬처럼 무거웠다. '도쿄도의 교육'에 대해서도 나는 소장에게 두세 번 정도 재촉을 받고 있었다. 명령받은 이후 벌써 반년 가까이 지나있었다. 진행 중이라느니 하며 얼버무릴 수 없는 지경까지 온 것이었다.

필름 방에 모여드는 건 이렇게 나처럼 어중간한 위치의 이

들인 듯했다. 근무시간 중 이런 곳에 오는 것도 어디선가 무리를 하고 있는 것이기에 근무라는 점에선 다들 떳떳하지 못한 바가 있는 셈이었다. 바로 그래서 필름에 온갖 정열을 쏟을 수 있었다고도 할 수 있다.

"—과장이 나를 불러서, 지금처럼 해서야 도대체 어쩔 생각인가, 일할 생각이 있는 건가 하고 물어대길래 입을 다물어 버렸어. 그야 대답할 수 없었으니까."

필름 단골 중 한 사람이 그렇게 말했다. 서른넷 다섯이나 되었지만 아직 고원으로 키가 크고 야윈 남자였다.

"그니까, 자네 무슨 이즘을 믿고 있는 게 아닌가. 이즘을 말야. 하고 지껄이는 거야. 도통 모르겠다는 표정을 지으시니 나도 난처하지. 나라고 알 턱이 있겠냐고. 하는 수 없이 한참 있다 이즘이라 하면 Masochism을 믿고 있습니다 하고 답해 버렸지. 괴상한 표정을 짓더라고."

우리는 그래서 박장대소하기는 했지만 실은 나도 소장에게 그런 수모를 당하고 있었다. 어느 날 나가려 하는 나를 불러 세워 소장이 나를 사환실로 데리고 갔다. 무슨 생각으로 사환실로 불러 데리고 갔던 건지 모르겠지만 스스럼없이 이야기하자는 뜻을 보이고자 했던 것 같다. 그러더니, 자네 근무상황이 그렇게 좋지 않은데 뭔가 불만이라도 있는 건가 하고 힐책당해 나는 굉장히 곤혹스러웠다. 일이 재미있지 않다고 답하면 어째서 재미있지 않은 건가 하고 물을 게 뻔하다.

그러면 내 이해를 넘어선 영역이라 제대로 답할 수 없다. 그래서 입을 다물자 소장은 검은 테 안경 너머로,

"사내는 학창시절에 말이야, 뭔가 그쪽 방면 운동이라도 했던 게 아닌가."

"예에" 하고 나는 기세 있게 대들 듯 답했다. "농구선수였습니다."

소장은 다소 어안이 벙벙한 표정이 되어 나를 바라보다, 어쩐지 키가 크고 체격이 좋더라니 하고 말하며 하는 수 없다는 듯 웃어댔다. 그렇게 그날은 넘겼지만 또 조만간 힐책을 당할 게 분명하다. '도쿄도의 교육' 사진도 아직 네다섯 장밖에 모으지 못했다는 것을 들키게 되면 나로서도 변명할 여지가 없다. 반년 가까이 그저 급료만 타간 셈이 된다. 그러한 나를 향해 기도가 말했다.

"나는 요즘 점점 더 필름하고 술집 행렬에서 살아가는 보람을 느끼게 됐어. 앞뒤 분간 안 하는 기분이 들어."

기도는 애당초 키가 작고 야윈 남자지만 최근에는 더욱더 쭈글쭈글해져 눈만 반짝반짝 빛나곤 했다. 나와 거의 같은 무렵 관청에 들어갔는데 나보다도 출세가 더딘 모양이었다. 최근 근무성적이 너무 오르지 않아 다른 과로 돌리겠다고 과장이 을러대서 즐겁지 못한 모양이었다.

이러한 기도도 나도 살아가는 정열을 슬쩍 바꿔 쳐 한 곳으로 응집시킬 수 있기를 매일 간절히 바라고 있었다. 그리고

그 가장 빠르고 손쉬운 길이 만취하는 것이었다. 툭하면 머리를 쳐드는 걱정을 뭉개는 데도 이것이 절대적으로 필요했다.

우리는 거의 매일 밤 취해있었다. 어떻게든 자금을 조달해 매일 부지런히 행렬에 가세했다.

다섯 시에 가게가 연다. 행렬 앞쪽에서 웅성거리는 소리가 전해지면 그때부터 앞쪽 무리가 가게 안으로 들어간다. 그리고 띄엄띄엄 기울어진 사람 그림자가 달려오고 슬금슬금 줄이 움직이기 시작한다. 어떤 도취감이 이미 줄 전체를 지배하고 있음을 느낄 수 있다.

우리는 대개 강한 술을 즐겼다. 술맛을 즐기러 가는 건 아니었으니까. 서둘러 취기를 부르기 위해, 그리고 오늘이라는 날을 그렇게 넘기기 위해 아와모리나 소주를 각별히 아꼈다. 모두가 같은 기분이었기 때문에 가게가 열리고 그날 물품이 청주라는 게 알려지면 줄을 빠져나가 다른 가게로 달려가는 무리도 있을 정도였다. 그리고 위스키도 불평이었다. 가격에 비해 양이 적어 취하기까지 오래 걸렸기 때문에.

이윽고 1회차가 끝나고 두 번째 선두가 다시 가게로 들어갈 즈음부터 행렬은 어쩐지 분위기가 밝아지기 시작한다. 이 기다란 큰 뱀 같은 인파에 한 차례 술기운이 돌아, 낮 동안의 긴장을 풀어주는 듯한 저물녘의 빛깔과 더불어 그 뭐라 형용할 수 없는 친근하고 온화한 분위기가 범람하기 시작한다. 이

순간을 나는 그 무엇과도 바꿀 수 없을 정도로 사랑했다. 저물녘이란 뭐라 해야 좋을까. 그 저물녘의 풍경을—미카와야에서 보는 저녁달이나, 이즈카의 버들이나, 호리도메바시의 박쥐나 가미야 바의 저녁 안개를 나는 아직도 그립게 떠올린다. 방금 막 허겁지겁 들이부은 술이 다시 행렬에 끼어드는 사이 따스히 피어오르기 시작해 풍경이 부드러이 흐려지기 시작한다. 이때 나는 비로소 나 스스로를, 인간을 깊이 사랑하고 있음을 깨닫는다. 그것은 하나의 충동처럼 다가온다.

그렇다 해도 사람들은, 나 또한 포함해 어째서 그렇게 성급히 술을 쭉 들이부은 걸까. 그 강한 소주를 거의 두세 입 만에 비우고(마치 마신다는 모진 괴로움에서 한시 빨리 벗어나려 하는 것처럼) 그리고서 바깥으로 뛰쳐나가 달리기 시작하는 것이다. 마치 자신의 신체가 칵테일 셰이커라도 된 것처럼 기울인 채로 흔들어대며 달려간다. 어떤 복잡한 표정을 띄우면서.

그렇게 두 번째, 세 번째로 나아갈수록 온량한 부드러움이 요란법석 무너지기 시작해 주위는 완전히 어두워지기 시작한다. 완전히 취해 탁한 목소리가 여기저기서 들려오고 우리 얼굴 속에서도 취기가 용수철처럼 튀어 오른다. 그렇게 우리는 완전히 취해버린다. '도쿄도의 교육'에 관한 것도 필름에 관한 것도 머릿속에서 완전히 사라진다.

곤드레만드레 취한 기도를 부둥켜안고 나는 종종 내 하숙으로 돌아갔고, 또는 내가 부둥켜안겨 기도의 하숙으로 돌아갔다. 그리고 그대로 잠들어 버리면 아침까지 아무것도 분별하지 못했다. 아침이 되어 눈을 떠 지난밤의 기억을 서둘러 더듬어 올라가곤 했다. 그것은 어쩐지 대단히 불쾌한 무언가를 한가득 머금고 있었다. 오늘이란 하루가 다시 시작한다 하는 갑갑한 느낌이 그곳으로 포개어지는 것이었다. 살짝 열린 장지 틈으로 소 씨나 여우 씨의 눈알 하나가 튀어나오며,

"벌써 일곱 시예요. 일어나지 않으면 늦어요. 어머 어젯밤도 기도 씨랑?"

그럴 때면 기도는 내 옆에 잠들어 있다. 핏기 없이 종잇장처럼 새하얗게 잠들어 있다.

"빨리 일어나 식사하지 않으면 관청에 제때 못 갈 거예요."

매일 아침 그런 식으로 눈을 뜰 때마다 이 방이 내 방이 아닌 듯한 기분이 들었다. 벽 색깔도 방의 형태도 어쩐지 낯선, 데면데면한 기분이 들었다. 마치 타인의 방에 머물고 있는 듯한 기분이었다.

그리고서 이런 하루를 다시 몽유병 환자처럼 관청에서 필름방으로, 또 밤에는 술집으로 도는 스스로의 모습이 벌써 생생히 예상되는 것이었다.

하지만 그렇다 해도 별 상관없지 않을까. 나는 무거운 머리를 받치고 일어나며 생각한다. 어쨌거나 또 오늘을 넘기면 된다. 내일은 내일 어떻게든 되겠지. 이런 상태가 언제까지

지속될지 알 수 없지만 이러한 한때를 이러한 형태로 살아온 것 또한 이것 말고 살아갈 길을 찾을 수 없었기 때문이다. 이는 어쩔 수 없는 바이다.

스스로의 마음을 어르고 달래며 나는 겨우겨우 살아갔다. 태평양전쟁은 조금씩 패배해가고 있었고 나는 어느덧 곧 서른이 되려 하고 있었다.

(1948. 9.「문예도시文芸都市」)

이즈카 주점

이즈카 주점 골목길 담장 너머엔 커다란 버드나무 한 그루가 서 있었다. 여름날 저녁 등에는 그 근처로 박쥐가 팔랑팔랑 날아든다.

쇼와 18년(1943년) 초, 행렬은 대략 그 근방까지였다. 주점 입구에서 그 버드나무까지 일렬로 빽빽이 늘어서 끽해야 마흔 명 쉰 명 정도다.

그래서 다섯 시에 개점해 차차 입장하여 다 마신 뒤 밖으로 나와 행렬 꼬리에 붙어 다시 입장하고, 그런 식으로 마시려고만 하면 얼마든지 마실 수 있었다. 얼마든지 마실 수 있게 되면 인간은 그렇게 얼마든지 마시지 않는다. 적당히 만족하고 물러나게 된다. 오늘 억지로 마시지 않아도 내일도 있고 모레도 있기 때문이다. 즉 그 무렵엔 음주는 놀이요 즐거움이요 기쁨이지, 반항이니 싸움이니 하는 자포자기의 경지엔 이르지 않았던 것이었다. 내일이라는 날이 있는데 억지로 할 필요가 있겠는가.

이즈카 주점은 단단한 건물로 대들보나 기둥도 굵은 재목이 사용되었고 총체적으로 낡아 거무스름해져 있었다. 창이 적었기 때문에 내부는 어두컴컴했다. 입구에 걸려있는 '관허 탁주' 간판도 낡아 검어졌고 문자 부분만 풍화되지 않은 채 또렷하게 드러나 있다. 가게에서 더 안쪽 봉당을 향해 발을 내디디면 그곳에 커다랗고 깊은 우물이 있고 그 물로 탁주가 만들어지고 있었다.

그 무렵 이미 1인 1회분 음주량은 제한되어 있었다. 한 번 입장하면 탁주 술병이 두 병, 거기에 안주 한 접시. 안주 종류는 풍부해 그 종류와 가격이 벽에 줄줄이 붙어있었는데 이것이나 저것이나 질과 양에 비해 저렴했다. 전시 중 물자 부족 시대로선 가장 양심적인 술집 중 하나라고 할 수 있었다.

그래서 삼사 월 즈음부터 행렬이 점차 길어지기 시작했다. 새로운 얼굴이 나날이 늘어나기 시작해서이다. 길어지기 시작하는구나 싶자마자 행렬은 쭉쭉 길어져 갔다. 그 길어지는 속도는 경탄할 만했다. 행렬은 길어질 뿐만 아니라 그와 비례해 행렬이 만들어지는 시간 또한 쭉쭉 밀려 올라갔다.

다섯 시 개점이라 이전까진 다섯 시 조금 전에 달려가면 가장 끝 버드나무 위치에 줄을 섰는데 행렬이 길어짐에 따라 버드나무는 최전방으로 희미해져 가기 시작했다. 버드나무는 더 이상 말미의 상징이 아니라 하나의 표식으로 변해가고 있었다. 행렬이 서서히 움직여 간신히 버드나무 위치에 도달하면 사람들은 한숨 놓으며 어깨를 늘어뜨리고서 주머니에서 돈을 세기 시작하거나 입장 준비를 하곤 했다. 서둘러 표를 사 서둘러 탁주를 마시고 안주를 먹어치우지 않으면 다시 바깥으로 달려 나가 행렬 말미로 감에 있어 타인에게 뒤지게 된다.

느긋하게 줄을 서던 상태에서 이런 상태로 변하기까지 불과 두 달도 걸리지 않았던 것 같다.

전시 중 일본의 물자 변통이 어려워지고 그 어려움이 갑자기 민간 수요로 전가되기 시작했던 것은 쇼와 18년(1943년) 봄부터 여름에 걸쳐서였을 거라고 이즈카 주점 행렬 상태를 통해 나는 아직도 추정하고 있다. 음식업자로 배급이 적어진 탓에 업자는 그 빈약한 배급을 통해 생활하기 위해선 고가의 안주 등을 한데 끼워 파는 수밖에 없었을 것이다. 물론 품귀 현상을 이용하는 장사꾼의 상혼(商魂)도 있었으므로 그런 식으로 여기저기 가게에서 갑자기 가격을 올리거나, 위압적으로 변하기 시작했기 때문에 연줄을 가지지 못한 선량하고 가난한 대중은 싸고 양심적인 가게를 찾아 이곳저곳 돌아다니다 찾아내면 그곳에 운집하는 형세가 되어갔다. 나는 아직도 눈을 감으면 그즈음 여기저기 남아있던 얼마 안 되는 양심적인 가게 이름을, 그 가게의 구조와 분위기 따위를 하나하나 떠올릴 수 있다. 이즈카 주점 버드나무 가지의 모양새 따위도 그중 하나로 그것은 아직까지도 생생하게 내 기억의 황혼 속에서 흔들거리고 있다.

이 이즈카 주점에 가난한 술꾼들이 운집해온 이유 중 하나는 다른 가게에 비해 물품이 윤택했기 때문이다. 어째서 윤택했는가 하면 이 가게는 정부 배급에 의존하지 않고 자가생산하고 있었기 때문이다.

생산하고 있었다 한들 원재료인 쌀은 할당에 의존할 수밖에 없지만 아무튼 생산 역사가 오래되었기 때문에 그 실적을 무시할 순 없다. 그 무렵엔 뭇 기업이나 사업의 개폐통합은 대개 그 실적을 가장 우선으로 치던 분위기가 있어 실적이란 것이 없으면 죽도 밥도 될 수 없었다. 실적은 최고 강점이었다. 이즈카에는 도쿠가와 시대 이래 실적이 있다. 손쉽게 배급을 삭감할 수 없었던 셈이다.

그래서 그들(즉 그 당시 권력을 쥐고 있던 자들)은 배급을 삭감하지 않는 대신 제품을 자기 조직용으로 걷어감을 통해 실질적 삭감을 했다. 즉 이즈카 주점은 매일 두 석 여덟 두 내지 세 석의 탁주를 세무서, 경찰, 소방서 등에 의무적으로 납품해야 했다. 매일 그렇게 해야 하므로 엄청난 분량에 다다른다. 그리고 운집하던 선량한 술꾼을 향한 배당은 하루 한 석에서 한 석 다섯 두, 많아야 두 석 정도였을 것이라고 추정된다. 한 사람 당 두 홉, 두 석이면 천 명 분량이다.

천 명이라 하면 대단한 숫자처럼 느껴지지만 온 도쿄에서 이 술집을 바라보고 모여들기 때문에 엄청난 수에 끼지도 못한다.

그리하여 행렬의 의미는 버드나무가 말미였던 시대에서 버드나무가 표식인 시대로 변화하고, 또 마신다는 것의 의미도 내용상 변화해갔다. 즐거움이나 피로 해소를 위해 마시는 것이 아니라 '마시기 위해 마신다'라는 형태로 변해갔던 것이다. 자신의 몸이 탁주를 원하든 원하지 않든 '마시기 위해 마신다'이므로 그것은 문제도 뭣도 되지 못한다.

전시 중 혹은 전쟁배급제도가 술을 즐기지 않는 사람을 술을 마시게 하고, 담배를 피우지 않는 사람에게 담배의 맛을 가르쳤다. 이와 살짝 비슷한 관계가 이곳에서 발생해갔다. 사람들은 마시기 위해 줄을 서고, 그리고서 한 번이라도 더 마시기 위해 서둘러 모조리 털어 넣고 행렬 말미로 뛰어갔다. 탁주는 음미하기 위해 존재하는 것이 아닌 서둘러 삼켜지기 위해 그곳에 존재했다. 이즈카의 탁주는 굉장히 뜨듯한 술이었기 때문에 그것을 타인보다 빨리 마시기 위해선 이런저런 궁리와 기술과 목구멍 혹은 혀 따위의 훈련을 요구했다.

기묘한 거드름이랄까 댄디즘이랄까 그러한 무언가가 그런 식으로 행렬 단골들 사이에 점차 싹트기 시작했다.

그것은 이전에 편히 술을 마실 수 있던 시절엔 절대로 보이지 않던 것으로, 즉 타인보다 빨리 마심을 자랑스레 여기고 또 떼어서 타인보다 빨리 말미에 붙음을 으스대다. 그것이 일종의 댄디즘 형태를 취하며 드러나기 시작했다.

주량을 겨루는 것도 아니고 빨리 마시는 게 자랑거리가 될 수 있을지 어쩔지 조금만 생각하면 알 수 있을 테지만 그것은 눈 깜짝할 새 일반적인 풍조로 널리 퍼지게 되었다.

탁주 하루 분량의 절대량에 비해 수요자 행렬이 엄청나게 길어졌다는 점, 그런 뒤틀림의 내부에서 그러한 풍조는 자연스러운 것이었을지도 모른다. 어차피 빨리 마셔대는 이상 술맛은 느껴지지 않는다. 술맛이 느껴지지 않는다면 하다못해 속도를 두고 겨루는 것 말곤 즐거움이 없는 것이다.

혼자서 느긋하게 탁주 맛을 음미한다 하는 것은 그 무렵엔 더 이상 허용되지 않는 시스템이 만들어져 있었다.

어째서인가 하면 정각이 되어 행렬 선두에서 서른 명이면 서른 명만 입장시킨다. 그리고 그들이 모두 마신 뒤 퇴장할 때까지 그다음 서른 명은 들어갈 수가 없다. 스물아홉 명이 퇴장한 뒤 혼자서 유유히 마시고 있으면 다음 서른 명이 입구에서 얼굴을 들이밀며 욕설과 고성을 퍼붓는다. 흥분해 있으므로 몰매질을 당할지도 모른다.

즉 이 주점에선 빨리 마실 수 있는 자가 아니면, 탁주를 맥주처럼 들이킬 수 있는 자가 아니면 입장 자격이 없었다. 바로 그것이 자격이기 때문에 그 자격의 최상위를 두고 겨루려는 마음이 드는 것도 어느 정도 수긍이 가는 이야기일 것이다.

일본기록이나 세계기록을 겨루듯 단시간에 비우기를 두고 경쟁한다. 그것은 진짜 단골, 일찍부터 급히 달려가 선두 쪽에 줄을 서는 무리에게서 현저하게 두드러졌다.

정각이 된다. 선두 몇십 명인가가 입장하고 그만큼 간격을 메우는 행렬의 움직임이 가장 끝부분까지 파급되지 못하는 사이 선두 그룹의 톱은 재빨리 가게를 뛰쳐나와 말미를 향해 질주한다. 가장 끝 쪽은 행렬의 움직임을 통해서가 아닌 톱이 달려오는 것을 통해 이미 개점했다는 사실을 알게 된다. 그렇게 하나하나 달려온다. 모두가 한결같이 기울어진 자세로 달려온다. 균형이 잡힌 정상적인 달리기를 하는 자는 거의 없다. 대개 오른쪽이나 왼쪽으로 기울여 마라톤 최후 코스 주자처럼 달려온다.

"이즈카 탁주에는 말이지." 어떤 사내가 나에게 알려주었다. "소주가 약간 섞여 있어. 그래서 효과가 좋고 오랫동안 마시다 보면 꼭 저런 식으로 달리게 되어버리는 거야. 저 만짱이 좋은 예지."

만짱이란 이즈카 주점의 오랜 단골로 본래 인력거꾼인데 본업에는 그다지 애를 쓰지 않고 소방서 아래에서 야채가게를 하고 있는 동생의 비호를 받으며 매일 이즈카에 드나들고 있었다. 알코올 중독이라기보다 탁주 중독이라 불릴 법한 인물로 톱에 서서 달려오는 건 대개의 경우 이 만짱이었다. 만짱의 달리기는 삼십 도 정도 왼쪽으로 기울어져 있었다.

(만짱은 둘째치고) 만짱이나 다른 단골들의 달리는 모습을 관찰하며 나는 가끔 생각했다. '모두 한결같이 기울인 채로 달리는 건 자연스럽게 그렇게 되는 게 아니라 역시 일종의 댄디즘이 아닐까. 거드름 혹은 쑥스러움처럼'

그렇게 막상 내 차례가 되어 행렬의 시선을 거슬러 훑으며 달리다 보면 기울어져 달리는 쪽이 역시나 괜찮은 방식인 것 같다는 생각도 들었다. 나의 경우엔 쑥스러운 기분도 적잖이 섞여 있었다. 워낙에 수많은 시선을 역으로 훑느라 가슴이 뻣뻣해져 당당하게 달릴 수는 없을 듯한 기분이 분명히 느껴지던 것이다. 역시 기울여 달리기가 그곳과 어울렸다. 만짱은 그러한 거드름이나 포즈가 아니었다. 오랜 탁주가 몸 어딘가를 좀먹고 있어 운동신경의 작동도 조금은 둔해져 있던 듯하다. 그는 전후 어느 날 신주쿠에서 술을 마시고(이즈카는 전화(戰火)로 불탔기 때문에) 전차를 공짜로 올라타 귀가하던 도중 전차에서 뛰어내린 순간 대형자동차와 충돌해 그다운 장렬한 최후를 맞이했다. 역시 탁주 때문에 운동신경이 약해져 결국 타이밍을 잘못 잡았던 것이리라.

하지만 신경은 둔해져 있었어도 그의 탁주 마시기는 눈에 띄게 빨랐다. 요령이 있었던 것이다.

술병에서 잔에 따라 마시는 그런 정상적인 방법을 그는 취하지 않았다. 그 방법은 탁주가 뜨듯한 술이기 때문에 시간이 꽤나 걸리기 때문이다.

우선 그릇이 큰 안주를 주문한다. 안주 종류는 따지지 않는다. 그릇이 크면 클수록 좋다. 그 그릇 속 안주를 손가락에 들고서 빈 그릇에 탁주를 들이붓는다. 그것을 들이키는 것이다. 그릇은 잔보다 커다래서 식는 것도 빠르다. 그래서 스피드가 오른다. 그렇게 쭉 들이킨 뒤 안주는 손에 쥔 채로 뛰쳐나와 달리면서 그를 먹는다.

공기의 저항을 극도로 배제하기 위해 항공기는 매우 아름다운 유선형의 모양을 취한다. 바라보는 것만으로 기분이 좋아진다. 만짱의 방식도 그와 마찬가지로 합리성에 있어 대략 아름답고 장렬하다고 할 수 있었다.

그래서 만짱은 그 마시는 속도를 두고 뭇 사람들의 경외의 대상이 되었는가 하면 그렇지 않았다. 경외와 정반대인 무언가의 대상이 되어있었다.

모두가 그 속도를 다투며 겨루고 있었음에도 불구하고 만짱을 경외하지 않았던 건 그 극치의 모습에서 경쟁의 어리석음이 드러났기 때문일 것이다. 극치라는 것은 어떠한 경우에나 기괴하고 그로테스크하기 마련이다. 인간이라는 살아있는 몸의 경우에는 특히나 더욱 그러하다.

행렬이 길어지고 후미는 모퉁이를 돌고, 더욱더 길어지고 또 모퉁이를 돌기 시작하면 어떻게든 이를 정리할 인간을 필요로 하게 된다. 즉 사회자다.

그러한 사회자들은 행렬이 길게 뻗어감에 따라 자연스럽게 발생해 이윽고 일종의 보스가 되어갔다.

그 사회자의 발생, 보스화는 실로 전형적인 과정을 드러냈고 나는 아직도 그 일이 떠오르면 흥미가 솟아난다.

보스의 두목이라 불릴 법한 자는 '몽둥이네'라는 남자로 어째서 몽둥이라 불린 건지 알 수 없지만 몽둥이인지 뭔지의 제조에 종사하고 있었을 것이다.

그 아래로 벽돌네, 붉은코 라느니 하는 자가 있고, 그 아래 만짱이 있었다. 만짱은 작은 보스라기보다 보스의 수하로, 수하라는 사실을 통해 행렬에 새치기하여 들어가거나 혹은 공짜로 술을 얻어먹곤 했다.

그가 그러한 위치를 차지할 수 있었던 것도 실력에 의한 것이 아닌 이 주점을 몇 년 몇십 년 동안 드나든 '실적'에 의한 바가 컸다.

실적이라는 말은 알 것 같다가도 모를 것 같기도 한 굉장히 일본적인 단어로, 나는 이 실적 및 보스의 형성 양상을 언젠가 다른 형태로 자세히 써보고 싶다.

(1955. 10.「신초新潮」)

표주박

봄날이었습니다.

"모종이야 모종." "모종 필요 없습니까."

모종 장수 아저씨가 지로네 마당으로 슬쩍 들어왔습니다. 얼굴이 납작하고 키가 크고 몸집이 굉장히 큰 아저씨로 손바닥은 팔손이나무 이파리만 했습니다. 지로를 보더니 싱글벙글 웃으면서 가까이 다가왔습니다.

"도련님. 모종은 필요 없으신가. 달리아에 팬지. 장미에 맨드라미. 스위트피 모종."

리어카 안에는 커다란 모종, 작은 모종, 떡잎 모종, 구근 같은 것들이 한가득 뒤죽박죽 놓여 있습니다. 지로는 그것을 들여다보며 말했습니다.

"표주박 모종은 없나. 나 표주박 사고 싶은데."

"표주박."

아저씨는 눈꼬리를 쭈글쭈글 구기며 살짝 당황한 표정을 지었습니다.

"표주박 말인가."

"응. 표주박."

지로는 어렸을 때부터 표주박의 모양을 아주 좋아해 언젠가는 직접 심어 그 성장하는 모습을 기록하고 가능하면 학교에도 내고 싶다고 전부터 늘 생각하고 있었습니다. 지로는 소학교 오학년입니다.

아저씨는 리어카 안을 여기저기 뒤지다 간신히 모종 하나를 꺼냈습니다.

"아아, 딱 하나 남아있네."

하고 아저씨는 혼잣말을 하면서 그것을 소중하게 지로의 손으로 건네주었습니다.

"이건 훌륭한 표주박이야. 오와리 표주박이라고 하는데. 이렇게 커다란 열매가 열려."

아저씨는 싱긍벙글 웃으며 손으로 모양을 그려 보였습니다.

지로는 모종을 지면에 살짝 내려두고 서둘러 집으로 들어가 저금통에서 돈을 꺼내 서둘러 돌아왔습니다. 이 돈은 지로가 닭을 키워 그 알을 어머니에게 팔아 간신히 모았던 그런 돈입니다. 모종 장수 아저씨는 등나무 시렁의 아래에서 위를 올려다보거나 지면을 보거나 하고 있다가 지로가 나오자 말했습니다.

"표주박을 심으려면 여기가 제일이야. 가을이 되면 이 시렁으로 표주박이 주렁주렁 매달려 분명 경치가 훌륭할 거야."

아저씨가 리어카를 끌고 돌아간 뒤 지로는 삽을 휘두르며 등나무 시렁의 등나무가 자라고 있는 반대편 밑동을 으쌰으쌰 열심히 갈고 그 작은 모종을 심은 뒤 물을 뿌려주었습니다. 즉 등나무 시렁의 등나무가 뻗고 남은 빈터로 표주박이 뻗어 올라가도록 한 것입니다.

표주박은 쑥쑥 뻗어 자랐습니다.

여름이 되자 덩굴은 등나무 시렁으로 종횡으로 얽혀 수많은 잎을 매달고 등나무 덩굴과 표주박 덩굴은 등나무 시렁 위에서 서로 옥신각신 뒤얽혀 마치 한바탕 싸우는 것처럼 보였습니다. 그리고 그것들의 이파리들이 뜨거운 햇볕을 가로막아 시원한 나뭇잎 그늘을 만들어 주었기 때문에 가족들 모두 아주 좋아했습니다.

표주박 꽃이 그 잎사귀 사이로 조금씩 피어올랐습니다. 분명 가을이 되면 표주박이 되어 매달릴 거야. 지로는 기대하며 노트에 그 꽃을 사생하곤 했습니다.

가을이 되었습니다.

바람 때문인지 벌레 때문인지 애써 피어난 꽃은 거의 대부분 뚝뚝 떨어지고 말았습니다. 지로는 맥이 빠졌습니다. 그래도 간신히 딱 한 송이가 살아남아 그것의 뿌리가 점점 부풀어 오르는 것 같았습니다.

"하나여도 괜찮아. 훌륭한 표주박이 생겨날 거야."

매일 아침 일어나 지로는 제일 먼저 등나무 시렁 아래로 가서 그것을 바라봅니다. 그것은 매일매일 쑥쑥 자라납니다. 지로는 그때 그 모종 장수 아저씨의 손 모양이 떠오르거나 하여 마음이 근질근질하곤 했습니다.

"이 녀석만은 잘 자랄 것 같아."

하지만 아무래도 이상했습니다. 그 열매는 표주박처럼 둥글게 부풀어 오르는 게 아니라 비실비실 길쭉하게 아래로 길어질 뿐입니다. 엥 하고 지로는 고개를 갸웃거렸습니다. 이런 표주박도 있는 걸까.

어느 날 어머니가 등나무 시렁 아래로 와서 그 열매의 모양을 꼼꼼히 살펴보았습니다. 그리고 지로를 돌아보며 살짝 웃음을 지은 채 말했습니다.

"지로야. 이건 표주박이 아니야. 수세미야."

"수세미 아니야. 모종 장수 아저씨가 분명히 표주박이라고 했단 말이야."

"이렇게 긴 표주박은 없잖니. 표주박은 한가운데가 잘록 들어가 있을 테니까."

지로는 뭔가 대꾸를 하려다 입을 다물고 말았습니다. 그러고 보니 이렇게 밋밋한 표주박 같은 게 있을 리 없기 때문이었습니다. 지로는 이내 생억지를 부리며 말했습니다.

“표주박이나 수세미나 거의 똑같지 뭐.”

하지만 지로의 마음은 살짝 서운했습니다. 분명 모종 장수 아저씨가 모종을 잘못 건네줬던 걸 거야. 그렇게 생각해보아도 역시나 서운했습니다.

(1957. 1.『말의 하품』 수록)

말매미와 달걀

지로는 매미잡이 장대를 비스듬히 쥐어 잡고 뜰을 가로질러 발소리를 죽이며 살금살금 닭장으로 다가갔습니다. 닭장 입구 기둥에 커다란 말매미가 앉아있던 것이었습니다.

말매미라는 매미를 여러분 모두 알고 계시나요. 매미 중에서도 가장 크고 왕왕왕 하고 우는 바로 그 매미입니다. 그 말매미 한 마리가 기둥에 매달려 몸통과 엉덩이를 뜰썩이며 막 왕왕왕 하고 울어대고 있었습니다.

철망으로 둘러싸인 닭장 속에서 수탉이 고개를 빳빳이 세운 채 유유히 걸어 다니고 있었습니다. 암탉은 둥지 안에 가만히 앉아있다가 문득 고개를 들어 낮은 소리로 꼬꼬꼬꼬 하고 울었습니다. 간신히 알을 낳은 듯합니다.

암컷은 화들짝 놀란 듯 수탉 쪽을 쳐다보았습니다. 그러더니 황급히 목을 뽑아 당기며,

"꼬께꼬꼬꼬, 꼑꼬꼬, 꼑꼬꼬꼬."

하고 야단법석을 떨었습니다. 그 소리를 듣더니 말매미는 별안간 울음소리를 그쳤습니다.

지로는 순간 화가 났습니다. 암탉의 야단법석 소리를 듣고서 매미가 경계한 듯했기 때문입니다. 모처럼의 붙잡을 기회인데 매미가 경계하면 놓쳐버릴지도 몰라.

지로는 기둥의 말매미를 향해 장대를 휙 들이밀었습니다. 그 순간 매미는 지이익 하는 소리를 남기고 재빨리 저편으로 날아가 버렸습니다.

"앗!"

하고 지로는 무심코 외쳤습니다. 놓치고 보니 저 매미가 지금껏 보지 못했을 정도로 커다란 매미였던 것 같은 기분이 들어 발을 동동 구르며 장대로 철망을 때렸습니다.

수탉은 그에 아랑곳하지 않고,

"꼑꼬꼬, 꼑꼬꼬."

하고 소란을 피웠습니다. 둥지에서 암컷이 슬금슬금 기어 나왔습니다.

새하얀 알 하나가 둥지 지푸라기 위에 놓여있었습니다. 지로는 그것을 보고 발을 동동 구르던 걸 멈추었습니다.

"하하하. 알을 낳았구나."

닭이 알을 낳았다고 어머니께 알려야 할까, 아니면 닭장에 들어가 알을 가져다 어머니한테 가져갈까, 지로는 잠시 고민

했습니다. 왜냐하면 어머니는 언제나 지로에게 혼자 닭장에 들어가면 안 돼 하고 신신당부해왔기 때문입니다.

"하지만 알을 가지러 들어가는 거니까."

하고 지로는 생각했습니다.

"장난치러 들어가는 게 아니니까 혼나진 않을 거야."

지로는 매미잡이 장대를 내던져버리고 철망 문을 밀며 살금살금 안으로 들어갔습니다.

그러자 수탉은 갑자기 울음소리를 멈추더니 날개를 살짝 부풀리며 힐끔 지로를 쳐다봤습니다. 어쩐지 화가 난 모습입니다.

"토토토토토."

살짝 기분이 상해 보였기 때문에 지로는 그렇게 소리냈습니다. 달래 줄 생각이었던 겁니다.

"토토토토토."

그렇게 소리내며 지로는 조심조심 둥지로 다가갔습니다. 수탉도 묵묵히 지로의 뒤에 딱 달라붙어 쫓아왔습니다. 그때 암탉이 닭장 구석에서 구구구 하고 울었습니다.

지로는 조심스레 허리를 굽혀 둥지 속 알을 덥석 쥐었습니다. 매끈매끈거리는 아직 따스한 알입니다.

그 순간 수탉이 살짝 날아오르듯이 굴더니 그와 동시에 딱딱한 부리로 지로의 손등을 콕 찔렀습니다. 그 아픔은 자신도 모르게 소리가 튀어나올 정도였습니다.

지로는 하지만 이를 꽉 깨물고 입구 쪽으로 걸어갔습니다. 그러자 수탉은 뒤따라붙어 이번엔 지로의 발목을 콕콕 찔렀습니다.

"아야얏."

부리나케 문 바깥으로 나와 지로는 알을 꽉 쥔 채 안채 방향으로 힘껏 달렸습니다. 눈물이 나오려 하고 울음소리가 목구멍에서 나오려 하는 것을 필사적으로 억누르며 지로는 달렸습니다. 안채까지 거리가 평소보다 서너 배는 더 멀게 느껴졌습니다.

그리고 부엌으로 달려 들어가 어머니의 얼굴을 본 순간 지로는 억누르고 억누르던 눈물을 폭포처럼 쏟아내며 큰 소리로 울음을 터뜨렸습니다. 울어도 울어도 눈물은 계속 계속 흘러넘쳤습니다.

— 그로부터 삼십 년이 흘렀습니다. 지로는 아주 어른이 되어 기운차게 살아가고 있지만 여름이 되면 가끔씩 삼십 년 전 그 날의 일이 떠오릅니다. 알을 꽉 쥐고 뜰을 달려나가던 어린 시절 자신의 모습이 떠오르면 아직까지도 어쩐지 가슴이 아파져 오곤 합니다.

(1957. 1.『말의 하품』 수록)

백 엔 지폐

술버릇이니 하는 건 그 사람의 몸에 배어있는 것이 아니라 아주 사소한 계기로 변화하는 법이죠. 어떤 기회로 술에 취해 울게 되면 그것이 버릇이 되어 한동안 울보가 되었다가 그리고서 어느새 성을 내는 버릇이 몸에 배면 심술쟁이가 되었다가 하는 그런 식이므로 일정한 무언가는 아니라는 겁니다.

지금으로부터 이십 년 정도 전, 제가 파릇파릇한 샐러리맨이었던 당시 묘한 술버릇이 제게 배어있던 적이 있습니다. 어떤 버릇이었는가 하면 술에 취해 돌아와 방 여기저기에 지폐나 은화를 숨겨두는 버릇입니다.

어째서 이런 난처한 버릇이 생겼는가.

어느 날 밤, 어묵탕집에서 한잔 기울이며 같이 간 동료가 저에게 이런 말을 했습니다. 물건을 줍는 이야기를 하다 이런 얘기가 나왔던 겁니다.

"얼마 전 섣달 그믐날엔 정말 행복했어."

"뭘 주웠는데?"

하고 저는 물었습니다.

"주운 건 아니지만."

동료는 눈을 가늘게 뜨며 신난 듯한 목소리로 말했습니다.

"일기장에 섣달 그믐날 부분을 여니까 거기에 십 엔 지폐가 끼어있더라고."

"오오. 그게 왜 거기 있던 거야. 누가 끼워줬던 건가?"

"나 같은 사람한테 끼워줄 사람이 어딨겠어. 끼워 넣은 건 아마 나 자신이겠지."

"자네가?"

"그래. 엄청 취해 끼워뒀던 것 같아."

이 동료도 술을 좋아하여 곤드레만드레 취하곤 해 저처럼 아직 독신이었습니다.

"무슨 이유로 끼워 넣은 건지 물론 기억나진 않지만 섣달 그믐날이 되어서 밤에 혼자 조용히 일기장을 펼쳐 본 거야. 그랬더니 생각지도 못한 십 엔 지폐가 나온 거지. 그래서 깜짝 놀라기도 하고 또 기쁘기도 하고. 그 놀람과 기쁨을 술에 취한 내가 바랐던 것 같아 아무래도. 그러니 이는 주정뱅이인 내가 맨정신의 나를 향해 보낸 연말 선물 같은 거겠거니 싶은데 어때?"

정말 그렇군, 저는 아주 감복했습니다. 너무 감복한 나머지 저에게 이와 똑같은 술버릇이 배어버린 것입니다. 술에 취해 돌아와, 그 얘기 정말 재밌네, 나도 한번 해볼까, 맨정신의 나는 아주 돈이 없어 불쌍하니까, 한번 여기 옷에 지폐를 끼워둬 줄까 라든가 하는 식으로 숨겨둔 듯. 듯이라는 건 맨정신인 상태론 그때 일이 잘 떠오르지 않기 때문입니다.

그 당시 저는 독신이라 맨션에 방 하나를 빌려 살고 있었습니다. 월급은 팔십 엔 혹은 팔십오 엔, 지금 돈으로 치면 삼만사, 오천 엔 정도쯤 될까요? 맨션값은 다달이 십사, 오 엔입니다. 시세라곤 해도 요새 샐러리맨에 비하면 비교가 안 될 정도로 풍족했습니다. 그래서 매일은 아니지만 주에 두 번 정도 맘 놓고 마실 수 있었죠. 마신 뒤에 지폐를 숨길 여유가 있던 것도 당연합니다.

그래서 그즈음부터 제 방 이곳저곳에서, 가령 서랍 안 여름옷 가슴주머니에서, 감기약 봉투 속에서, 벼룻집 벼루 아래에서, 별의별 온갖 엉뚱한 곳에서 일 엔 지폐나 오십 전 은화가 떡 하니 발견되곤 하는 일이 벌어졌습니다. 우연한 기회로 발견했던 적도 있습니다. 하지만 대개는 소액지폐나 은화였는데 어째서 그런가 하면 십 엔 지폐 따위는 숨겨도, 다음날 아침 눈을 뜬 뒤 수중의 돈을 세어보죠. 아무리 주정뱅이라 한들 어묵탕집 같은 곳에서 마신 이상 하룻밤에 십 엔이나 쓸 리 없기 때문에, 하핫 어젯밤에 또 숨겨놨군 하고 깨닫고 그렇게 이곳저곳을 찾아 쥐잡듯 샅샅이 뒤지고 다니다 발견하게 되곤 하는 겁니다. 십 엔 지폐를 찾다가 겸사겸사 오십 전 동전을 서너 개씩 덤으로 발견하거나 할 때도 있어 신난다면야 신나긴 해도 아무튼 이는 난처한 술버릇이었습니다.

헌 잡지를 고물상에 팔아버리거나 할 때도 한번 모든 페이지를 펼쳐 살펴보지 않으면 돈을 끼워둔 채로 팔아버릴 우려가 있죠. 조금도 방심할 틈이 없기 때문에 감당할 수 없습니다.

월말이 되면 돈이 부족합니다. 한잔하고 싶네. 어디 숨겨둔 게 있지 않을까 하고 온 방을 뒤져 오십 전 은화 동전 하나 발견하지 못했을 때의 허망감, 쓸쓸함, 서글픔이란 그만 이루다 형용할 수 없습니다. 그럴 때 맨정신인 저는 주정뱅이인 저를 저주하고파 지기조차 합니다.

"칫. 이럴 때를 위해 오 엔 지폐 한 장 정도 숨겨두거나 하면 얼마나 좋아. 도대체 뭔 짓을 하고 다니는 거야!"

술에 취하면 반드시 숨겨두는 것이 아닌 술에 취했을 때의 기분이나 가진 돈의 많고 적음, 그 외 이런저런 조건이 갖추어졌을 때 비로소 숨기고 싶어지는 듯합니다. 그래서 언제나 방 안 어딘가에 돈이 숨겨져 있는 건 아닌 거죠. 그래서 이런 식으로 바람을 맞을 때도 종종 있습니다.

하지만 이는 딱히 타인에게 민폐를 끼치는 나쁜 버릇도 아니기 때문에 특별히 노력하여 교정하려 하거나 할 생각은 없었는데 그 술버릇 때문에 어느 날 저는 큰 손해를 입게 되었습니다. 다음이 바로 그 이야기입니다.

어느 날 밤 친구와 함께 마신 뒤 예와 같이 술에 잔뜩 취해 혼자 맨션으로 돌아왔습니다. 상당히 마셨으므로 다음 날 아침 숙취 상태로 눈이 뜨였습니다. 머리맡에는 양복이나 넥타이류가 벗어던진 채 널브러져 있습니다. 저는 아픈 머리를 천천히 들어 올리며 불안하게 상의를 끌어당겼죠. 안주머니에서 봉투를 꺼내 거꾸로 털어보았습니다.

"아니. 이상한데."

저는 안절부절못하는 목소리로 중얼거리며 허겁지겁 주위를 둘러보았습니다.

"한 장이 모자라. 어젯밤에 또 숨겨두며 난리를 친 건가."

봉투란 보너스 봉투, 없다는 것은 백 엔 지폐를 말합니다. 어제 이백오십여 엔의 보너스를 받아 백 엔 지폐 두 장이 들어있어야 하는 셈인데 오늘 아침 봉투에서 나온 것은 백 엔 지폐 한 장뿐, 나머지론 십 엔이나 오 엔이 몇 장. 어젯밤 이차 삼차로 마시며 돌아다녔다곤 하지만 백 엔 지폐에 손을 댔을 리는 절대 없을 겁니다.

"설마 떨어뜨린 건 아니겠지. 떨어뜨렸다면 큰일이야."

백 엔 지폐는 지금 돈으로 바꾸면 사만 엔 정도에 해당할까요. 가격대로 치면 요새 오천 엔 지폐 일고여덟 장어치에 해당하겠죠. 아무리 태평한 저라 해도 역시나 얼굴이 창백해져 눈앞이 어질어질한 듯한 기분이 들었습니다 정말.

저는 서둘러 전화를 걸어 회사에 아파서 결근하겠다는 뜻을 전하고 아픈 머리를 꾹 눌러대며 즉시 백 엔 지폐 수색에 착수했습니다. 십 엔 지폐나 오 엔 지폐라면 보너스 다음날이니 조만간 어디선가 나오겠지 하고 웃어넘겼겠지만 백 엔 지폐라면 그럴 수 없습니다. 숨긴 건지 떨군 건지 확실히 해두지 않으면 아무것도 손에 잡히지 않습니다.

게다가 제 월급은 팔십 엔이 될까 말까 하여 백 엔 지폐를 뵙게 될 기회는 거의 없기 때문에 그러한 고로 실제 이상으로 귀중히 여겨지던 것이었습니다. 수색하는 손길에 열의가 담겨있던 것도 당연하던 셈이죠.

그래서 그 백 엔 지폐를 찾았는가.

오전 내내 시간을 쏟아부은 수색도 헛되이 끝나고 결국 그 백 엔 지폐는 발견되지 않았습니다. 끽해야 다다미 여섯 장 방에 독신이라 짐도 많지 않죠. 오전 내내 뒤지고 나면 더 이상 찾을 곳이 없어져 버립니다. 세탁하려고 고리짝에 넣어둔 버선 속에서 오십 전 은화가 두 개 정도 굴러떨어졌을 뿐, 가장 긴요한 백 엔 지폐는 끝내 어디서도 발견되지 않았습니다.

"아아. 이게 무슨 일이야!"

저는 천장을 올려다보며 낙담해 소리쳤습니다.

"모처럼 두 장을 받았는데 남은 건 이거 한 장뿐이야."

남은 한 장을 소중히 쓰다듬으며 저는 통탄했습니다. 실제로 옛 백엔 지폐는 지금의 사만 엔처럼 실로 묵직하고 위엄이 있었죠 정말로. 겉면에는 쇼토쿠 태자와 유메도노• 도안. '此券引換 金貨百円相渡 可申候'•• 라는 문자. 뒷면에는 호류사 전경이 인쇄되어 있습니다. 눈을 감으면 지금도 그 모양과 글자가 눈꺼풀 뒤쪽으로 생생하게 그려질 정도입니다. 분실했기 때문에 한층 더 선명하게 기억나는 걸지도 모릅니다.

하지만 백 엔 지폐가 사라졌다 하여 덩치 큰 남자가 그렇게 언제까지고 탄식하고 억울해할 순 없겠죠. 잊어버려야 한다는 건 아니지만 그 탄식도 시간이 지날수록 점점 옅어져 갔던 듯합니다.

그렇게 두 달 정도 후 저는 이 맨션에서 식사가 딸린 하숙으로 이사하게 되었습니다. 맨션은 식사가 딸리지 않아 월급을 받으면 바로 마시는 데 쓱싹쓱싹 너무 써버려 월말엔 밥값마저 궁해지곤 하기 일쑤입니다. 하숙이라면 돈이 궁해져도 밥만은 먹여줄 테니까요.

하숙으로 옮긴 뒤 넉 달이 지나 다음 상여, 즉 연말 보너스죠, 그게 나오게 되었습니다. 액수는 전기보다 조금 나은 수준입니다.

• 夢殿; 쇼토쿠 태자가 호류사에 지은 불당.

•• '본 지폐는 백 엔 상당의 금액과 교환 가능함'이라는 뜻.

그날 밤 저는 동료들과 이곳저곳 돌며 술을 마신 뒤 기분 좋게 만취하여 열두 시가 지나 하숙으로 돌아왔습니다. 털썩 책상 앞에 앉아 보너스 봉투에서 지폐를 꺼냈습니다. 그 백 엔 지폐를 한 장 끄집어 낸 순간 제 손은 제 의지를 거스르며, 라기보다 마치 손 자신이 의지를 가진 것처럼 여우의 손놀림 같이 묘하게 움직이던 것입니다. 저는 깜짝 놀라 스스로 물었습니다.

"아니, 무슨 일이야?"

그러자 손놀림은 딱 멈췄어요. (이 부분은 만취 상태라 다음 날 아침 멍하니 떠오른 기억으로 굉장히 불확실합니다)

"이상하네."

다시금 저는 저에게 말했습니다.

"뭘 하고 싶은 거야? 하고 싶은 대로 한번 해봐."

뭔가 미묘한 감각이 제 내부에 숨어있고 그것이 저를 번번이 보채는 듯합니다. 저는 이를 알아내기 위해,

"이렇게."

"이런 식으로 해서."

"다음엔 요렇게 하고."

하고 중얼거리며 그 감각을 확인하려 하자 자연스럽게 그대로 일어나 백 엔 지폐를 넷으로 접어 비틀비틀 방구석으로 걸어가 자연스레 기지개를 뻗는 자세가 되었습니다. 지폐를 쥔 손가락이 상인방에 닿았습니다. 지폐를 그사이에 집어넣

으려는 겁니다.

"그런 거였어."

일종의 섬망 상태에서의 동작이라 지나치게 가물가물합니다. 그리고서 저는 책상 앞에 앉아 극렬한 졸음을 느끼면서도 필사적인 노력으로 책상 위 종이에 방금 있었던 일을 적어둔 듯합니다. 맨정신의 저에게 알려주기 위함이었는지, 그러한 점은 도무지 확실하지 않습니다. 어렴풋이 악몽에 시달렸던 것 같습니다.

그렇게 다음 날 아침 숙취 상태로 멍하니 눈을 떴습니다. 보자 책상 위 종이에 글자가 휘갈겨져 있습니다. 하하핫 뭘 써둔 거야. 몇 번이나 손가락으로 덧대어 써보고 나서야 간신히 판독할 수 있었습니다.

'상인방 틈에 백 엔 지폐 숨김.'

지난밤 동작이 그 문자상 의미로부터 막연한 형태로나마 차례대로 조금씩 이어지듯 떠올랐습니다. 저는 비틀비틀 일어나 상인방을 뒤져보자 정말 넷으로 접은 백 엔 지폐가 그곳에서 나왔습니다.

"너무 이상한데."

백 엔 지폐를 쥐고서 이부자리로 돌아오자 어떤 황량한 의심이 갑자기 제 가슴에 솟구쳐 올랐습니다. 술에 취해 백 엔 지폐를 쥐었다. 조건반사적으로 상인방에 숨겼다. 이 도대체 무슨 일인가. 심층 심리에 파묻혀있던 무언가가 만취한 상태로 백 엔 지폐와 접촉한 순간 되살아났고, 그것을 맨정신인 저에게 알리기 위해 그런 동작을 취하게 했던 것이 아닐까.

“그 맨션 방 상인방 사이에 틈이 있었나, 어떠했지?”

그 맨션에서 백 엔 지폐를 뒤지며 제 짐은 아주 꼼꼼히 점검했지만 상인방 주변은 주의를 기울이지 못했다는 것을 저는 퍼뜩 깨달았습니다.

“큰일 났네, 어떡해야 하지.”

홈이 파여있다면 그 사이에 백 엔 지폐가 숨겨져 있을 가능성이 충분하다. 하지만 그 방엔 이미 다른 사람이 살고 있다. 손쉽게 들어가서 살펴볼 수 있을 리 없다. 도둑으로 오해받는다. 라는 식으로 오 엔이나 십 엔이면 포기하겠지만 그건 백 엔 지폐이다. 월급을 웃도는 액수의 지폐가 그 방 상인방에 현실로서 잠들어 있을지 모른다. 현재 주인도 일일이 상인방 사이까지 뒤져보진 않았을 테니 (뒤져볼 필요가 없을 테니) 백 엔 지폐가 그곳에 온존되어있을 가능성은 대단히 높다. 저는 입 밖으로 내지 않은 채 자문자답했습니다. 어떡할 거지? 포기할 거냐. 내버려 둘 거냐. 니가 내버려 둘 수 있겠냐. 괜찮냐. 백 엔이라고. 땀 흘려 일한 한 달 월급보다 많아. 게다가 애당초 니 소유물이야. 다른 누구의 것도 아니고. 니 돈이라고. 어떡할 거지?

아무튼 그 남자와, 아니 여자일 가능성도 있지. 그 인물과 어떤 방법으로든 가까워질 필요가 있다, 하고 저는 생각했습니다.

맨션은 하숙과 달리 열쇠로 잠겨져 있기 때문에 그 열쇠를 지닌 당사자에게 접근하지 않으면 그 방으로 들어갈 수 없다.

그래서 저는 근무시간 틈틈이, 휴일 등을 이용해 조사를 개시했습니다. 그 상인방에 넷으로 접은 백 엔 지폐가 들어있다면 백 엔 지폐에 다리가 자라나지 않은 이상 도망치거나 소실되었을 리는 없다. 그러므로 서두르지 않아도 되긴 하겠지만 역시 서둘러 결판을 내는 편이 좋다. 없으면 없어도 되니 확실하게 해두고 싶다. 이러한 기분, 충분히 이해하시겠죠.

니시키 하루오(西木東夫). 이것이 그 맨션 방 주인의 이름이었습니다. 나이는 저보다 서너 살 위. 직장은 시청 회계과입니다. 니시키가 이 방 주인이 되었던 건 제가 이사한 뒤 삼 일째 되는 날로 당분간 그 방에서 이사할 생각은 없는 듯하다. 라는 것은 맨션 관리인에게 물어보니 꽤 아늑한 방이라며 니시키가 만족하고 있다는 대답이었던 겁니다. 만족한다면 당분간 이사하지 않겠죠. 이사하겠다면 다시 한 번 내가 그 방을 빌려도 돼, 그렇게 생각했는데 말입니다.

이하 관리인에게 넌지시 물어본 것과 제가 미행하거나 조사했던 것을 다 함께 섞으면, 니시키는 굉장히 착실한 성격이라 회계과 같은 곳에 딱 어울리는 성품으로 매일 생활도 판에 박힌 것처럼 정해져 있다. 아침에 나가는 시간이나 밤에 돌아오는 시간도 특별한 경우를 제외하면 오 분도 어긋나지 않을 정도죠. 식사는 외식으로, 맨션 근처 오노야 라는 싸구려 식당이 있어 그곳에서 아침과 저녁 식사를 해결한다. 조사 관계상 저도 니시키와 나란히 밥을 먹어봤는데 여하튼 정식이 아침 십 전, 점심과 저녁이 십오 전이므로 굉장히 싸죠. 따라서 입맛은 그다지 고급스럽지 않습니다. 그리고 매일 식단에 거의 변화가 없어 잘도 맨날 이런 곳에 드나들며 똑같은 것만 먹고 계시는군 하고 살짝 감탄하게 될 정도였습니다. 착실한 성격이라 니시키는 밥을 남기지 않는다. 한 톨도 남기지 않고 전부 먹습니다. 다 먹으면 탁 동화를 내려놓고 등을 둥글게 구부린 채 서둘러 나간다. 니시키는 키가 크다. 다섯 자 여덟 치(약 175.7cm)는 될 겁니다. 키가 커서 저렇게 새우등이 되었을 테죠.

키가 크다는 점에서 저는 살짝 걱정이 들었습니다. 키가 크면 클수록 상인방과 가까워지는 셈이니까요.

술은 어떠냐고요?

그 점을 저 또한 열심히 관찰해보았는데 니시키도 술은 좋아하는 듯합니다. 좋아하긴 하지만 인색한 건지 아니면 월급이 적은 건지 자주 마시진 않는 것 같습니다. 일주일에 딱 한 번, 그것도 토요일에만 직장 근처에서 마시고 오는지 오노야에 들어오는 시각이 두 시간 정도 늦어진다. 빨개진 얼굴로 들어와 정식을 주문한다. 정식 전에 한 병을 데우게 할 때도 있는 것 같습니다.

니시키와 가까워지기 위해선 이 토요일을 이용하는 게 최고다. 저는 그렇게 생각했습니다. 술이란 종종 낯선 사람들을 사이좋게 만들어 주니까요. 게다가 우리는 더 이상 낯선 사이가 아니었죠. 조사 관계상 저는 오노야에 자주 드나들며 밥을 먹거나 술을 마시곤 했기 때문에 상대편도 제 얼굴을 분명히 기억하는 모양이었습니다. 이야기를 나눈 적은 없지만 얼굴을 마주 보고서 밥을 먹었던 적도 있으니 얼굴 정도야 기억할 게 당연하죠.

그렇게 어느 토요일, 저는 오노야로 향해 홀짝홀짝 잔을 기울이며 니시키 하루오가 들어오기를 기다리고 있었습니다. 오노야의 술병은 한 병에 이십 전이었습니다. 고등어 초회 같은 걸 안주 삼아 홀짝홀짝이고 있는데 포렴을 어깨로 가르며 새우등의 니시키가 들어왔습니다. 예상했던 대로 얼굴이 빨갛습니다. 시각이 늦어 다른 손님은 한 명도 없었습니다.

제 대각선 앞에 앉아 니시키는 힐끗 제 쪽을 쳐다봤습니다. 제 앞엔 벌써 술병이 네 병이나 세워져 있습니다. 니시키는 그걸 보고서 정식을 주문할지 아니면 한 병 데우게 할지 살짝 고민하는 듯합니다. 거기서 저는 즉각 취한 목소리로 말을 걸었습니다.

"어떠세요?"

저는 잔을 들이밀었습니다.

"한잔하시지 않을래요?"

니시키는 당황한 듯 눈을 깜빡였지만 약간 술이 들어간 탓에 바로 넘어왔습니다.

"그러십니까. 감사히 먹겠습니다."

니시키는 자리를 제 앞으로 옮겨 여급을 불러서 자신의 술병과 안주를 주문했습니다.

"춥네요. 술이라도 마시지 않으면 도저히 버틸 수 없어요."

"그러게요. 돌아가도 기다리는 건 찬 이불뿐이니까요."

하고 저는 맞장구를 쳤습니다.

"댁도 독신입니까?"

"네 그렇습니다. 맨션에 살고 있어요."

"그렇군요. 저도 이전에 맨션에 살았던 적이 있는데 맨션은 하숙보다 쌀쌀하죠."

저는 니시키에게 술을 따라주었습니다.

"어느 쪽 맨션입니까?"

니시키는 맨션 이름을 댔습니다. 저는 짐짓 화들짝 놀란 목소리를 냈습니다.

"오오. 저도 그 맨션에 살았던 적이 있어요."

"호오. 어느 방입니까?"

"이 층 육 호실입니다."

"호오."

이번엔 니시키가 화들짝 놀란 소리를 냈죠.

"제가 지금 살고 있는 곳이 그 방입니다."

"이야 이럴 수가."

저는 눈을 둥글게 뜨고 다시 니시키에게 잔을 내밀었습니다.

"기우(奇遇)라고 해야 할까요. 신기한 연이네요."

"정말 그러네요."

같은 방에 살았다는 인연만으로 니시키는 순간 마음을 열게 된 듯합니다. 한번 벽이 사라지자 니시키는 갑자기 수다쟁이가 되었습니다. 물론 저도.

방 이야기에서 관리인 이야기, 직장 이야기에서 월급 이야기 등으로 넘어갈 무렵에 이미 우리 탁자엔 열 병이나 놓여 있었습니다. 작전상 저는 과하게 마시지 않고 오로지 니시키가 마시게끔 명심하고 있었기 때문에 니시키도 아주 만취한 듯했습니다.

슬슬 문 닫을 시간이 다가와 저는 손뼉을 쳐 여급을 불러 재빨리 십 엔 지폐를 꺼내 계산을 마치도록 하였습니다. 착실한 성격이라 니시키는 번번이 나눠 계산하기를 주장하며,

"그럼 안 되지. 나도 낼 거야."

하고 우겼지만,

"괜찮아. 친구가 된 기념이니까 괜찮아."

하고 저는 우격다짐으로 니시키를 납득시켰습니다.

그리고 둘이서 오노야를 나와 터벅터벅 맨션 쪽으로 걸어

갔습니다. 니시키는 술에 강한 듯 그렇게나 마시게 했는데도 그다지 다리를 비틀거리지도 않는 듯했습니다.

맨션 앞에 도달해 저는 모자에 손을 얹고,

"그럼."

하고 말하자 이쪽의 작전대로 의례상이나 니시키는 저를 불러세웠습니다.

"잠깐 들어가 차라도 마시고 가지 않겠나."

"그래?"

저는 고민하는 척을 한 뒤 답했습니다.

"그럼 들어가 볼까. 옛날 방도 보고 싶으니까."

신발을 벗고 계단을 올라 니시키 뒤를 따라 방에 들어가자 제 가슴은 쿵쾅쿵쾅 격동했습니다. 힐끗 올려다보니 상인방에 떡 하니 홈이 나 있는 것이 아니겠어요.

"잠시만 기다려주게."

니시키는 외투도 벗지 않고 주전자를 들고 복도로 나갔습니다. 방 안에 수도가 없기 때문에 세면장까지 물을 뜨러 갔던 것입니다.

"지금이다!"

저는 벽에 찰싹 달라붙어 상인방 홈을 뒤져보기 시작했습니다. 쭉쭉 찾아 들어가자 동북쪽 구석 근처에 뭔가 부스럭 닿는 게 있다. 제 심장은 철썩 일렁였습니다.

"됐다. 있어."

소리 없이 소리치며 그것을 꺼내자 놀랍게도 그건 백 엔 지폐가 아니라 십 엔 지폐 몇 장이었습니다. 그때 입구 근처에서 제 등을 향해 차가운 목소리가 날아왔습니다.

"그걸 가져가려고 나한테 오늘 접근했던 거냐!"

순식간에 공기가 서늘해지며 긴장감이 방을 가득 메웠습니다. 저는 니시키를 노려보며 손가락 끝으로 십 엔 지폐 매수를 셌죠. 그것은 다섯 장이었습니다.

"지폐를 깨서 오십 엔을 쓴 게 너냐!"

저도 낮은 목소리로 대꾸했습니다.

"이건 니 돈이 아니야."

"하지만 여긴 내방이라고."

니시키는 이글이글 불타오르는 눈으로 저를 노려보았습니다.

"내 방에서 제멋대로 굴 권리는 너한테 없어. 가택침입죄로 고발할 거야."

"그럼 나가면 되잖아. 나가면."

저는 다섯 장 십 엔 지폐를 안쪽 주머니에 살짝 쑤셔 넣었습니다.

"그 대신 이 오십 엔은 내가 받아가마."

니시키는 뭔가 대꾸하려는 듯했지만 생각을 고친 듯 빈 주전자를 든 채로 한 발 한 발 방으로 올라왔습니다. 우리 둘은

레슬링 선수처럼 빈틈없이 서로를 노려보며 빙글빙글 방을 돌았습니다. 그리고 저는 문 근처에, 니시키는 그 반대쪽 위치에 자리를 잡았습니다. 저는 목소리에 힘을 실었습니다.

"그럼 돌아가도록 하지. 안녕히."

뒤돌아선 채 저는 복도로 나왔습니다. 살살 문을 닫았습니다. 계단 쪽으로 걸어가며 뒤쫓아오지 않을까 싶었지만 니시키는 결국 쫓아오지 않더군요. 그리고 저는 무사히 신발을 신고 추운 밤거리로 나왔습니다.

백 엔 지폐 이야기는 이걸로 끝입니다. 결국 백 엔 지폐는 되찾지 못하고 반액만이 제 손으로 돌아왔죠.

그런데 그 상인방 틈 속 백 엔 지폐를 니시키는 어떻게 찾아냈던 걸까요. 그 의문은 이십 년이 지난 오늘까지도 제 머릿속에 남아있습니다. 상인방 틈새 같은 곳을 들여다보는 일은 좀처럼 없을 텐데 말이죠.

우연한 기회로 백 엔 지폐를 발견해 니시키는 돈이 궁할 때마다 조금씩 사용했던 게 아닐지 저는 상상하고 있습니다. 마침 딱 반액을 써버렸을 때 제가 등장했던 셈이죠. 거스름돈을 다시 상인방에 착실히 숨겨두었다는 부분에서 그의 착실한 면이 드러나는 거겠죠. 그 착실함 덕분에 저는 반액을 되찾을 수 있었으므로 오히려 감사해야 했던 걸지도 모릅니다.

(1958. 3.「일본日本」)

작가 연보

1919년 후쿠오카시 스노코마치(현 후쿠오카시 주오구 오테몬)에서 육군사관학교 출신 군인인 아버지 겐키치로와 어머니 사다의 육형제 중 차남으로 2월 15일 출생.

1932년 슈유칸중학교를 졸업. 4월 구마모토의 제5고등학교 문과에 입학. 재학 중 동인잡지 「로베리스크」를 창간하고 습작 소설과 시를 발표.

1936년 3월 제5고등학교를 졸업한 뒤 4월 도쿄제국대학 문학부 국문과에 입학. 동인잡지 「기항지」를 발행하고 습작 「지도」를 발표.

1940년 3월 도쿄제국대학 졸업. 친구 시모타 세이지의 중개를 통해 도쿄시 교육국 교육연구소 고원으로 근무.

1941년 「미생」을 동인지 「염」에 발표. 태평양전쟁이 시작되기 3일 전인 12월 5일 육군에서 소집장을 받아 다음 해 1월 쓰시마 중포대에 입영하나 폐렴 환자로 오진, 당일 귀가. 이후 후쿠오카시 자택에서 요양.

1944년 6월 해군으로 소집되어 사세보 아이노우치 해병단에 입단하여 암호특기병으로 배치.

1945년 패전까지 규슈 육상기지를 전전하다 8월 26일 복원. 9월 상경하여 친구 집에서 기식하며 군대체험을 바탕으로 한 「사쿠라지마」를 12월부터 집필 시작.

1946년 소조사에 취직하여 편집자로 근무하다 아카사카 서점으로 이직. 「사쿠라지마」가 9월 기성 문인 중심 문예지 「스나오」 창간호에 게재. 큰 호평을 받으며 본격적인 작가 생활 시작.

1947년 1월 문예지 편집자이던 야마자키 에즈와 결혼. 10월 장녀 후미코 출생. 12월 「문예사회」에 「바지락」을 발표하고 첫 창작집인 『사쿠라지마』 간행. 활발한 창작 활동을 시작.

1950년 「군조」에 장편 『살생석』 연재를 시작하나 이후 연재를 중단하고 슬럼프를 겪으나 52년 「S의 등」 등 단편을 시작으로 동화적 문체를 차용하며 일상풍자소설을 쓰기 시작.

1955년 1954년에 발표했던 「낡은 집의 봄가을」이 하반기 나오키상을 수상하고 『모래시계』로 신초사 문학상을 수상.

1959년 5월 곤지키 병원에 우울증으로 입원하여 7월 퇴원. 이후 소설 작품 발표 수가 다소 감소.

1963년 「날뛰는 연」을 「군조」에 1월부터 5월까지 연재. 8월 다테시나에서 각혈한 뒤 예후가 좋지 않아 12월 무사시노 적십자 병원에 입원.

1965년 6월 「환화」를 「신초」에 발표. 7월 19일 도쿄대학병원에서 간경화로 사망. 향년 50세. 8월 유작 소설집 『환화』가 신초사를 통해 간행. 12월 「환화」로 제19회 마이니치 출판문화상 수상.